WARRIORS

貓戰士

三力量

三部曲之II

洶湧暗河

Dark River

艾琳・杭特 (Erin Hunter) 著
陳順龍 譯

晨星出版

獻給喬夫
特別感謝凱特・卡里

樺落：淺棕色公虎斑貓。

灰紋：灰色的長毛公貓。

蜜妮：藍色眼睛，嬌小的銀灰色虎斑寵物貓。

見習生（六個月大以上的貓，正在接受戰士訓練）

莓掌：乳白色公貓。導師：棘爪。

榛掌：灰白相間的嬌小母貓。導師：塵皮。

鼠掌：灰白相間的公貓。導師：蛛足。

煤掌：灰色母虎斑貓。導師：雲尾。

蜜掌：淺棕色母虎斑貓。導師：沙暴。

罌掌：雜黃褐色的母貓。導師：刺爪。

獅掌：琥珀色眼睛的金色虎斑公貓。

冬青掌：綠眼睛的黑色母貓。導師：蕨毛。

松鴉掌：藍眼睛的灰色虎斑公貓。導師：葉池。

貓后　（正在懷孕或照顧幼貓的母貓）

蕨雲：綠眼睛、身上有深色斑點的淺灰色母貓，她和塵皮生下小冰和小狐。

黛西：來自馬場的乳白色長毛母貓。

長尾：有暗黑色條紋的淺色公虎斑貓，因失明而提前退休。

鼠毛：嬌小的黑棕色母貓。

本集各族成員

雷族 *Thunderclan*

族長　火星：有火焰般毛色的薑黃色公貓。

副手　棘爪：琥珀色眼睛、暗棕色的公虎斑貓。見習生：莓掌。

巫醫　葉池：琥珀色眼睛、白色腳掌、嬌小的褐色母貓。見習生：松鴉掌。

戰士　（公貓，以及沒有年幼子女的母貓）

松鼠飛：綠色眼睛，暗薑黃色的母貓。

塵皮：黑棕色的公虎斑貓。見習生：榛掌。

沙暴：淡薑黃色的母貓。見習生：蜜掌。

雲尾：白色的長毛公貓。見習生：煤掌。

蕨毛：金棕色的公虎斑貓。見習生：冬青掌。

刺爪：金棕色的公虎斑貓。見習生：罌掌。

亮心：白色帶薑黃色斑點的母貓。

灰毛：深藍色眼睛，淺灰色帶深色斑點的公貓。見習生：獅掌。

溪兒：灰色眼睛，棕色虎斑母貓，以前是急水部落的貓。

暴毛：琥珀色眼睛，暗灰色公貓，以前是河族貓兒。

栗尾：琥珀色眼睛，雜黃褐色的母貓。

蛛足：琥珀色眼睛，四肢修長，下腹部棕色的黑色公貓。見習生：鼠掌。

白翅：綠色眼睛，白色母貓。

河族 *Riverclan*

族長　**豹星**：帶有少見斑點的金色母虎斑貓。

副手　**霧足**：藍眼睛的暗灰色母貓。

巫醫　**蛾翅**：琥珀色眼睛、漂亮的金色母虎斑貓。見習生：柳掌。

戰士　**黑爪**：煙黑色的公貓。

鼠牙：矮小的棕色公虎斑貓。見習生：鯉掌。

蘆葦鬚：黑色公貓。見習生：撲掌。

苔皮：藍色眼睛，雜黃褐色母貓。見習生：卵石掌。

櫸毛：淺棕色公貓。

見習生　**柳掌**：灰色母貓。導師：蛾翅。

鯉掌：灰白相間的母貓，琥珀色眼睛。導師：鼠牙。

撲掌：薑黃色與白色相間的虎斑公貓。導師：蘆葦鬚。

卵石掌：灰色公貓。導師：苔皮。

貓后　**灰霧**：淡灰色虎斑母貓，小噴嚏和小錦葵的母親。

冰翅：藍眼睛的白貓。

長老　**燕雀尾**：暗色母虎斑貓。

風族 *Windclan*

族長 **一星**：棕色的公虎斑貓。

副手 **灰足**：灰色母貓。

巫醫 **吠臉**：短尾的棕色公貓。見習生：隼掌。

戰士 **裂耳**：公虎斑貓。見習生：兔掌。

鴉羽：暗灰色公貓。見習生：石楠掌。

鴞鬚：亮棕色的公虎斑貓。

白尾：嬌小的白色母貓。見習生：風掌。

夜雲：黑色母貓。

鼬毛：有白掌的薑黃色公貓。

見習生 **石楠掌**：棕色虎斑母貓，石楠似的藍眼睛。導師：鴉羽。

風掌：黑色公貓。導師：白尾。

隼掌：雜色的灰色公貓。導師：吠臉。

兔掌：棕白色公貓。導師：裂耳。

貓后 **豆尾**：灰白相間顏色極淡，藍眼睛，是小薊、小莎草和小燕的母親。

長老 **晨花**：玳瑁貓。

古代貓

落葉：黃白相間的公貓。

磐石：無毛、扭曲的身體和瞎了的眼。

影族 *Shadowclan*

族長　**黑星**：白色大公貓，腳掌巨大黑亮。

副手　**枯毛**：暗薑黃色的母貓。

巫醫　**小雲**：非常嬌小的公虎斑貓。

戰士　**花楸爪**：薑黃色公貓。見習生：藤掌。
煙足：黑色公貓。見習生：鴞掌。

見習生　**藤掌**：瘦小的棕色母貓。導師：花楸爪。
鴞掌：淺棕色公虎斑貓。導師：煙足。

被遺棄的兩腳獸窩
月池
舊雷族小徑
雷族營地
天空橡樹
風族營地
斷半橋
兩腳獸地盤
馬兒地盤
轟雷路
雷族
河族
影族
風族
星族

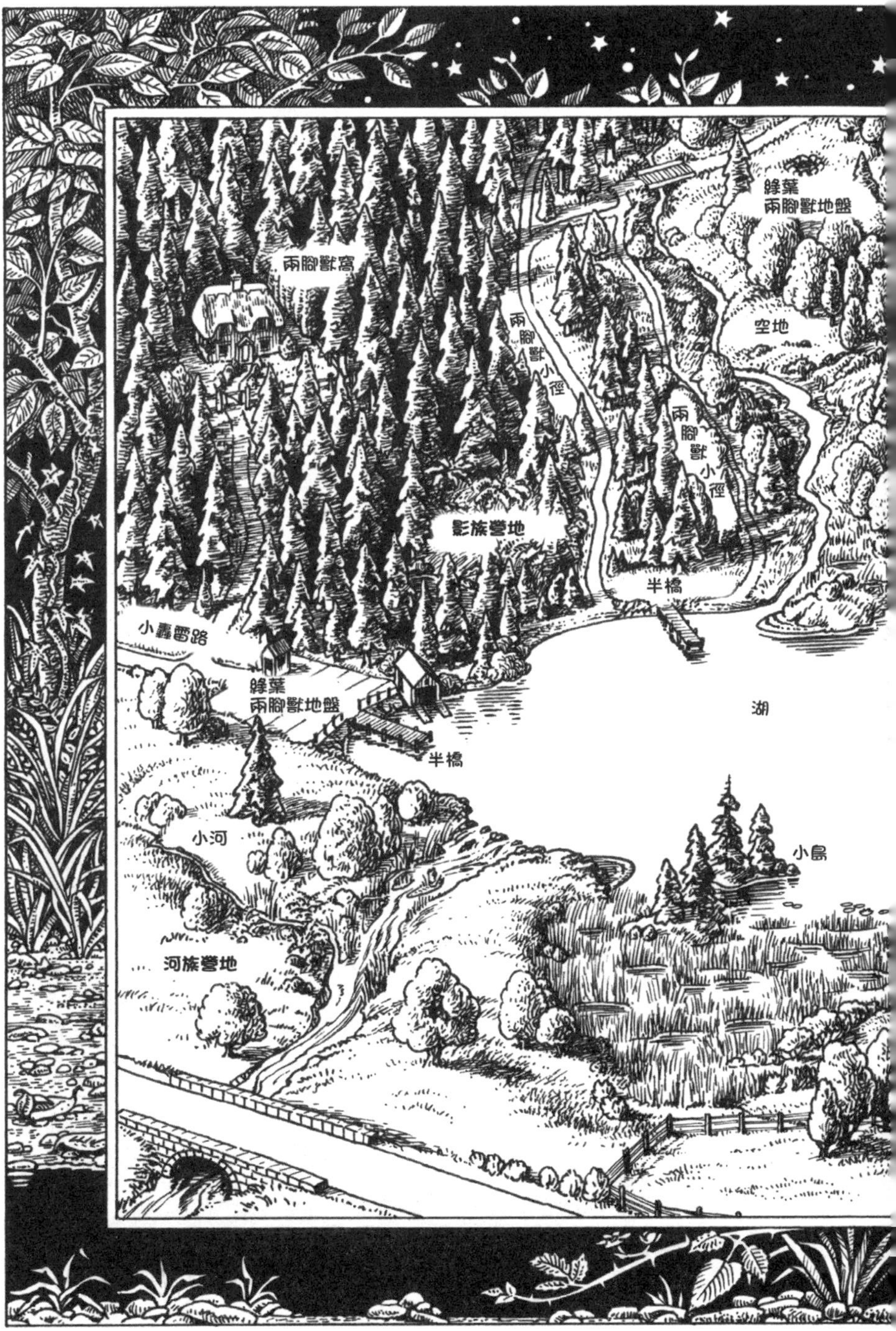

綠葉
兩腳獸地盤
兩腳獸窩
空地
兩腳獸小徑
兩腳獸小徑
影族營地
半橋
小轟雷路
綠葉
兩腳獸地盤
半橋
湖
小河
小島
河族營地

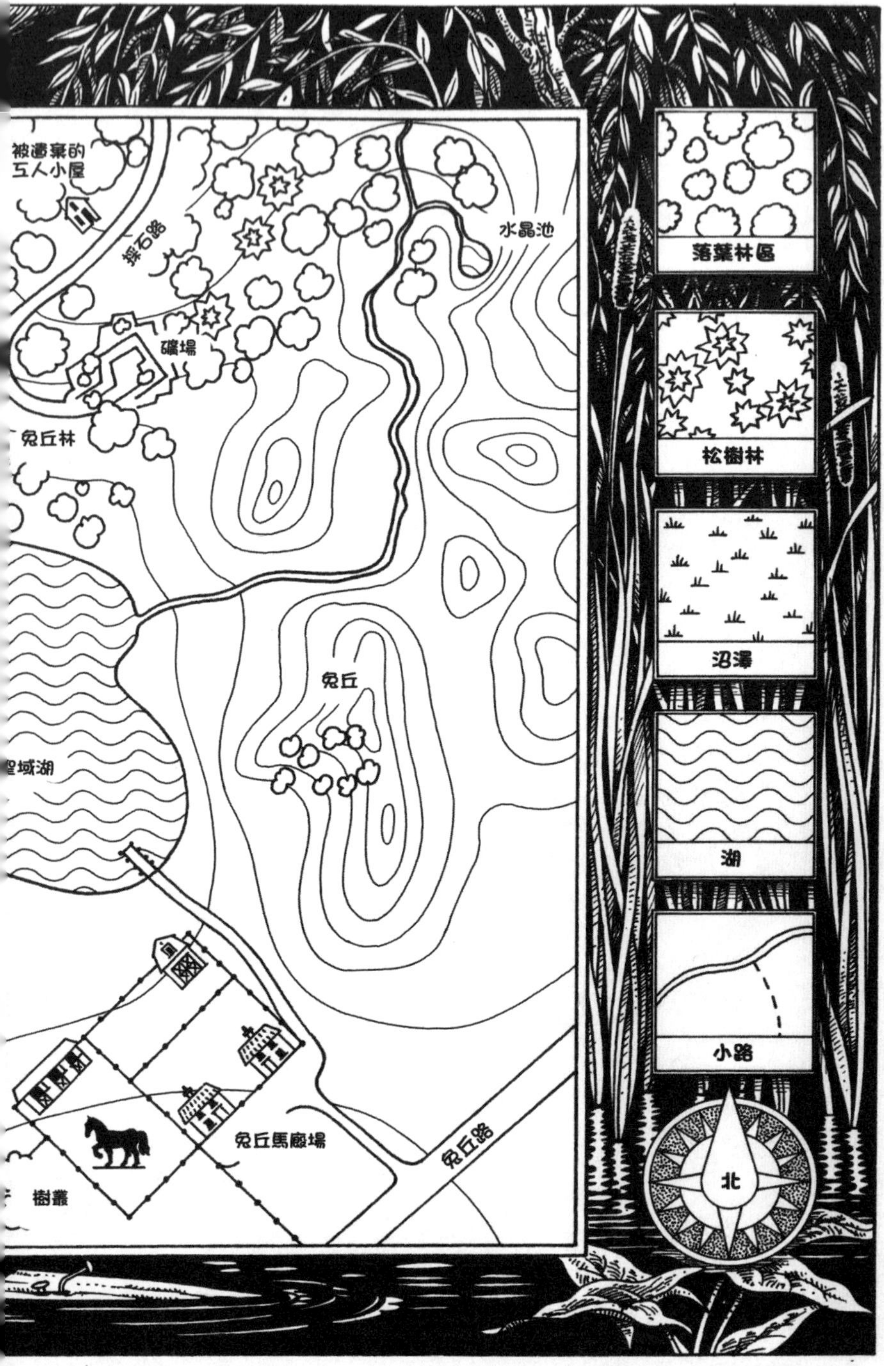
被遺棄的
人小屋
採石路
礦場
兔丘林
水晶池
兔丘
聖域湖
兔丘馬廄場
兔丘路
樹叢
落葉林區
松樹林
沼澤
湖
小路
北

觀兔露營區
聖域農場
塞德勒森林區
小松路
小松乘船中心
小松島
艾柏河
驪特高奇路

序章

靛藍天空籠罩著沼澤，凝住夜晚的寒氣。被風吹著的石楠樹叢，在山坡上起伏波動。樹叢間出現貓群的身影，披著被風拂平的毛，從山坡奔跑而下。

在這群貓當中，一隻貓后跟在一隻年輕的公貓後面說：「你確定已經做好準備嗎？」

「我準備好了。」公貓回答，他的綠眼在月光下閃閃發亮。

「落葉，你是我的長子。」貓后低聲地說：「我第一個面對嚴格考驗的孩子。」

「我會沒事的。」

「他受過了很好的訓練。」從他們身後傳來低沉聲音。

「即使受過訓練，也無法阻擋降雨對見習生的威脅。」另一個聲音怒吼著。

落葉抬頭往上看。「但是天空很清澈。」

「我聞到風中有雨的味道，我敢確定。」貓群中傳來陣陣低聲的警告。

「天空很清澈！」落葉堅決地說，他踏出了這片樹叢然後停住。月光照亮他所在之處，從地面直到岩石底下，翻騰的樹叢中現出一面粗糙的岩壁。

「祝你好運！」

落葉跳下岩壁，輕盈地落在沙地上。他的母親緊跟過去，「要小心！」

落葉跟貓后摩擦鼻尖後，承諾說：「我們黎明見。」

在他面前的是一個黑暗的入口，像是岩壁上的傷口。他背脊上的毛豎立著，他從來沒進去過。只有被挑選的貓才能進去這個洞穴。

他步步為營，感覺像要被黑暗吞噬一樣。一定會有亮光能指引道路的！恐懼像上了岸的魚般在胸口翻攪，他奮力想擊退。

這隧道會帶你進入那洞穴的。他心中響起導師的聲音。**跟著你的鬍鬚走，它會引導你的。**

他的鬍鬚顫動著，感受細微的碰觸，引領著他在狹窄通道前進。

突然間，前方有白色的亮光。在隧道的展開處通向一個洞穴。在那拱型的岩壁上有微弱的月光從頂端的裂縫中灑下。淙淙的水聲在岩穴中迴盪著。

河流？在地底下？

落葉凝視著那將沙地一分為二的寬廣河流。黑色的河水在微弱的光線下閃爍著微光。

「落葉？」

一個嘶啞的貓叫聲讓這隻公貓嚇了一跳。他抬起頭來看是誰在說話，他瞇眼看見一隻生物蜷伏在高處月光照射到的突出岩壁上。

是磐石嗎?

這生物的毛皮像鼴鼠的，除了背脊上的幾撮以外，全身其他的毛都脫落了；他那失去視覺的眼睛，像蛋一樣突出。扭曲的爪子扣住牠腳掌下的平滑樹枝。落葉在這樣微弱的光線下，依然可以看到，在那被剝光樹皮的蒼白樹枝上，有密密麻麻的利爪劃出來的直線刻痕。

這一定是磐石。

「我感覺出你很驚訝。」這眼盲的生物沙啞道，「這讓我像被金雀花刺到一樣難過。」

「我……我對不起。」落葉道歉著說：「我只是沒想到……」

「你沒想到一隻貓竟然可以長這麼醜。」落葉難堪地僵住，難道磐石能看穿他的心思?

「貓需要風吹日曬才能讓毛皮散發光澤，不斷狩獵才能將爪子修整磨利，」磐石那如石磨般粗厲的嗓音繼續說：「但我必須待在戰士祖靈附近，祂們已經埋葬在九泉之下了。」

「就是因為這樣，我們感謝你。」落葉充滿敬意的低聲說話。

「不用感謝我，」磐石嘶吼著，「這是我一定要遵守的命運。而且，一旦考驗開始，你可能就不會感激我了。」當他說話時，爪子一邊指著劃過平滑樹枝上的刻痕。有些直線刻痕上有橫線劃過，有些則沒有。「那些沒有被劃掉的線，代表那些進了隧道再也沒有出來的貓。」

落葉注視著那些黑洞，像潛伏在洞穴邊緣的嘴。如果不是通往戶外安全的地方，會是通向哪裡呢?到底該選哪個隧道呢?

磐石搖搖頭：「我不能幫你。要成為一個戰士，你必須自己找到出路。我只能獻上祖靈的祝福，送你上路。」

「你不能給我任何建議嗎？」

「沒有亮光，你只能靠你的直覺。跟著直覺走，如果是對的，你就安全了。」

「如果不對呢？」

「那麼你就會死在黑暗中。」

落葉挺起胸膛說：「我不會死的。」

「希望如此。」磐石說：「你知道你不可以再折回這個洞穴嗎？你必須找到直接通向沼澤地的隧道。下雨了嗎？」他突然問。

落葉嗅了嗅。他該說他聞到了空氣中的顫動嗎？那代表可能會下雨。

不。磐石可能會叫他照原路回去，改天再來。為了早日成為戰士，他不想再等了。

他現在就想開始。「天空很清澈。」他說。

磐石再一次比劃過樹枝上的刻痕說：「那就開始。」

落葉注視著突出岩壁比其他大的隧道，而且是往上坡走。是通向高處的沼澤地嗎？這就是他要選的路。

隨著心臟劇烈跳動，他躍過河流，進入令人毛骨悚然的黑暗。

黎明前我將成為戰士。他的毛豎立著。**我希望這樣**。

第一章

「小心！」獅掌用力地揮動尾巴。「影族戰士就在我們後面！」

冬青掌揮動尾巴繞著圈子，豎起她的黑毛，「我來對付他們！」

獅掌快速地看了弟弟一眼，「松鴉掌，聞到什麼了嗎？」

「有更多的戰士逼近了！」灰色的虎斑貓發出警告。他睜大那雙看不見的藍色眼睛示警，「準備攻擊！」

「我們先埋伏起來，當他們穿過營牆的時候再攻擊！」獅掌下令。他轉頭問冬青掌，「妳有辦法處理那三個嗎？」

「簡單！」冬青掌縱身翻滾一躍而起，爪子在午後的陽光下顯得閃閃發亮。

獅掌衝向前，蹲伏在多刺的荊棘牆後面

「快，松鴉掌！跟在我旁邊！」

松鴉掌跟過去，擺出預備伏擊的姿勢，

「他們來了！」

一隻虎斑貓戰士從入口快步走進。

「開始攻擊！」獅掌大叫，他衝向戰士，松鴉掌也上前擾亂敵人。入侵者被這一陣突如其來的驚嚇給絆倒，跌在一旁，獅掌還壓在他身上。

「胡鬧夠了！」松鼠飛尖銳的喵聲響徹空地。

獅掌停止在棘爪身上的拳打腳踢，看著母親從荊棘牆口匆匆走來。「我們只是在假裝影族要來攻擊啊！」

松鴉掌也慢慢地停住。「我們就要贏了！」

棘爪站起身來，甩掉獅掌。「埋伏得好。」他說，「但是你們不該在這裡玩的。」

獅掌滑向地面，「這是練習突擊唯一的好地方。」他悶悶不樂地回答。他環顧著這個未完成的窩；荊棘從戰士窩的邊邊突出來，只要突出的樹枝繼續不斷向上形成屋頂，以後就會有一個通道連接老窩和新窩。

冬青掌走向前，不再提假想敵的事：「我們並沒有妨礙到誰啊。」她迎著風整理她的毛，讓毛再度蓬鬆起來。新葉季的陽光帶走了洞穴的寒意，但是午後從山上吹來的微風，讓獅掌感覺到禿葉季才剛過不久。

「如果每個見習生都決定要在這裡練習打仗怎麼辦？」松鼠飛詢問著，「這些牆壁很快就會被破壞，那麼樺落和灰紋的努力就毀了。」

「在你和其他見習生成為戰士之前，我們還需要擴充戰士窩。」棘爪補充說，「現在的窩太擁擠了。」

「好吧，我們懂了！」松鴉掌抬起下巴說。他的毛弄亂了，還有一片片的葉子黏在上面。

「看看你！」松鼠飛舔舐松鴉掌耳朵之間的毛，「把自己弄得這麼髒。」邊責備邊說：「而且我們馬上要出發去參加大集會了！」

獅掌趕緊在母親動手前，開始清洗他胸前的枯葉灰塵。

松鴉掌避開松鼠飛的舌頭，「我會自己整理啦！」他抱怨著。

「隨便他們吧，」棘爪跟他的伴侶貓說：「我想在出發前他們會學乖的。」

「當然。」獅掌承諾道。絕不能讓其他族的貓看到他像一隻刺蝟一樣。這將是他們三姊弟首次一同出席大集會。「松鴉掌，我們期待好久了不是嗎？」

松鴉掌的尾巴輕輕拂動著。「嗯，對呀！」

獅掌收回爪子。為什麼松鴉掌總是這麼愛生氣？這是他第一次參加大集會，他一定很期待。他已經錯過兩次了，一次是因為被處罰，一次是因為巫醫工作的關係要留守營地。獅掌很了解他的弟弟，除了眼盲以外，其他的貓能做的事，他也能做──包括參加大集會，這點對他非常重要。

「趕快！在被火星發現以前，快離開這裡！」松鼠飛催促著孩子們往出口移動。「去獵物堆找些東西吃，還有漫漫長夜等著你們呢。」

一想到大集會，獅掌的尾巴就興奮得豎起。他幾乎已經聞到島上松樹的氣息了。

但冬青掌的眼中閃過一絲憂慮。「希望別族的貓不會再挑我們毛病。妳知道蜜妮會去嗎？或許她這次應該避開。」

兩個月前，當灰紋返回族裡時，帶回他的新伴侶蜜妮，一隻寵物貓，那是他被兩腳獸抓住時遇到的。在尋找族貓的危險旅程中，她幫助他順利來到新家園。蜜妮的背景很容易成為其他族的笑柄，因為不是部族貓血統而被奚落，但在雷族她並不是唯一的寵物貓。

「蜜妮會自己照顧自己的。」松鼠飛說。

「而且，競賽似乎已經擺平了這一切。」棘爪接著說。

「但是能維持多久呢？」冬青掌喵聲道。獅掌知道姊姊從來沒有相信過，白天舉行的大集會能使貓族之間的嫌隙癒合。四族在友誼賽中切磋技能，讓見習生彼此較量，希望轉移各族之間日益增加的不信任感和邊界的緊張情勢。而獅掌對那天的印象深刻，是因為他和風族的風掌掉到一個獾穴中，幾乎被沙子淹沒窒息而死，幸好被松鴉掌及時發現。

「妳總是不滿意這不滿意那的。」松鴉掌向冬青掌抱怨。「好像一隻神經質的貓頭鷹。」

「現在是新葉季了，」松鼠飛說道：「到處都是獵物，各族間應該不會那麼劍拔弩張。」

冬青掌看了松鴉掌一眼說：「有些貓就是肚子都吃撐了，還是愛找麻煩！」

「好了，別說了！」松鼠飛用鼻子碰碰冬青掌說，「去吃些東西。」

「我說的都是實話！」冬青掌往前走，但是松鴉掌撞了她一下趕在前頭，冬青掌叫著並瞪著松鴉掌走回巫醫窩的背影。「他故意撞我。」獅掌動動鬍鬚逗她說：「妳能單爪打敗三個影族戰士，可是弟弟逗弄妳一下，妳就像小貓一樣吱吱叫。」

冬青掌的尾巴輕拂過獅掌的鼻子說：「你自己也會吱吱叫啊！」

「從育兒室出來我就沒再吱吱叫過！」

冬青掌調皮地把眼睛瞇起來。「要不然我咬你一下，看你多勇敢？」

「那妳得先追得到我再說吧！」

獅掌衝出去，冬青掌在後追趕。「接住！」他突然減速停在獵物堆旁，叼起一隻老鼠拋向追趕上來的冬青掌。「咬這個吧。」

一輪滿月浮在藍黑色的夜空中。前頭的湖面升起一座島，島上的樹枝在星空下搖曳著。

獅掌在冬青掌旁邊，沿著布滿碎石的湖岸走在貓群裡。他看了松鴉掌一眼。弟弟在這不熟悉的地面上抽動著鼻子聞來聞去。有時候葉池會側身摩擦松鴉掌的身子，引導他繞過尖銳的石頭和突出的樹根。

他該跟松鴉掌警告前方有一座樹橋嗎？那非常滑，獅掌第一次走的時候都差一點掉下來。

冬青掌在他身旁喵著，「如果能看到柳掌就好了。」

「柳掌？」他心不在焉地回應著。獅掌在這次大集會唯一想見的是石楠掌，她是風族一個可愛的見習生，有著一雙迷濛的藍眼睛。他嘆了一口氣。

「你在想什麼？」冬青掌碰了碰他，「想得都出神了。」

「呃，松鴉掌，」他很快的回答說：「我在想他過得了樹橋嗎？」

「別讓他聽到你這樣說。」冬青掌警告著。

突然獅掌感覺到有冷水滲到他的爪子，火星已經帶領他們來到河族邊境的沼澤了。沙暴緊跟在火星之後，棘爪和松鼠飛走在蜜妮和灰紋旁邊，樺落和塵皮在後頭小聲的說話。榛掌聽從導師的話，莓掌卻閃來閃去在草堆間聞東聞西，好像隨時要衝出去獵食。

「這是河族的領土。」冬青掌低聲說，提醒莓掌不可以在別族的土地上捕獵。

「我知道，」莓掌反駁，「看看總可以吧。」

「你最好是看就好哦。」

灰紋高聲說：「火星？」接著說：「看來冬青掌要取代你的領導位置了。」

獅掌瞄了姊姊一眼。心想這是灰戰士以溫和的方式提醒她不要愛管閒事嗎？

「由她去吧，」火星答道，「等她長再大一點，我才需要擔心。」

「喂！」冬青掌氣得膨起全身的毛，「我只不過是在提醒他。」

火星在路上停下來，所謂的路其實是倒在湖畔和島之間的樹木，盤根錯節像蛇一般露出水面。樹皮上還留著風族和影族的氣味；看來他們已經到了，獅掌豎起了耳朵，喵喵聲依稀從島上傳來。沙暴敏捷地跳過樹根和樹結到了對面，其他的貓一一跟上。獅掌向後站，看著冬青掌跟在榛掌之後。

「獅掌，幹嘛不走？」冬青掌站穩之後說。

「當然要走。」獅掌回答。

「他等在後頭是怕我掉到水裡。」松鴉掌在獅掌後面這麼說。

「那是因為我第一次也差點掉下去，」獅掌緊接著解釋，「爪子一沒抓好就很危險。」

松鴉掌走到樹根糾結在一塊的地方，用前爪摸索前方的路。

「往這兒，」葉池叫著，跳過松鴉掌停在樹幹上，「不會太高。」

松鴉掌抬高鼻子聞了一下，判斷他的導師離他有多遠。接著用後腳撐起，用爪子摸索前進到導師身旁。突然，他前腳打滑。

看到松鴉掌向旁跌去，獅掌的心揪了一下。葉池急忙衝向前，但松鴉掌已經用前爪攫住腐木，甩動尾巴保持平衡。獅掌壓抑住想幫忙的衝動，而此時松鴉掌也已經爬過他的導師，沿著樹幹前行。葉池蜷伏在旁，屏氣凝神全身緊繃，松鴉掌如果再跌一跤，她就要隨時上前救援。一步接著一步，這眼盲的見習生就這樣緩緩的在橋上摸索前進。

「往這跳，松鴉掌！」冬青掌在岸邊遠處叫著，「這兒的沙子雖然軟，但沒有障礙物。」

松鴉掌縱身一躍，落地的姿勢不是很好看，但馬上就站穩了。

獅掌這時才感到如釋重負。

「獅掌，快點！」

莓掌想要超越，獅掌躍向前擋住路，因為一前一後跟得太緊，樹幹有些晃。

「快點！」莓掌催促著。

獅掌的後腳跟感覺到夥伴的呼吸，要他走快一點，他步步謹慎在樹幹上快速前行。

「急什麼！」蕨毛警告的喵聲就在他們身後不遠處響起。但是莓掌還是繼續緊跟在後。

「不要再這樣慢吞——」見習生的喵聲突然轉為尖叫。

獅掌轉頭瞥見他滑落樹幹，乳白色的身影正要墜落到黑水。

蕨毛撲向前咬住莓掌的頸背。莓掌在空中扭動擺盪著身體，腳掌亂抓，他那濃密的奶黃色尾巴尖端，在湖面劃開陣陣漣漪。

「別亂動，」蕨毛從緊緊咬住的齒間發出警告，金棕色的戰士肌肉緊繃，把莓掌提上樹幹，「不是告訴過你不要急嗎？」

獅掌眨眨眼，**感謝星族，還好掉下去的不是我！**他轉身繼續往前走，很高興莓掌不再千方百計地想要超越他。有股新鮮的河族氣味從岸邊飄過來，他們一定巡邏到湖的這一邊了。獅掌的視線掃過岸上，但沒看到半點跡象。

當他與莓掌、蕨毛、灰毛終於跳上岸，火星喊道，「大家都準備好了嗎？」

群貓點點頭。火星以尾巴示意，大家開始走進樹林。

獅掌看著冬青掌黑色的背影消失在樹叢中，當他準備追上她時，他的腳掌興奮地顫動著。但是松鴉掌卻一動也不動地盯著樹林。**他在緊張嗎？**

「那只是樹林，」獅掌為了使他安心說道，「只要穿過去，空地就在不遠處。」他的尾巴靠在松鴉掌身邊，並感覺到弟弟的毛皮底下有一身強壯而又精瘦的肌肉。

「過來啊，你們兩個！」冬青掌從樹林衝回來，「你們在磨蹭什麼？」

「在計畫怎麼登場。」松鴉掌輕彈了一下尾巴，向前邁進。

「影族和風族已經在空地那兒等著了，」冬青掌轉頭向後說，「可是河族還沒到。」

「他們在路上了，」獅掌說。「我剛在樹橋上聞到了。」

松鴉掌舉起鼻子說，「你說得沒錯，」他的鬍鬚抖了抖，「但事情有些不尋常——。」

獅掌張開嘴再聞一聞河族的氣味。看來跟平常沒兩樣。「會不會是魚吃多了。」他猜。

「我們最好搶在前頭。」冬青掌催促著大家穿過樹林，到達空地邊緣。

當他們出現在空地時，松鴉掌聞了聞。「每次都會有這麼多貓嗎？」他低聲地說。

獅掌看著空地上擠滿戰士、見習生、巫醫，這對他來說像是一場普通的大集會。**石楠掌也在這裡嗎？**

「嘿！寵物貓！」

白尾，一隻風族的母貓，衝向蜜妮。她的見習生，風掌，有雙平平的耳朵，也緊跟在後。

獅掌張開利爪，準備防衛保護他的族貓。

「嗨，蜜妮！」白尾和蜜妮摩擦鼻尖，然後尾巴纏繞在一起像是老朋友一樣。

獅掌收回爪子。

「她們彼此認識嗎？」冬青掌驚訝地張大了嘴問。獅掌聳聳肩。

風掌睜大眼睛看著，當他的導師與蜜妮分開時還對她眨眨眼說：「謝謝妳上次競賽時給我們兔子。」她說：「妳就像同族貓一樣分享食物。」

蜜妮點頭說：「那是個分享的日子。」

「看來競賽還是有它的好處。」冬青掌對獅掌低聲說道。

但是風族的裂耳，就瞇著眼睛盯著蜜妮看，顯然不喜歡看到他的夥伴跟一隻寵物貓交談。枯毛也在看，毛皮豎立著側身跟同族的夥伴竊竊私語。

風掌什麼話也沒說，只是離開他的導師穿過這熱鬧的空地。莓掌和榛掌正和一群影族和風族的見習生聊天。當風掌加入時，獅掌毛豎立著好像有所期待，石楠掌淺棕色的身影也會出現在其中嗎？他沒看到她。

「你為什麼這麼失望呢？」松鴉掌問。

獅掌看了他一眼，「失望？」松鴉掌總是這樣冷不防地看穿他的心思，「我哪有！」

「曠野上的老鼠都聽得到你垂尾喪氣的聲音。」松鴉掌說。

「我在想會不會和誰遇上。」獅掌承認。

冬青掌豎起耳朵，熱切地說：「你想見石楠掌！」

「是妳自己想見柳掌吧！」獅掌反駁，因冬青掌的指控而豎起了毛。

「這是兩回事。」

「根本就一樣，」獅掌抗議。「我們只是普通朋友。」當他說話時聞到一陣熟悉的氣味，石楠掌正朝著他飛奔而來。

「獅掌，你來了！」

他心裡一震，緊張地看一下松鴉掌。是不是連心跳都被他聽得清清楚楚？獅掌隱藏起興奮，像先把獵物埋起來待會再享用一樣。「石楠掌妳好！」獅掌若無其事地打招呼。

「你見到我好像不是很高興的樣子，」這隻風族貓抖了抖耳朵。「我一整季都認真表現，所以鴉羽不得不帶我來。」

表現得這麼冷淡，獅掌感到一陣罪惡感，不過一陣憤怒又從腳掌升起，**我幹嘛要有罪惡感？她不過就是個朋友**。「很高興妳來了。」獅掌說。

冬青掌搶在前頭，跟石楠掌互碰鼻尖，「星族又給我們好天氣。」她很有禮貌地打招呼。

「妳把弟弟帶來了！」石楠掌見到松鴉掌眼睛一亮。獅掌嫉妒得背脊像被一陣冰涼的冷水澆灌一般。他真希望石楠掌當時不在場，沒看到松鴉掌把他從塌陷的獾穴救出來的樣子。

當松鴉掌沒好氣地說，「沒貓帶我來，我是跟大家一起來的。」獅掌簡直感激得不得了。

「那當然！」石楠掌立刻回答。「我知道你可以自己旅行。不過——」

「松鴉掌！」葉池及時地呼喊，讓石楠掌避免掉慌亂道歉的尷尬。「過來跟大夥在一起！」她跟吠臉和蛾翅在一起。

獅掌看著松鴉掌一步步走向其他的巫醫貓。「妳別管松鴉掌，」獅掌跟石楠掌說：「他脾氣跟獾一樣壞。」

「誰脾氣壞？」

獅掌豎然停住看誰在說話。看到風掌緩緩走向他們的時候，獅掌的心往下一沉。

「妳不會是想浪費時間跟這兩隻貓一直聊下去吧？」這隻黑色的風族見習生在石楠掌身旁坐下來。「藤掌和鴞掌剛剛還跟莓掌比賽誰跳得最高。」他舔舔前掌然後拂過耳朵。

「那你怎麼不去看？」石楠掌說道。

「那妳怎麼不跟我一起去？」風掌的眼神帶著挑釁。

獅掌聽到蕨類植物娑娑的聲響，還聞到一股熟悉的味道。「河族到了。」他說。

冬青掌在獅掌身邊踮起腳跟看著河族排隊走進空地。

但事情顯然不太對勁。他們尾巴下垂，耳朵向後倒。松鴉掌在獅掌耳畔低聲說道，**事有蹊蹺**——。

冬青掌瞇眼一瞧說，「豹星不是很高興。」

這隻金色的虎斑貓與火星打招呼，但是尾巴卻不安地擺動，環顧四周。

「冬青掌！」柳掌向前來打招呼。「我不能久留。」這隻河族的巫醫見習生上氣不接下氣地說：「我得去找蛾翅，先過來跟妳打一下招呼。」

「沒什麼事吧？」冬青掌問，「你們族裡，我是說，你們看起來全都有點——。」

這時候鴉羽加進來了。獅掌的鬍鬚沮喪地抖了一下。難道他就不能跟石楠掌獨處片刻？

「石楠掌，」鴉羽輕快地說，「妳為什麼不去見見其他族的見習生呢？趁機會多認識一些貓。」鴉羽的眼神迅速飄過獅掌和冬青掌。

「走啦，」風掌催促著，「去看看藤掌是不是能跳贏莓掌。」

石楠掌望了獅掌一眼聳聳肩說，「那好吧。」

獅掌尾巴掃過身後布滿松針的土地，眼睜睜地看著鴉羽和風掌把石楠掌帶走。

「所有貓族在星空底下集合！」

黑星響亮的喵聲從大橡樹傳來。四族族長並排坐在最下面的樹枝，月光反射他們的輪廓，而眼睛在月光下閃爍著。獅掌緊跟著冬青掌，她跟著族貓向前推進，然後坐在蕨毛身邊。獅掌擠到她前面去，坐在灰毛旁邊。

「嘿！」冬青掌嘶嘶的叫著：「頭低一點，我看不到。」

獅掌蹲低了點，他這才發現這一陣子，他長得比他姊姊大多了。

「影族有好消息要告訴大家，」黑星宣布：「褐皮為我們添了三隻新生的小貓。」

貓群間響起此起彼落的恭喜聲，其中最大聲的是松鼠飛，「褐皮，太棒了！」

黑星接著說，「他們的名字是小焰、小曦、小虎！」

當這老戰士的喉嚨發出小虎的名字時，突然一片鴉雀無聲。獅掌眨了眨眼，大家怎麼還是這麼害怕虎星，那只不過是個久遠記憶？他們都跟貓頭鷹一樣迷信。

「如果是褐皮的小孩，」他轉頭跟冬青掌低聲說道：「那就是我們的親戚！」在別族有親戚，感覺蠻奇怪的。這是第一次他試著站在父親的立場去感覺褐皮的存在。她是棘爪的姊姊，但是她的命運卻和外族連結起來。在未來的戰鬥中，需要和她面對面嗎？

「還有其他事要報告嗎？」火星的聲音把獅掌從思緒中拉回來。

「我錯過了什麼嗎？」獅掌轉頭看了姊姊一眼。她搖搖頭，但眼中卻帶著一絲憂慮。

黑星捲起尾巴裹在腳掌前，看起來心滿意足的樣子。一星的頭撇開，表示沒什麼要說的。

火星點點頭說：「雷族也都很好。」他轉頭對河族族長說：「豹星？妳還沒有發表。」

「沒有什麼要說的，」她簡短地說道：「魚又回到湖邊，狩獵很好，我們這一族很好。」

「聽妳這樣說我很高興。」火星回答。

「那麼大集會結束。」豹星宣布。

當族長們從大橡樹的矮樹枝上跳下來時，各族的貓也開始步行離開。獅掌伸展全身，久坐不動之後感覺有點冷。

棒掌用鼻尖碰碰他，「影族新增了三隻貓！」她說道：「我們得加緊訓練才行！」接著她跟著夥伴穿過空地。

獅掌很快地跟過去。「他們只不過是小貓而已。」

「小貓也會變成戰士！」榛掌提醒他。

獅掌感覺到冬青掌靠近到他，她的毛豎立著，「你覺得有一天我們得跟他們戰鬥嗎？」她焦慮地低語著。

「我們現在先不要談論打仗的事。」松鼠飛早就在他們身旁聽到了，「那三隻小貓不管對任何一族來說都是祝福。」她顯然對這件事非常高興。

葉池也跟上來，松鴉掌也在一旁。「我上次見到褐皮時就注意到她懷孕了。」

松鼠飛很驚訝地說：「妳怎麼都沒提過。」

「都是星族的安排，輪不到我來說。」葉池回答。

「而且，這不關妳的事！」一個沙啞的喵聲把他們嚇了一跳。

獅掌轉頭看到花楸爪，一隻薑黃色的影族戰士，瞇著眼睛瞪著他們。**他一定就是那些孩子的父親。**

松鼠飛也回望他說：「恭喜啊，花楸爪，有三隻健康的孩子真是一大祝福。」

花楸爪嘶著嘴咆哮著：「三隻健康的貓、影族生的。」

「如果他們能一直對原生部族保持忠誠，那才能算是祝福。」松鼠飛犀利地回答，她的脾氣也爆發了。

花楸爪發出了低聲的吼叫。

葉池這時介入兩個戰士之間說：「沒有必要爭吵。」

「他只是說出事實。」

誰在說話？獅掌四下張望。**是風掌！**他站在父親身邊。

鴉羽的眼睛正盯著葉池閃閃發亮：「風掌，別忘記，雷族現在正流行混血。」

葉池的頭猛然向後，好像被鴉羽的爪子刮了個耳光。她很快地轉身離開。

「他說得好像雷族做錯什麼似的！」獅掌伸出利爪，這時他感覺到母親的尾巴滑過他。

「走吧，獅掌，別忘了協定。」她推著獅掌走向空地邊緣，遠離鴉羽、風掌和花楸爪。

獅掌轉頭盯著那三隻貓，他恨不得可以不管那什麼愚蠢的協定，將每隻貓都撕掉一塊皮。

「獅掌！」石楠掌跳向他。

「什麼事？」獅掌面對著石楠掌停下來。松鼠飛也站在一旁。

石楠掌抬頭對她說：「我可以跟獅掌說一下話嗎？拜託。」

松鼠飛動了動耳朵，還是點頭答應道：「不要太久喔！」於是她跟著葉池、冬青掌和松鴉掌走進樹林。

「請你不要生氣，」石楠掌請求道：「鴉羽的脾氣一直都是這麼壞，而風掌也自以為他已經是戰士了。」

「但是妳也聽到了，他們是怎麼批評雷族的血統！他們就是不肯罷休，對吧？」

「或許他們不能，但我們可以嗎？」石楠掌的眼睛一亮，「我有個計畫。」

「回敬他們一次？」

石楠掌眼睛一亮。「當然不是！他們是我的族貓！」她彈了一下尾巴說：「我的計畫是截然不同的。」

獅掌把頭側到一邊，「那是什麼？」

「與其等到下次大集會，我們難道不能提前碰面？」

「提前？」獅掌語帶驚訝地說。但是未經允許和他族貓碰面，難道不是違反戰士守則嗎？

「明天晚上。」她低語。

「要怎麼做？在哪裡？」

「在樹林邊界。靠近紅豆杉那裡。我們可以趁夥伴們睡覺時溜出來。」

「可是——」

石楠掌抖一抖鬍鬚說，「來嘛！一定很刺激，我們又不會害到誰。」

獅掌胸中忐忑不安充滿了罪惡感，但石楠掌的一雙藍眼睛充滿希望地看著他。聽起來真的很好玩。他可以說他一直有夜間練習狩獵的習慣，而且石楠掌說得對，不會造成什麼傷害，不是偷獵物也不是刺探。如果夠小心根本不會有貓知道。**我還是忠於本族也沒怠忽職守。**

他向石楠掌眨了一下眼睛說，「好。」

第二章

冬青掌夢到她正在雨中穿越鋪滿落葉的森林。她看見柳掌的斑紋穿梭在林木之間。河族的巫醫見習生跑得很快，總是超前幾步。

「等等我！」冬青掌喊道，「我有話問妳。」

「追得上我再說！」柳掌回答。

冬青掌追得更急了，她的腳掌在泥濘中滑行，但柳掌總是超前一個尾巴。

「河族是不是發生什麼事？」冬青掌大喊。

「雨太大聲，我聽不到。」

「告訴我到底是怎麼了！」

雨愈下愈大，打到地上的落葉又彈起來。

「柳掌！」

「除非妳追上來，要不然就不跟妳說。」

「妳停下來！」冬青掌在傾盆大雨中瞇起眼睛，「柳掌？」

柳掌不見了。

冬青掌獨自在溼答答的森林裡。

她睜開眼睛，雨正打在貓穴的頂端，並沿著紫杉樹枝上的枯葉滴進貓穴中。冬青掌發抖著挪動身體朝洞穴深處的苔蘚移動，但卻壓到一團溼溼的東西。是獅掌。

冬青掌把他推開，「移過去一點，你全身都是溼的。」

獅掌又滾回她身邊。

「獅掌！」她站起身，定睛看著弟弟。晨光從枝枒間透下來，剛好可以看清楚這隻熟睡著的貓的毛色。獅掌渾身溼答答的，好像整晚在外頭淋雨。冬青掌狐疑地打量著他。也許他是出去上廁所又溜回來睡覺。

她打了個呵欠伸展身子，尾巴顫動著，真是冷到骨子裡。鼠掌、莓掌和蜜掌不管外頭下雨，都還熟睡著。罌掌和榛掌的床位是空的，但是他們的氣味還在；一定是去黎明巡邏了。

「是冬青掌嗎？」煤掌抬頭睜開眼睛說，「雨把妳吵醒了嗎？」

冬青掌搖搖頭說，「是被獅掌吵醒的，」她說，「他全身都溼透了。」

「妳是說雨下那麼大他還跑出去？」煤掌用前爪揉一揉眼睛。

「好像是。」冬青掌好奇得全身發癢。獅掌的舉動怪異已經不是第一次。就在幾天前獅掌也是黎明前溜回洞穴把她吵醒，藉口是去上廁所，但是他身上明明有樹葉的味道，像是去了林子深處，不只是去了沙堆。而且獅掌回答得又快又急，好像怕冬青掌刺探，早就想好答案。肯定是在搞什麼名堂。

煤掌肚子咕嚕咕嚕叫，「不曉得獵物堆還有沒有東西吃？」

「應該還有昨晚剩下的，」冬青掌說，「咱們去瞧瞧。」

她在睡著的同伴之間找路走到出口，幾乎看不到獵物堆，因為天色未亮，雲多雨急，空地上的泥淖被雨打得像跳起舞來。

煤掌湊到她身旁說，「我們用衝的。」

「好。」冬青掌瞇起眼睛一躍，出了洞口。

蜷伏在擎天架下避雨的暴毛和溪兒，正在分食一隻溼透了的知更鳥。

「這種天氣連河族都吃不消！」暴毛打著招呼。

冬青掌停了下來，眨眼擠出雨水說道：「我現在知道當魚是什麼感覺了！」

煤掌從她身旁走過。

「別坐在那裡像隻嚇呆的兔子，冬青掌，」溪兒催促著，「找地方躲雨！」

冬青掌緊跟在煤掌之後，當她到獵物堆旁停住時，就像用噴的一樣抖落一身髒水。有些肉塊被泥裹住。她叼起一隻看來不怎麼樣的老鼠，走到巫醫洞穴旁茂密的荊棘叢底下。

「好噁！」煤掌從嘴邊放下一隻還在滴水的鶇鶇，開始把身上的水抖掉。冬青掌被水濺了一身都是，壓平了耳朵。

「對不起，」煤掌蜷曲身子咬了一口鶇鶇，「根本是在吃土。」她邊說邊嚼。

營地裡好像開始有些騷動。刺爪繞著空地邊走邊打呵欠，塵皮跟在後面。冬青掌把最後一口老鼠肉吞下。火星從擎天架的洞穴出來檢視營地。從戰士窩中一躍而出的棘爪與火星在懸岩上會合，然後一同消失於火星的洞穴中，在他們低垂的尾巴身後，大雨不斷落在崖壁上。

鼠毛從金銀花垂墜的長老窩往外頭一看，嫌棄地哼了一聲又走進去。灰紋從戰士窩裡面晃出來，一身濃密的灰毛貼住身體，衝到獵物堆銜了兩隻鳥，又衝回自己的窩。

蕨毛從戰士洞裡走出來舒展全身，接著站直並理一理金色的毛。「冬青掌？」他瞇著眼看她，雨水從他鬍鬚流下來，「是妳嗎？」

冬青掌從荊棘叢下走出來打招呼，「我剛跟煤掌在吃東西。」

「嗯，要是吃飽了就和我一起去打獵。」

冬青掌高興得不得了，打獵可以讓她身體暖起來。「煤掌也可以一起來嗎？」她問。

煤掌搖搖頭說：「雲尾要我負責打掃長老睡覺的地方。」

「那如果可以的話，我就帶一隻新鮮老鼠回來給妳。」冬青掌承諾道。

「帶一隻沒泥土的，拜託。」煤掌低聲喵嗚著。

「冬青掌，走吧！」蕨毛已經奔出去了。

冬青掌追著蕨毛走上陡坡往林子裡去。這時雨勢漸歇，冬青掌終於有辦法睜大眼睛。前方樹木愈來愈濃茂，在森林深處松樹也開始長出新葉。影族的領土就在這條路上。冬青掌想起新生的小貓——她的親戚——就在邊境外的營地裡。如果他們有共同的血緣，是不是也會有相同的氣味呢？決定氣味的是血緣還是部族呢？要如何分辨是誰留下的氣味？

「蕨毛？」

蕨毛在潮溼落葉上停下腳步，轉頭向她，眼光裡閃著希望，問道：「妳聞到獵物的味道嗎？」

冬青掌搖搖頭說：「我只是在想……」她試著想找出適當的字眼來解釋內心的不安。

「想什麼？」

「嗯，我在想……」

蕨毛把雨水從鬍鬚上抖掉。「我的老天啊！到底是想什麼？」

「如果影族新生的那幾隻小貓是我的親戚，如果戰事發生，我也必須和他們對打嗎？」

「當然，如果他們威脅到雷族。」蕨毛繼續走向森林，在潮溼的地面尋找獵物的氣味。

冬青掌緊跟上他。「但如果是雷族威脅到他們呢？我覺得這樣不公平！」

「我們怎麼會那樣？」蕨毛邊說邊擺出匍匐的狩獵姿勢。

「我只是說如果？難道我不該對我的親戚也有些責任？」

「真正的戰士會不顧一切的效忠本族。」蕨毛的後掌開始往前推進，準備向前撲。

「你不能傷害和你有相同血緣的貓，」她爭論著。

「妳是說有比戰士守則更重要的嗎？」蕨毛說。

冬青掌惶恐地眨著眼睛，「如果真是這樣，我們怎麼知道什麼是對的——。」

「噓！」蕨毛要她安靜，不遠處有一棕色的身影正逃回地洞。

蕨毛起身，怒視著他的見習生。「可不可以不要再想什麼戰士守則，只要跟緊獵物？妳的族貓正在挨餓，妳應該想辦法讓他們填飽肚子，而不是在這個時候想什麼對錯的問題。」

冬青掌的尾巴垂得低低的。他說的沒錯，她把可以餵飽同伴的獵物嚇跑了。「對不起。」她喃喃低語。

「現在別再問問題了，開始找東西帶回營地！」

冬青掌比平時更努力的狩獵，帶回了三隻老鼠。蕨毛領著她穿過荊棘隧道。他把口中叼著的烏鴉放到獵物堆上，已經有其他狩獵者先補充食物了。

「妳做得很好，」他恭喜她。能夠將功贖罪，她總算鬆了一口氣。「現在回到妳的窩裡把自己弄乾吧！」他建議著，「我會把食物拿去給鼠毛和長尾。」

雨停了，但樹林中的水珠還是滴滴答答的。冬青掌走向見習生窩，裡頭只有獅掌在睡覺，他那金黃色的斑紋隨著呼吸起伏著。他怎麼能夠在大家忙碌的時候，繼續睡大頭覺呢？

「獅掌，灰毛難道沒有派給你任何工作？」她生氣地問。

「呃？什麼？」獅掌猛然抬起頭看，對她眨眨眼，「已經天亮了嗎？」

「太陽已經半天高了！」

獅掌跳起來，睜大眼睛帶點罪惡感說：「灰毛有找我嗎？」

「我不知道，我才剛打獵回來。」冬青掌尖銳地回答。她開始整理床鋪，用牙齒拉一拉，甩掉溼氣讓空氣進來。「你為什麼看起來這麼累？」她咬著青苔含糊地問著。

「我沒睡好。」獅掌回答。

冬青掌看著他，他盯著地上看，迴避她的眼光。「獅掌，怎麼了嗎？」

「沒事。」他很快的回答。

「你確定？」

「當然！」他暴躁地回答。

冬青掌感到一陣難過。他們總是什麼事都彼此分享，但現在她想多知道一點，卻像在刺蝟身上抓跳蚤一樣難。除非牠自己跳出來，否則連碰也別想碰。

「好吧！好吧！你也沒有必要像要把我吃掉一樣！」她又開始拉青苔。

獅掌大步走過她身邊，「我沒有要吃掉妳。」他低聲說：「只是有時候做什麼事不想被問東問西！」他走出去，留下冬青掌獨自一個。

她嘆口氣，把正在整理的青苔丟在地上。或許松鴉掌知道獅掌怎麼了。他總是猜得透她的心事，或許他也知道獅掌的事。她穿過荊棘樹叢，朝巫醫窩走去。

松鴉掌正在石牆後的裂縫中把藥草分類。「我正在忙，」他頭也不抬地說：「葉池要我在她從育兒室回來之前，看看我們還需要什麼藥草。」

「小貓生病了嗎？」冬青掌焦慮地問。

「黛西感冒了，」松鴉掌回答。「不嚴重，但雨這樣下，葉池想要先掌握好，免得情況變得更糟。」

「我想跟你談談獅掌的事。」她大膽地提出來。

「他生病了嗎？」

「沒有。」冬青掌坐下，希望松鴉掌也能停止手邊的工作，好好的跟她說話。「只是他最近很累，又愛生氣，每次我跟他說話，他總是很不耐煩的樣子。」

「我哪知道他怎麼了？」松鴉掌把一堆深綠色的葉子攏在一起。冬青掌試著要記住藥草名

——畢竟她也受過一陣子巫醫訓練——但就是想不起來。

「你通常不是都會知道嗎！」

「妳和他住在同一個窩耶，」松鴉掌說：「而我整天和葉池黏在一起。」他語氣不滿。

冬青掌坐著沉默了一會兒。那個柳掌的夢境已經讓她十分困擾，現在又加上獅掌的事。如果松鴉掌不想理會獅掌的事，他可能也不會管她河族朋友的事吧。不過……

她決定用迂迴戰術，這招在追蹤狡猾的獵物時也很管用。

「上次大集會，你跟柳掌講過話嗎？」她不經意地問著。

「沒講多少。」

「我想她很擔心你不喜歡她。」

「我為什麼要喜歡我遇到的每一隻貓呢？」松鴉掌發牢騷。

「那你為什麼要討厭你遇到的每一隻貓呢？」她回他一句。「柳掌很好，你用不著非讓她覺得不舒服吧。」

「我沒有讓她覺得怎麼樣啊。」松鴉掌繼續弄著藥草，「她想什麼都跟我無關。」

「在大集會的時候，你不覺得她很焦慮嗎？」冬青掌繼續追問：「你不覺得整個河族都怪怪的嗎？」

松鴉掌抬起頭說，「也許吧。」他豎起耳朵，好像冬青掌終於引起他的注意了。

「所以這不是我憑空想像的？」

「想像什麼？」

「有事情困擾著河族？」

「妳覺得有嗎？」松鴉掌這會兒靠向她了。

「我不知道，」冬青掌不想製造謠言，讓河族看起來很弱勢的樣子。這樣會對朋友有不忠的感覺。而且，這也可能不是事實。「那你覺得呢？」

「我也說不上來。」

冬青掌感到一陣挫折。**這樣的對話一直在繞圈圈！**

「但我這次去月池，或許會找到一些蛛絲馬跡。」松鴉掌說。

對啊！巫醫們在月半的時候，都會去月池。再過幾天就是了。「如果發現什麼事困擾著柳掌，你會告訴我吧？」冬青掌問。

松鴉掌瞇起眼睛說，「當然！我知道該怎麼做。」

冬青掌緊張地毛豎立著，「我可沒要你去刺探喔，」她喵聲說，「只要讓我知道，我的憂慮是不是多餘的……」

「好啦。」松鴉掌聳聳肩，又開始扒起另一堆藥草。

「冬青掌！」蕨毛在空地上叫著。

她趕快從巫醫窩裡出來，稍微鬆了一口氣。一片藍天在山谷上方的雲層中展現。

「趁著雨停，我們最好在樹林裡做訓練，」蕨毛說，「雲尾正要帶煤掌出去探索，我想我們可以加入他們，好好認識我們的領域。」煤掌蹦蹦跳跳地過來，後面跟著雲尾和樺落。

「火星要我們去巡一巡狐狸的老窩。」樺落宣布，「要確定那些小狐貍沒有再回來。」

冬青掌渾身打顫，她還記得之前和弟弟們被小狐狸追的可怕遭遇。

「冬青掌，別擔心，」煤掌低聲說：「我會掩護妳！」

冬青掌跟著三個戰士走出營地時，輕拂過好友表示感謝說，「我也會掩護妳的。」

當他們來到通往狐狸窩的下坡路時，冬青掌嗅了嗅空氣。她的腳掌發抖。**狐狸！**

「年輕的，母的，但是已經不新鮮了。」煤掌解說時鼻子還不停地抽動著。

「妳怎麼那麼確定？」冬青掌驚訝地問。據她所知，煤掌從來沒遇過狐狸，不可能會清楚地分辨牠的氣味。

煤掌聳聳肩說：「我就是知道。」

「她說對了，那已經不新鮮了。」雲尾說：「從落葉季開始這裡就沒有狐狸了。」

冬青掌看著她的朋友。有時候煤掌所說的或是所做的，好像比她應該知道的還多，但是她不像是會隱藏祕密的。這隻灰色的見習生一直領先三步走在她前頭，好像隨時都可以往前衝。或許她來過這裡，只是忘了。

雲尾顯然也想著同樣的事，「妳來過這裡？」

煤掌搖搖頭回答：「這絕對是第一次。」

雲尾和蕨毛互望了一眼，冬青掌猜想，他們也跟她一樣感到困惑吧。

⚡⚡⚡

貓頭鷹在山谷叫著，冬青掌被吵得翻來覆去，她伸掌去感覺獅掌的床鋪，想確定他還在，但一摸卻發現是空的。她睜開眼睛。

「獅掌？」她低聲嘶叫著。

沒有回應。她再伸遠一點，看他是不是滾到床鋪的另一邊。沒有，他確實不在。

「妳在找獅掌嗎？」罌掌在另一頭打呵欠說，「他出去好一會兒了。」

冬青掌坐起身，心跳加速。獅掌這樣失蹤的次數太多了。

「出什麼事嗎？」罌掌的眼睛在黑暗中閃亮著。

「沒──沒事。」不想引起其他見習生的懷疑。

「獅掌又去上廁所了嗎？」煤掌的聲音從她背後響起。「一定是他吃的那隻老歌鶇壞掉了。」

冬青掌對她的朋友感激不已，她顯然是在幫獅掌掩飾，不讓罌掌再繼續問更麻煩的問題。因為她知道那隻歌鶇絕對沒問題，是當天剛抓到的，很新鮮。

「我去看看他。」冬青掌說。

她爬出窩，匆忙沿著營地邊緣有陰影的地方，儘可能安靜地跟著獅掌的氣味，出了營地，穿過隱密的通道。**你最好是在上廁所**，冬青掌禱告著。

有腳步聲在她後頭響起。冬青掌停下腳步，回頭看。

「是我，」煤掌的喵聲從暗處響起，一隻灰色虎斑貓走出來，「我想妳可能需要同伴。」

「謝了。」如果獅掌真是來上廁所，那讓煤掌知道也無妨；但如果不是，而是和冬青掌所擔心的一樣，跑到森林裡去的話，那有個朋友來作伴也不錯。

她們一前一後擠過狹小的通道來到沙堆。

「他不在這裡。」煤掌低聲地說。

冬青掌嘆了一口氣，心一沉，「噢！不。」

「妳覺得他會在哪裡？」

冬青掌不敢回答。她猜得到他在黑夜掩護下溜出營地的原因，但她不想去相信。

「他往這條路走。」煤掌用鼻子指出通往湖邊的上坡路。

冬青掌心頭一緊，那條路是通到山脊然後再繞到沼澤地，也就是風族的領域。**或許他是去探險吧**。她雖然存著一絲希望，但心裡還是暗自懷疑，他是去找石楠掌。

「我們要不要跟蹤他？」煤掌看著冬青掌，眼神帶著焦慮。她也猜到了？不會吧，她怎麼會知道？

「也許不干我們的事！」冬青掌有氣無力地說。

「這當然是我們的事！同族的夥伴獨自在外，萬一發生了什麼事怎麼辦？」

「這是妳跟蹤他的唯一理由嗎？怕他發生危險？」

「不，」煤掌坐下來說，「我想他現在做的事，會讓他後悔一輩子。」

冬青掌被朋友嚴肅的語氣嚇了一跳。「妳知道什麼我不知道的事嗎？」她問道。

煤掌搖搖頭，「這是我的感覺，我也說不上來。可是就覺得獅掌正在犯一個錯誤，一個從前也被犯過的錯誤，這種錯誤不該再延續下去，因為只會惹上麻煩……」

她的聲音漸漸變小，但她的眼光卻激動地閃著。

「好吧。」冬青掌無法忽視朋友和她自己的感受。直覺告訴她，獅掌正在違反戰士守則，她的責任就是要阻止他。她衝上斜坡，循著獅掌的氣味奔向山脊，很快的她們來到林邊。在她們面前是通往湖邊的下坡路，湖水在月光照映下波光粼粼。冬青掌眺望著遠方的沼澤地，希望看到獅掌，又希望不要看到他。如果獅掌只是夜間在雷族領地遊蕩就好了。

在黑影幢幢的石楠樹叢裡，並沒有任何動靜。冬青掌衝下斜坡，沿著兔徑到達粗獷的草地。愈靠近風族邊界，腳底下就有愈多泥煤的感覺。到了坡度漸緩的地方，石楠樹枝從小徑兩側伸出，湖水拍打沿岸的聲音也愈來愈大。

「妳聽到了嗎？」煤掌的嘶叫聲嚇了她一跳。

她豎起耳朵。一個由石楠樹叢環繞的山谷呈現在她們眼前。山谷裡傳出了聲音。冬青掌的尾巴豎立著，她認出獅掌的聲音。他的聲音聽起來是這些日子以來最快樂的。她匍匐向前，蹲低，躲在石楠樹叢後面。樹枝沙沙作響，她躋身在光禿的樹枝之間，往山坡上凝視。

她的弟弟像一隻興奮的小貓，正追逐著一顆青苔球。他撲向那正要落地的球，然後用力一揮，球飛向另一方向。一個柔軟的身影，從草地上一躍而起把球接住。她的斑紋在月光下十分耀眼。冬青掌的心像石頭一樣往下沉，是石楠掌。

「妳看起來並不訝異。」煤掌悄悄到她身邊，也看著草地的那一邊。

冬青掌搖搖頭，「我並不意外。」心不甘情不願的從石楠樹叢中走出來大喊，「獅掌！」

獅掌和石楠掌突然靜止不動，惶恐的互相注視著對方，那顆球掉落地面。

「你在這裡做什麼？」冬青掌質問著。

獅掌的眼光慢慢從石楠掌身上轉向冬青掌。他用蔑視的眼神反問，「妳在這裡做什麼？」

「找你啊！」

「不准刺探我！」

冬青掌畏縮著。「你不應該在這裡，跟她玩！」她瞪著石楠掌。

「為什麼不行？她只是朋友。」

「外族的朋友！」

「妳和柳掌也是朋友啊！」

「我並沒有每晚都偷跑出去和她見面。」

獅掌想開口反對，但一個字也說不出口。冬青掌知道她口頭上占了上風。但從弟弟憤怒的眼神中看出，他並沒有讓步。他轉頭對石楠掌說：「我要走了。」

石楠掌低下頭來，嘆了口氣說，「我知道。」

冬青掌咬牙切齒地看著獅掌和那個風族見習生摩擦鼻尖道別，他真的以為他們之間只有友誼嗎？

獅掌走上斜坡看見煤掌。「妳有必要告訴全族嗎？」他對冬青掌嘶叫著。

煤掌輕彈了一下尾巴。「我來是為了冬青掌的安全，」她解釋著，「沒有別的貓知道。」

「他們不會知道的，」冬青掌說：「只要你遠離石楠掌。」

獅掌瞪著她說：「妳在威脅我？」

冬青掌倒退一步，他從來沒見過獅掌這麼生氣。即使是他們小時候吵架，他的眼光總是那麼不當一回事；但是現在，他的眼光冷得嚇人。

「如果你繼續和石楠掌碰面，我會告訴棘爪。」她堅決地說著，試圖不讓聲音發抖。

獅掌怒髮衝冠。

「戰士守則禁止我們與外族交往是有原因的，」冬青掌繼續說，「當你的心思都在外的時候，怎麼能夠對本族效忠呢？」

「妳在指控我不忠嗎？」獅掌壓平耳朵。

「我知道你沒有不忠，」冬青掌說，「但是你會讓自己的處境很為難，這就是為什麼你一定要就此打住。」在外族有親戚而無法真心交朋友，就已經夠難的了。難道對獅掌來說，自己族裡的夥伴不夠嗎？

獅掌喉嚨發出一陣低吼，往冬青掌旁邊衝撞過去，走向樹林。冬青掌感覺到煤掌的尾巴拂過身旁，安撫她煩亂的毛。

「他會熬過去的。」煤掌有信心的說。

「希望如此。」冬青掌嘆口氣。她知道她做的是對的，但她沒想到獅掌的反應這麼激烈，好像他沒做錯事一樣。他會原諒她嗎？

第三章

松鴉掌走在小徑上，腳掌刺進砂礫，退縮了一下。至少腳掌並沒有凍僵，新葉季已經為這條通往月池的石頭路帶來溫暖。

葉池和蛾翅走在他前頭聊天。在淙淙的流水聲中，她們的聲音依稀只聽到一點。

小雲和吠臉在前方帶頭，柳掌和隼掌走在最後。松鴉掌有時會慢下腳步，好讓其他見習生跟上他，但是柳掌也慢下腳步，隼掌也趕緊調整腳步配合著，所以他們一直保持在後。

獨自安靜地走著，松鴉掌並不以為意。至少他可以聽聽巫醫們聊天的片段內容——誰的咳嗽好了，誰扭到腳，哪種藥草可以治療皮癬，這種病最近在影族見習生窩裡流行。聽著聽著他開始去感受那些話語背後潛藏的情緒。

「我用過聚合草對付搔癢。」小雲嘆口氣說著。

他在責怪見習生們沒有保持毛皮的衛生。

「我們原本以為晨花的咳嗽好不了，但是

她還活著看到新葉季。」吠臉透露著。

但你的焦慮告訴我，你認為她活不過這一季了。

「鼠毛恢復了嗎？」蛾翅問葉池。

松鴉掌搜索著蛾翅的心思，但只發現一片空白，這空白似乎是用來隱藏她的思緒。他把注意力轉向柳掌。如果冬青掌猜得沒錯，河族有麻煩的話，那柳掌就會是那個洩密的貓。她的心思常常像沼澤地一樣敞開著。他集中注意力在河族的見習生身上，像是要嗅出她心思的氣味一樣。但這回竟然無功而返，松鴉掌試著要再深入，但她好像用荊棘把自己緊緊裹住一般，使他受挫放棄。

等她作夢時，我就會找到答案。

他們來到通往山脊的峭壁。巫醫們停止交談開始攀爬，從這塊岩石跳上那塊岩石，一時之間交談聲變成喘氣聲。松鴉掌超前葉池，當他跳上一塊危險的懸岩時，感覺到他導師在身旁小心地看顧他。謝天謝地，她沒說話。這條路他已經太熟悉了，用不著幫忙就可以自己上山脊。

當他躍上峭壁時，立即聞到從月池傳來的新鮮氣息。霜雪、岩石和天空。

「看，好大啊！」柳掌喘著氣爬到他身邊。

「融化的雪水。」葉池喵著。

「大到足以裝得下天上的每顆星星。」隼掌也喵聲說。

今晚有足夠的空間，微風喃喃的低語聲傳到松鴉掌耳朵。那聲音是在歡迎他，他不曉得這聲音是不是也歡迎其他的貓。

「妳聽到了嗎？」他不經意的問著。

葉池的眼光讓他的耳朵熱了起來。「聽到什麼？」

「那是風聲。」小雲解釋著。

「因為碰到岩石產生回音，所以聲音在這裡聽起來會不太一樣。」吠臉補充說明。

他們用那種理所當然的語氣回答松鴉掌。他們只聽到風聲。所以那聲音只跟他說話。

松鴉掌又想起他在火星的夢裡聽到的預言：有三隻你至親的至親，他們星權在握。這一定就是來自那種力量，能夠聽見別的貓聽不見的聲音。

柳掌來回踱步的說：「我們要在哪休息？水已經漫延過我們以前休息的地方。」

松鴉掌聽見蛾翅在空中甩動著尾巴。「那邊的岩石很平坦。」

他跟著葉池向池邊走去。微風吹動他的毛，那聲音又在耳邊響起。**松鴉掌，歡迎你。**他腳下踩著的岩石因被無數的貓掌踩過而有凹陷。

水突然拍打到他腳掌，他們幾乎快掉下水。他嚇了一跳，跟著葉池繞到水打不到的地方，在身旁的一塊岩石上休息。他聽到葉池呼吸的聲音掠過池面然後沉入夢鄉。

其他的貓也都靠著岩石躺下，很快的山谷中迴盪著呼吸聲和水面的風聲。柳掌是最後一個躺下的，松鴉掌一直等到她入睡。為了集中注意力在她的心思，松鴉掌走向前，用他的鼻尖碰觸月池。

在一瞬間，他被一股翻騰的急流席捲而走。他掙扎著揮動腳掌，心中充滿恐懼的喘氣呼吸。他往上看，四周狂風暴雨，雲層籠罩天空，翻騰的湖水一望無際。然後他看到柳掌的頭在波浪中載浮載沉，她正在游泳，帶著充滿決心的眼神，咬著一嘴的藥草，腳掌奮力的攪動著。松鴉掌扒著水，拚命讓頭保持在水面上。湖水吸住了他的後腳，把他往下拉，他的嘴巴和鼻子都進水了。他不斷拍打、咳嗽，拚命想返回安全的意識中。

他睜開眼，發現自己躺在潮溼的草地上，周圍的樹叢遮住陽光，羊齒植物包圍著他。松鴉掌掙扎的站起來，四處張望。這是在柳掌的夢境中，還是他自己的？

「妳一定要趕快！」一個嘶啞的聲音越過羊齒植物傳來。松鴉掌小心翼翼的伸展後腿，凝視著那一邊。一個棕色的公貓，非常生氣的把柳掌往前推。「妳一定要離開。」他說。

「那我的藥草怎麼辦？」柳掌的爪子在草地上挖著。「泥毛，你知道我不能丟著不管。」

「妳能帶多少就帶多少吧，其他的到那邊再說。」

「到哪邊？」柳掌的聲音帶點恐懼。

「現在沒有時間回答問題，」泥毛說：「如果妳留在這裡，整個河族都會被毀滅。」

「但是我不知道要去哪裡！」

松鴉掌站了起來。**河族真的有麻煩，而且是非常麻煩。**

「再偷聽啊！」

松鴉掌轉過頭，這聲音他以前聽過，那尖酸嘲弄的語調一點也沒改變。

「我不知道祢為什麼老是指控我，」他抗議著：「倒是祢為什麼不斷出現在我的夢境中！」

「但這並不是你的夢，不是嗎？」黃牙用祂琥珀色迷濛的眼睛盯著他，一身的毛還是那麼蓬亂邋遢。

松鴉掌一陣憤怒。「我在作夢，所以這是我的夢！」

「聰明，」黃牙粗聲的說：「但不誠實。你閉上眼睛的那一刻，不就是想要入侵柳掌的夢境嗎？」

「如果祢知道我要做什麼，為什麼還要讓我做呢？」他質問著。

黃牙把頭轉開。

「祢無法阻止我，對吧？」松鴉掌感到非常開心，像是一隻逃離利爪的小鳥。「我擁有的是來自星族的力量。」

黃牙掉過頭來打量他，「你真的相信有這種事？」

「祢是要告訴我沒這回事？」

「告訴我——你擁有這種力量到底要做什麼？」

松鴉掌盯著祂看。

「你不知道，對吧？」祂繼續追問。

松鴉掌抽動著鬍鬚反問。「那祢知道嗎？」

黃牙慢慢地眨著眼睛，沒有回答。

「我有這種力量一定是有原因的。」松鴉掌堅定地說。

「那在使用那種力量之前，先找到答案吧！」黃牙說完轉身離開，消失於羊齒植物之間時，松鴉掌醒過來了。

黑暗再度包圍著他，他又再度是一隻眼盲的貓。

葉池在一旁伸展身體，「你作夢了嗎？」她打了個呵欠問道。

「對啊，」松鴉掌起身到她耳邊低聲的說：「是有關河族的。」

「等我們離開的時候再跟我講。」葉池說完轉身離去。「蛾翅！一切都還好嗎？」

什麼，她在夢裡抓松鼠、追蝴蝶！松鴉掌早就懷疑蛾翅和星族之間不太尋常，葉池知道，卻一直保守著這個祕密。

他聽到岩石上有小石子跳動的聲音。是柳掌站了起來，「蛾翅！」松鴉掌感覺得出來她試著不讓自己的聲音發抖。「我們必須立刻趕回去！」

「你在夢中看到了什麼？」葉池的焦慮讓松鴉掌感到像是閃電在空中劃過一般。

他們在風族邊界與其他巫醫分離，朝著上坡的林地走。冷風吹過來，帶著葉子的新鮮氣味。松鴉掌猜，天快亮了。

「河族有麻煩了，」他說：「我看到柳掌在很大的湖裡游泳，比這個還要大。她說河族需要找個新家，她和一隻叫做泥毛的老貓在說話——」

「他是蛾翅之前的河族巫醫！」葉池驚訝的說：「祂在你夢裡做什麼？他們兩個在你夢裡做什麼……」她的聲音逐漸變小，松鴉掌感到她的怒氣油然而生。「你跑進柳掌的夢境，是嗎？」

「冬青掌要我看看河族是不是遇上什麼麻煩。」

「她叫你入侵她朋友的夢？」

「當然沒有，冬青掌根本不懂這種事。她只想知道發生什麼事了，所以我才去找答案。」

「為了討好你的手足。」葉池挖苦著。但在她的憤怒底下，松鴉掌感覺到恐懼。

「是星族讓我做的，」他告訴她，「妳為什麼要大驚小怪的？最重要的是我們知道河族有麻煩了。」

「你不可能這麼輕易就找到答案的。」葉池喃喃自語。

「妳自己做不到的事，不代表就是錯的。」松鴉掌憤慨又不耐煩地說道。

「不是這樣的！」葉池斥責他說：「我擔心又會像上次一樣。」

「我夢到群狗攻擊風族的那一次？」

「是吠臉夢到群狗攻擊風族的那一次！」葉池壓抑著不讓嗓門提高。「星族讓他知道這件事，好讓他保護族貓。而你卻想趁貓之危。」

「好吧，這次我只是想幫冬青掌的忙。」松鴉掌喵聲說著。

「別告訴其他貓你做了什麼。」葉池請求著說。

松鴉掌收起他的爪子。「為什麼我要把星族給我的恩賜當成不能說的祕密？」

為什麼葉池這麼喜歡祕密？他的恩賜是祕密，蛾翅和星族之間也有祕密。他懷疑還有更多的祕密藏在她心裡，被她緊緊守護著不讓他一窺究竟。

「知道太多會有危險的。」葉池警告著。

松鴉掌有一肚子的挫折。他一直生活在黑暗中，渴望的是光明，而不是陰影。他努力轉移憤怒的情緒，心想葉池和祕密生活在一起太久了，無法在一夜之間改變她。可是，為什麼她非得把他拖進那複雜的世界不可呢？

「我們要告訴火星有關河族的事，對吧？」他突然這樣問。

「我們最好這樣做。」葉池停頓了一下。「但拜託不要提起你是怎麼發現的。」

松鴉掌沒回答。這又像那個風族的夢一樣。他當時並不在乎別的貓知道他會做什麼或不會做什麼，現在也不在乎。他只是不喜歡葉池替他做決定。他匆匆向前走，感覺到腳下踩的是熟悉的地方，他們快回到營地了。突然他跑了起來，只聽見葉池踩著落葉的腳步聲緊跟在後，到達營地時，葉池也跟上來了。

「葉池？」火星的聲音從擎天架上傳來。「發生什麼事嗎？」

「我要跟你談談。」葉池說著，揚起尾巴越過松鴉掌走上落石堆。

是我們要跟你談談！他也跟著她上了擎天架。

「到裡面來。」火星領著他們走進洞穴。松鴉掌聞到沙暴的氣味，聽到規律的舔毛聲。

「早安，葉池！」沙暴暫時停止梳理毛皮的動作，也輕柔的對他說：「早啊！松鴉掌。」

一陣厭惡感刺向心頭。**她以為我還是小貓。**

「我做了一個夢——」他搶先一步。

「——有關河族的。」葉池趕緊接上來說。「松鴉掌夢到河族家園有麻煩了。」

火星的尾巴在地面甩了一下。「有沒有關於雷族的事？」

「雷族並沒有在裡面。」葉池小心地回答。

「有沒有清楚的跡象顯示，他們的問題是什麼？」火星問。

「不太清楚。」松鴉掌承認。

「那麼我也不曉得我們能做什麼。」火星下結論。

「我們不是應該去幫助他們嗎？」葉池很驚訝。

「如果他們有需要，會自己提出要求。」火星來回地踱步。「這不干我們的事。」

「為什麼？」松鴉掌非常挫折地問道。

「我沒有忘記上次你來跟我提到那個夢的事，」火星怒斥著。「趁著別族有難去攻擊，不是戰士應有的行為。」

松鴉掌耳根子發熱。「我並沒有說要去攻擊！我們可以伸出援手啊！」如果當初雷族幫了他們，風族就欠雷族一份情了。

「或許我們可以禮貌性的探訪一下他們。」葉池建議。

「不。」火星堅定地說。「我們有自己的事要擔心。我不知道為什麼星族不讓你夢到有關我們的事，而要告訴你別族的問題。」

葉池上前一步說：「你也可以派戰士去巡邏，只是去看看。如果只是在邊界附近，並沒有違反——」

「他們住在湖的另一邊！」火星打斷她的話。「我想一星已經受夠了我們的干涉，而黑星也總是在找藉口和我們作對。星族知道為什麼！我盡力地想做好，卻發現只是讓雷族成為其他貓族憎恨和嫉妒的目標。」

松鴉掌感覺到導師的失望。她拖著腳步離開洞穴，他跟著她跳下落石堆。

「妳不再跟他爭取嗎？」

「我已經試過了。」葉池嘆了一口氣。

「但是他應該要聽妳的啊！妳是巫醫。」

「他是族長。」葉池踱步離去時說：「我去看看黛西，你去睡吧。」

松鴉掌彈了一下尾巴。他希望他的夢可以清楚一點，那麼火星就會採取行動了。

溫暖的陽光照亮他身上的斑紋，他一步一步地走向巫醫窩。到月池的長途跋涉，讓他十分疲憊。他需要先休息，才能再想要做什麼。

「松鴉掌，等等！」冬青掌的聲音從見習生窩那邊傳來。她走到他身邊停下來問：「柳掌去了嗎？你有跟她說話嗎？」

「沒有。」松鴉掌想休息，不想聊天。

「她沒去？」冬青掌的喵聲急切尖銳。

「她去了，只是我沒跟她說話。」

「你發現了什麼嗎？也許蛾翅跟葉池說了什麼。」

「河族真的有麻煩了。」松鴉掌說。

「怎麼了？你怎麼這麼確定？」冬青掌繞著他踱步。

「我在夢裡看到柳掌，她正為了必須找新家煩惱不已。」

「新家！」冬青掌嚇呆了。「真可怕！那火星要怎麼做？」

「什麼都不做，」松鴉掌回答。「他不想介入。」

「他應該要啊！」冬青掌喘著氣說。「河族有難了。」

「火星說那是他們的事。」松鴉掌一想起族長打發他們的樣子，就氣得毛皮直豎起來。

「所以我們要袖手旁觀囉！」

「喂！我累了。」松鴉掌走向巫醫窩。「去跟火星爭論吧，他是決策者。」

他離開冬青掌，感覺到她的眼光尾隨著他穿過空地。她憤怒得毛皮直豎，來回踱步，思考著要不要去對抗火星的權威。

這麼猶豫不決，不像是冬青掌的作風。如果讓她知道那個預言，有三隻貓擁有星族的能力，她會堅定一點嗎？現在還不是時候。

他忍著不說，一方面享受獨自擁有的樂趣，另一方面是害怕萬一把這件事說出來會改變他的命運。

現在他唯一想做的就是睡覺，讓他痠痛的腳掌休息。

第四章

「我真的很累。」松鴉掌抱怨著。

葉池帶著他到湖邊。「但是艷陽高照正是採集錦葵的最佳時機。」

松鴉掌打著呵欠，腳掌還是很痠，他覺得在葉池叫醒他之前，他幾乎都沒闔過眼。

至少天氣很溫暖。他們走過樹林，陽光穿過新葉照得他毛皮熱熱癢癢的。小鳥嘰嘰喳喳地叫著，遠處傳來兩腳獸在水中玩耍的尖叫聲和潑水聲。松鴉掌想起他掉到湖裡被鴉羽救上來的那一次，不禁渾身打顫。如果可能的話，他再也不想把腳掌弄溼了。

附近有潺潺的流水聲，他只來過這裡一次。有一條溪兒穿過森林流向湖泊，就像流向月池的溪兒一樣，充滿著山上的味道。葉池領著他沿著溪邊的樹林迂迴前進，腳掌下的草地感覺溼溼冷冷的。當葉池帶著他從草地轉向石子路時，感覺真不舒服。

「這個湖比我想像的還要高，」她停下來

說道。「我們沒辦法採集到我想要的所有藥草，但是我看到那邊有一叢。」她朝著一種甜甜的味道衝過去，松鴉掌也跟過去。

突然他聽到在他身後的樹林裡，有樹葉顫動和細碎的腳步聲。

是松鼠！

小小的腳掌掠過河岸攀爬上樹，使得樹葉沙沙作響。有狩獵隊伍正從溪流淺灘處朝著他們衝過來。

「你聽到牠跑到哪裡去嗎？」樹叢後面傳來樺落興奮的聲音。

松鴉掌的鼻子朝著松鼠跳過的樹枝方向挑動了一下。

「我來！」只聽見小石子滾動和水花濺起的聲音，鼠掌從溪邊衝到樹幹上。松鴉掌眨眼閃躲著被他的利爪刮下的樹皮碎片。頭上的樹枝咯吱作響，然後聽到一聲驚叫。

但那不是松鼠的尖叫，而是鼠掌的。

這隻見習生從樹枝上摔下來跌到松鴉掌旁邊的小石子路上。

「狐狸屎。」鼠掌爬起來，一身亂毛感到有點尷尬。

「抓到了嗎？」松鴉掌問。

這時在他們上方的樹葉沙沙作響，那隻松鼠脫逃了。

「很好！」蛛足的聲音從溪邊傳來。

「下次，我一定要抓到！」鼠掌對他的導師喊著。

溪流的氣味一時之間讓松鴉掌的嗅覺不太靈敏，但是當雷族的狩獵巡邏隊涉過溪，甩掉腳掌上的水時，他認出他們獨特的氣味。灰毛和獅掌也和樺落、蛛足、鼠掌在一起。

獅掌跳上岸。「嗨！松鴉掌。」

「早啊，來打獵啊。」松鴉掌回答，尾巴輕拂過他哥哥。

「嗯。」松鴉掌嗅了一嗅，奇怪！獅掌有些分心，他的心思並沒有完全放在狩獵上。

「松鴉掌，你在這裡做什麼？」樺落從溪邊朝著他喊。

「我在幫葉池採藥草。」松鴉掌的頭朝葉池那點了一下，她在更遠處溪邊的錦葵樹叢旁。

「她在做什麼啊？」獅掌問道。

「挖錦葵，」松鴉掌接著問：「你看得到哪邊還有嗎？」

「那邊有一根老枯枝，旁邊有一叢。」獅掌朝那方向推了他一下。「但是要小心，有很多樹枝、木塊被沖上岸，別被絆倒了。」

「走了，」灰毛不耐煩的叫著。「我們繼續打獵吧！」

「你可以嗎？」獅掌繞著松鴉掌問道。

「當然沒問題！」

「好！那待會兒見。」獅掌跳躍離去，腳下的小石子喀啦作響。

狩獵巡邏隊的聲音漸行漸遠，消失在樹林間。松鴉掌有點嫉妒哥哥。這種好天氣，打獵要比採樹葉好玩多了。他嘆口氣轉身走向獅掌說的那叢錦葵樹。他現在也聞到味道了，溫暖的陽光讓它散發出甜甜的、玫瑰花般的香氣。他小心翼翼地避開被洪水沖上來的垃圾，走到岸邊，探出鼻子碰碰錦葵，並深吸了一口氣。

他的前掌碰到一個硬物。這就是獅掌說的枯木吧？他低下身子嗅一嗅，樹皮被剝掉了，木頭本身已經乾枯。它並沒有泡水太久。因為要是久浸水中，即使在新葉季陽光的照射下，它還是會溼溼的。松鴉掌用腳掌觸摸著，感覺到表面非常光滑。

但他同時也摸到奇怪的地方：上頭有整齊規律的刻痕，絕不是天然形成的。那些直線和橫線交叉的線條，就像通往不同方向的交叉路。

「那是什麼？」葉池的聲音讓他嚇了一跳。他聚精會神到連她靠近了都沒聽見。

「一根枯木。」他用力的把它從錦葵樹叢下推出來。「妳看這些線條？」

她聞一聞說：「沒味道，」她接著說：「我想是從湖邊漂過來的吧！」

「但是這些線條很奇怪，」松鴉掌急著說：「這上頭不是平的。」

「你說的對，」葉池同意地說。「不知道是誰弄的？也許是狐狸，或者是獾？」

「可是太整齊了，不可能是獾或狐狸留下的記號。」

「或許是兩腳獸的傑作，」葉池猜測著並輕彈一下尾巴。「來吧！我要再挖一些根，加上我剛才挖的那些才夠。」

松鴉掌聞到她腳掌上沾著溼泥巴，有魚腥味。

「你也開始採葉子吧，」葉池繼續說：「如果運氣好的話，在下個雨季開始前，葉子就能曬乾。」

為什麼她對那根枯木沒興趣？他們從來沒碰過像這樣的東西。松鴉掌心不甘情不願地把腳掌從那根枯木移開。他把那根枯木摸到都暖了。他開始拔錦葵樹的葉子，而葉池則挖著樹根，用牙齒把浸在水裡的根部從泥地裡拔出來。

「我們把這些東西帶回營地吧！我留了一些樹根在那邊。」她跳著跑開，松鴉掌用牙齒撿起樹葉，朝岸上走。

突然，他停住，**那根枯木怎麼辦？**不能把它留在那裡，它可能會被水沖走。

他放下葉子走回去，用腳掌把枯木滾離水邊。

「我們不能把那東西帶回家。」葉池走到他身邊，她嘴裡咬著樹根含糊不清地說著。

「但是我們可以把它放在安全的地方。」**我想再回來看。**

「好吧，但是要快。我想趁著陽光還溫暖的時候，把葉子拿出來曬。」

松鴉掌推著枯木，滾過小石子地，越過卡在岸邊的木塊和垃圾。最後氣喘吁吁的到了草地。他上了河岸邊緣，四處尋覓，終於發現在一個扭曲的樹根後面有個洞。他把枯木塞進去，希望就算洪水再來也不會把它沖走。一想到這枯木有可能弄丟，他的胸口閃過一絲焦慮不安。

「走吧！」葉池不耐煩地叫著。

松鴉掌衝回去，撿起葉子，跟著她走向樹林。他的腳步沉重，內心不安。總覺得把枯木留在那裡是不對的，他想知道為什麼。

我會再回來的，他保證。

第五章

當獅掌走近他的床位時，冬青掌的眼睛很快地閉上。他全身緊繃著，因為他已經看到剛才冬青掌在黑暗中發亮的眼睛。冬青掌一直等著，要看到他回到窩裡才安心。

「別擔心，」他在她耳邊嘶叫著。「我只是去上廁所。」他收回爪子說著。為什麼他的一舉一動都要跟她報告？她轉過身去，並不信任他。他也背對著冬青掌，蜷曲在他的床位。

月亮高掛在外頭清澈的天空，和煦的風吹拂著。他很想溜出去和石楠掌碰面。她不會這樣緊迫盯貓，好像要向大家證明他是叛徒一樣。她知道他們只是在玩，並不是在交換彼此貓族之間的祕密。獅掌滿腹怒氣，閉上眼睛，埋頭就睡。

他開始作夢。

冬青掌對他眨眨眼。她的眼睛在黑暗的洞穴中發亮著。他們就像小時候一樣一起玩耍，充滿興奮溫馨的感覺。獅掌爬向入口，她在裡面做什麼？

「冬青掌？」

「我要去抓你了。」她逗著他。

就這樣，一場遊戲。

獅掌蹲低身子，匍匐前進。冬青掌頑皮地抽動著鬍鬚，琥珀色的眼睛在黑暗中閃閃發亮。

獅掌的血液突然像冰一樣凝結起來。**琥珀色？冬青掌的眼睛應該是綠色的！**

獅掌向後退。那雙眼睛玩耍的眼神不再，而是用凶狠的眼神瞪著他。

這不是冬青掌。一聲吼叫從洞穴中發出。**狐狸！**獅掌想逃，但他的腳掌好像石頭動彈不得。那動物齜牙咧嘴地衝向他，利牙上帶有紅色的鮮血。

獅掌驚醒跳起來。光線穿過窩頂的樹枝，照在熟睡的貓身上。

冬青掌抬起頭來。「你還好吧？」

「只是做了惡夢。」獅掌喘著氣。

冬青掌靠向他。「夢到什麼？」

「狐狸。」獅掌喘息著。

「這裡沒有狐狸。」煤掌從她的床位走過來，對他鼓勵地眨眨眼。

獅掌豎起毛。難道沒有地方可以躲避這對愛管閒事的貓嗎？他擠過她們身邊。「我要出去吃東西。」於是踱步出去。

棘爪在擎天架上看守營地。火星一定是出去狩獵了。松鴉掌正在空地的另一邊，坐在一塊突出的、不完整的岩石上梳理自己。獅掌走過來的時候，他停了下來。

「你還好吧？」松鴉掌側著頭問。

「我做了一個惡夢，就這樣。」獅掌發著牢騷。他走向獵物堆，叼起一隻僵硬的小老鼠，帶回松鴉掌那裡。

他們安靜的分食著。至少松鴉掌不像冬青掌一樣，對獅掌最近所做的每一件事都要管。

「獅掌！」灰毛從窩裡出來。「我們今天早上和蕨毛、冬青掌一起到山谷裡作訓練。」

哦！真是好極了！我真的永遠無法擺脫她嗎？

荊棘圍籬顫動著，狩獵隊回營地了。火星和沙暴都帶回了獵物，蛛足和鼠掌也各抓了一隻老鼠，而白翅則是叼著一隻歌鶇。

「一切都好嗎？」棘爪從上面喊著。

火星走到獵物堆放下獵物。「一切都很平靜，就像你看到的，獵物很充足。」

這時莓掌已經走到獵物堆，聞著白翅放下來的那隻歌鶇，然後把牠叼起來，帶回育兒室。

「嗨，松鴉掌。」冬青掌和煤掌蹦蹦跳跳地穿過空地。「還有食物嗎？」

「冬青掌，妳等一下再吃吧！」蕨毛快步走過來，站在營地入口說：「先訓練。」

獅掌吞下他最後一口鼠肉，感到心滿意足。冬青掌剛剛大概在講他的壞話。**餓肚子算她活該**。他起身趕上蕨毛。灰毛也跑過空地加入他們。

「我好餓！」冬青掌抱怨著跟上來。

「戰鬥訓練過後我們會去打獵。」蕨毛承諾著說。

這隻金黃的貓戰士穿過通道，獅掌跟在灰毛身邊，留下冬青掌在最後頭。他們安靜地走向山谷，太陽光斜照在綠葉上，小鳥的歌聲響徹雲霄。獅掌看到冬青掌舔著嘴唇。

灰毛在山谷中坐下，他的尾巴在青苔地上甩了一下。「今天我們來想想，和其他族要怎麼戰鬥——他們的優點和弱點是什麼，要如何運用。」

「所以，其他貓族有什麼優點？」蕨毛突然問道。

「河族擅長游泳，」冬青掌回答，「也就是說他們可以從水路進攻。」

「風族善於偽裝，而且身體小，不容易被敵人發現。」獅掌提出他的意見。

「除非他們在上風處。」冬青掌點出，「要不然他們那股兔子似的味道，會讓他們露出馬腳。」

獅掌生氣地豎起毛。石楠掌聞起來根本沒有兔子的味道。

「那影族呢？」灰毛問道。

「嗯，他們就是邪惡，」冬青掌低吼著，「所以你不知道他們在攻擊中會使出什麼卑劣的招數。完全無法預知。」

「那弱點呢？」蕨毛追問。

「影族的弱點就在於他們認為自己很勇敢，而實際上卻不然。」冬青掌繼續說：「而河族吃得太好了，以至於他們的動作比我們慢。」

獅掌踱著腳步，想要說些什麼，但總是被冬青掌搶先一步。

灰毛看著他問：「那風族呢？」

獅掌感到口乾舌燥，灰毛注視的眼光向錐子一般穿透他。冬青掌跟他的導師說過他和石楠掌的事了嗎？發現三隻貓都在盯著他，等著他的答案，獅掌開始恐慌起來。他的腳掌感覺癢癢的。**拜託！我知道的！**

冬青掌的眼睛轉動了一下。「獅掌認為風族沒有弱點。」她的話讓他的耳朵尷尬的灼熱起來。她為什麼要做得那麼明顯？她是在提醒他，她的手中握有他的把柄嗎？

他從喉嚨發出怒吼。「不是那樣的。」

「不是怎樣？」棘爪從戰鬥斜坡上走下來，莓掌跟在身邊。

獅掌抬起下巴，「冬青掌指控我偏袒風族！」

「她為什麼要這樣做？」

「我只是開玩笑，」冬青掌說，「獅掌太敏感了，他昨晚做了惡夢。」

獅掌甩動著尾巴。冬青掌想把他當傻瓜耍嗎？他要給她好看！「風族動作快，但是沒有我們強，因為他們的沼澤地沒有樹可爬。」

「很好。」蕨毛點點頭，「這些基本的東西你們似乎都知道。現在我們來實際演練。首先，我們來試試跟河族要怎麼戰鬥。」

蕨毛衝到灰毛的腹部下咬他的後腿。灰毛轉身反擊，但蕨毛及時跳開。灰毛再撲過去，蕨毛翻滾閃避。蕨毛再起身一躍，撲向灰毛的背，讓他失去平衡而倒向一邊。兩隻戰士再一躍起身，抖落身上的灰塵，面向他們的見習生。

「現在換你們兩個試試。」灰毛說。

「獅掌，」蕨毛用尾巴碰觸獅掌說，「你當河族的貓，因為你體形比較大，也比較有力。冬青掌妳想辦法把他扳倒，就像我和灰毛那樣。」

冬青掌點點頭說，「你可別讓我！」她的眼神充滿著決心。

「別擔心，我不會的。」獅掌咧牙嘶吼著，難道她不知道她冒犯了他嗎？

他感覺到她衝到他的肚子底下，牙齒咬住他的腿。但他不會像灰毛一樣，讓她那麼容易脫身。他用全身的力氣壓住她，讓她動彈不得，然後用後掌抓住她，把她摔向一邊。

「嘿！」她尖叫著，「你不應該這樣做！」

「妳應該更快一點！」獅掌狠狠地說著，然後前掌抵住她的肩膀，開始用後掌扒著她的背。

「你把我弄痛了！」冬青掌尖叫著，拚命想掙脫。

「獅掌，住手！」棘爪嚴厲的喝止，獅掌突然僵住。冬青掌脫身後，爬了起來。棘爪瞪著獅掌，眼中燃燒著怒火。「這是訓練，我們不希望有任何貓受傷！」

獅掌站起身，「對不起，我做過頭了。」

冬青掌舔著身上的傷痕。獅掌發完脾氣後覺得很有罪惡感。他垂著頭低聲說，「冬青掌，對不起。」整個早上在他腹中翻騰的怒氣也消退了。「我真的很抱歉。」他緊張地看著父親，等著父親發怒，但是棘爪眼中只是充滿著焦慮。

「你們兩個今天就訓練莓掌和冬青掌吧！」棘爪下達命令，「我帶獅掌去打獵。」

獅掌帶著羞愧，跟著父親走出山谷。他準備好要被訓話，但是棘爪只是安靜地穿過樹林。

「我不該亂發脾氣的。」獅掌脫口而出，決定直截了當地說。「但是她整個早上都在找我麻煩。」

棘爪還是沒說話。

「我知道那不是藉口，」獅掌繼續說，「不會再發生這種事了。」

「我知道，」棘爪說完，停下來凝視著獅掌。「這太不像你了。」這虎斑貓戰士嘆了一口氣。「我一直都信任你會照顧你的兄弟姊妹。」

獅掌垂著頭，他讓父親失望了。

「有什麼事困擾你嗎？」棘爪問著。「什麼事……」他停頓了一下，「……讓你心煩嗎？」他終於說出來。

獅掌知道他不能告訴他父親石楠掌的事，也不能說出冬青掌要阻止他去見她。「只是……」他的聲音愈來愈小。他要怎麼解釋呢？「冬青掌不信任我是忠心的戰士。」

棘爪點頭。「我知道那是什麼感覺。」他又繼續向樹林走去，獅掌困惑地跟著他。

「身為虎星的兒子，我必須一次又一次的去贏得雷族每一隻貓的信任。」棘爪靜靜地說。

「所以我知道，要去證明一件根本不需要被證明的事，是多麼有挫折感。」

在他們前面的上坡路上鋪滿著落葉，他們用爪子扣住地面往上爬。

「麻煩的是，大家只看到虎星壞的一面，而忘了他是多麼聰明又勇敢的戰士。」

獅掌豎起耳朵。**棘爪在替虎星辯解？**

「我並沒有忘記虎星背叛族貓。」棘爪說著，好像注意到獅掌驚訝的樣子。「但是我們都有優點和缺點。如果大家只記得你的缺點，不是很悲哀嗎？我希望被記得的是優點。」

「你當然會的，」獅掌回答。想到父親會成為記憶的感覺，讓他渾身刺痛。「族裡每隻貓都尊敬你。」

「希望真是這樣。」

「什麼意思？」

「我想族裡有一隻貓可不這麼認為。」他愈說愈小聲。

獅掌心頭一沉。「誰？」

棘爪搖搖頭。「這不重要，把我的話忘了吧。」

「但是如果有隻你不信任的貓——」

棘爪打斷他的話。「如果你想被大家記得你的優點，你就必須下功夫。如果那意味著你必須向那些懷疑你的誰證明什麼，那就去做。你無法強迫冬青掌相信你，你必須向她證明你是值得相信的。」

獅掌感到一陣沉重的厭倦感。他幹嘛要向冬青掌證明什麼？**我又沒做錯什麼！**

鏗鏘！

有石頭打到營牆，然後彈落在見習生窩外頭的地面上。

獅掌抬起頭，在黑暗中眨著眼。**是在山谷附近覓食的兔子嗎？**

鏗鏘！

不可能是兔子。那第一次的聲響早就把牠嚇跑了。

獅掌好奇的起身。他看看冬青掌，正熟睡著。感謝她的導師蕨毛，帶她到森林裡打獵。讓她回來時筋疲力盡、四肢痠痛。不過帶回了三隻老鼠，讓她很高興。

獅掌從她身邊偷溜了出去。

鏗鏘！砰！

一顆小石子落在眼前，他後退，小心地往上看。兩顆圓亮的眼睛在岩壁上對他眨眨眼。

有東西在刺探營地！他該跟誰講嗎？他看著被月光照亮的空地，大家都沉睡著。在還沒確定有危險之前，他誰也不想吵醒。如果只是因為一隻探索山谷的好奇小鹿把大家叫醒的話，那他會變成笑柄的。他要自己先去查看，如果真的有危險，再跟大家示警。

白翅在營地入口站崗，她的毛在月光下閃耀著。如果真的有麻煩，他也可以喊她。

獅掌繞著空地邊緣，穿過巫醫窩旁的荊棘叢出去。從多刺的樹枝往上爬，腳掌摸到一塊突出的岩石後，一躍而上。然後再爬向另一塊岩石，小心翼翼地不讓腳邊的碎石灑下，就這樣終於爬到頂端，上了草地。他有點喘的，開始在山谷的邊緣探索著。

「獅掌！」一個輕柔的喵叫聲從羊齒植物底下傳過來。當石楠掌從草叢底下鑽出來的時候，他愣住了。「感謝星族是你！」

「那些小石頭是妳丟的嗎？」獅掌不可置信的看著她。如果她被抓到怎麼辦？「發生什麼事了？」

「我必須見你！」

他內心感到一陣激動，她甚至比他還勇敢，但他還是必須把她帶離這裡。「跟我來。」他嘶叫著，朝下坡往湖的方向跑，但是石楠掌並沒有跟上來。

「走啊！」獅掌停下來回頭看，請求著她。

她的眼睛閃爍著，「不要往那邊走！我要給你看樣東西！」她轉身消失在羊齒植物間。

獅掌緊跟過去，「我們要去哪裡？」

「等著看吧！」

她好像朝著狐狸老窩的方向走。獅掌減慢速度，「小心！」他警告著。

「沒事的，」她告訴他說，「沒有狐狸。」她在一面陡坡前的荊棘樹叢停下來。「在這裡等一下。」

她鑽到底下，獅掌看著她消失在濃密的樹叢中，留下顫抖的樹枝。她要去哪兒？一隻貓頭鷹在枝頭上叫著，獅掌膨起一身的毛，緊張的四下張望。

「這裡！」

獅掌朝陡坡上望去，看到石楠掌正在一個隧道口前對他眨眼睛。「妳在那裡做什麼？」那裡看起來像是兔子的巢穴。

「你絕對想不到裡面有什麼！快過來！」石楠掌又轉身進入黑暗中。

獅掌忍著刺痛的腳掌，扭動著身體鑽進荊棘叢，身體被刺得不斷收縮著。他迂迴的爬上坡，從多刺的荊棘中出來，停在洞穴口。「石楠掌？」他對裡頭叫，心臟撲通撲通的跳著。

「到裡面來！」從陰暗處傳來她叫聲的回音，感覺很奇怪。

獅掌跟著她擠進去。

隧道裡漆黑一片。他匍匐著扭動前進，潮溼的地面貼著他的毛皮。石楠掌到底要做什麼？這地方連兔子都嫌太小，更別說是貓了。突然他感到身邊的空間變大了，有冷空氣拂掠過他的毛皮。隧道變寬了，他鬆了一口氣，伸直腳往前走，一直到臉頰感覺到石楠掌的呼吸。

「這條隧道通向一個洞穴！」她說，「這座山底下有好多隧道，其中有一條正通向我們風族的領地。」

「我的星族啊！妳是怎麼發現的？」

「風掌要我去沼澤地上方的岩石間抓老鼠，那就在離風族營地不遠的地方。我追著老鼠到一個岩縫中，那岩縫就通向一條隧道。我進去之後，發現裡頭的隧道四通八達。」

「妳不怕迷路嗎？」

「我剛開始先慢慢摸索，確定非常熟悉之後，再換下一條路線。然後我發現有條隧道通向一個洞穴。更令人驚訝的是，洞穴頂端有個開口，光線照得進來。然後我發現一條通往你們領地的隧道。」她帶著勝利的語氣說，「很奇妙不是嗎？」

獅掌不敢相信自己的耳朵。「有隧道連接我們和你們的領土。」他倒吸一口氣說，「那太好了！如果遇到攻擊或發生火災，雷族就可以從隧道逃走——」

「不行！」石楠掌尖銳的喵聲中帶點挫折，「我們誰都不能說！你看不出來嗎？這是我們的小祕密！」

「我們的小祕密？」

「我們在這裡碰面是絕對不會被發現的！即使是冬青掌也猜不到你去了哪裡。」

獅掌的鬍鬚抽動著，現在他可以常常和石楠掌碰面，而不會被發現！「這真是個好主意！石楠掌，妳真聰明！」

她心滿意足地發出呼嚕聲，鼻尖輕觸著獅掌臉頰，然後轉身。「跟我來，我帶你去看那個洞穴。」

她的腳步聲消失在黑暗中。恐懼在獅掌的腹中翻攪，他壓抑著想奔回森林的衝動，跟著石楠掌向前走。四周黑暗包圍著他，突然間他能夠了解松鴉掌的感受。他到處嗅著，看看有沒有狐狸或兔子、甚至是獾的氣味，但聞到的只有潮溼的泥土味。溼溼霉霉的，好像已經很久沒有動物進來過了。

「這裡怎麼會被閒置不用呢？」他感到很好奇。

「我猜可能是沒被發現吧？」石楠掌的回音在前頭詭異的響著。

「這裡一定曾被發現過。」

「除了石頭和水以外，我從來沒聞到過什麼。」

不安的感覺推拉著獅掌。「但我們不像是第一個——」突然，隧道變亮，一個大洞穴開展在眼前。獅掌驚訝地環顧四周。就像石楠掌說的一樣，月光從頂端的開口灑下來，照亮了四周的岩壁。平坦的地面上，散置著如波紋般的粉狀碎石，像是被巨大的腳印踩過的痕跡。最令人訝異的是，有一條小河穿過地面，流向一處更低、更寬大的隧道，消失在黑暗中。

一條地底下的河流？怎麼有可能？

「不是很巧妙嗎？」石楠掌跳上一塊突出的懸岩。「這是我們的營地！我們可以叫做暗族。我是族長，那你就是副族長。」

「副族長？如果我想當族長怎麼辦？」獅掌反對著，越過她爬向更高的懸岩。

「這地方是我發現的，所以我是族長！」石楠掌撲向他，把他擠下去。

獅掌輕巧地著地，發出愉悅的呼嚕聲。「好吧！**石楠星**，」他喵著，「有什麼計劃嗎？」

* * *

「獅掌，醒醒！」

獅掌感覺有軟軟的腳掌推著他。他抬起頭，驚訝地發現四周有岩壁環繞著他。然後才想起，他在洞穴裡。石楠掌坐在旁邊，眼中帶著睡意。

「看！」她抬頭看著頂端的開口。「我們睡著了。」外頭的天空已經被晨光照亮了。

獅掌一躍起身。「我要回去了！」他焦慮地看著岩壁上那麼多隧道口。「哪一條才是通往雷族的路呢？」

石楠掌走向河邊的一條狹窄隧道，「這一條。」她輕彈著尾巴，朝向對面一條較寬廣的隧道，「我往那邊。」她的眼光閃爍著，「你今晚會來嗎？」

「會的。」獅掌等不及的說。「如果我出得去的話。」

當他急著出隧道時，石楠掌的道別聲在身後回響著。冬青掌一定會懷疑的。他一定得想出一個理由來解釋，為什麼這麼早出門。否則晚上就別想再和石楠掌碰面了。

隧道愈來愈狹窄，有東西碰到他的身體，一定是牆面愈來愈貼近他。石楠掌記得對的路嗎？他的胸口一陣慌亂。如果他出不去的話怎麼辦？又有東西碰到他，感覺不像地面，軟軟的像是貓皮貼著他。渾身一陣驚恐，他開始跑，向黑暗推進，嚇得上氣不接下氣。

前方有亮光，他拚命的衝出洞口，喘了口氣，四肢整個癱軟下來。他偷偷摸摸的四下張望，早晨的陽光讓他的眼睛不停的眨呀眨。沒有任何巡邏隊的跡象。他蹲低身子，穿過荊棘叢，然後飛奔回家。

我不能空手而回！一想到這裡，他立刻停下腳步。

有隻麻雀從頭上飛過。**如果我為族貓帶回食物，那大家就不會說話了。**獅掌做出打獵的匍匐姿勢，像石頭一樣靜止不動。他看著那隻麻雀飛向地面，等著牠跳過來。壓抑住想立刻撲過去的慾望，當牠靠得更近時，樹葉沙沙作響，獅掌的後掌搓揉著地面。麻雀再一跳……

抓到了！像蛇般的猛撲過去，獅掌給牠致命的一擊。他叼起這癱軟的身體，奔回營地。

「嗨！獅掌，」白翅還在入口站崗。「我沒看見你出去。」

獅掌一嘴羽毛含糊地說，「我從沙堆那邊的通道出去。」他的尾巴因為說謊而聳立著，但是他也沒別的選擇。

「看來有豐盛的早餐囉！」白翅說著。

「嗯。」獅掌點點頭。匆匆走過她身邊，進入營地。

冬青掌正和松鴉掌躺在那塊不完整的岩石旁。當獅掌走進來時，她抬頭看。他的尾巴朝她彈了一下，然後把捕獲的東西放到獵物堆。

「你一定起得很早。」松鴉掌邊說邊爬上那塊岩石，開始梳理毛皮。

「鳥叫聲太吵了，你們竟然還能睡。」獅掌很快地想出回答的方式。

冬青掌瞇起眼睛，「在經過昨天和蕨毛的打獵後，我怎麼樣都能睡。」

獅掌用前掌搓著耳朵，他的胃好像打結一樣，他討厭謊言。他跟石楠掌玩並不會造成任何傷害啊，但他知道他的貓族夥伴並不會這樣想。

我忠於我的貓族，獅掌對自己說。**我並不需要證明什麼。**

但是，苦澀的謊言還是刺痛著他的喉嚨。

第六章

冬青掌在洞口打呵欠伸懶腰。早晨的太陽照在腳掌上，感覺暖暖的，她轉頭看，獅掌還在臥鋪上熟睡著。

煤掌已經在獵物堆那裡了。

「有東西吃嗎？」冬青掌喊道。

「只有一隻老鼠，」煤掌用爪子試探地撥了一下。「不新鮮了，不過也沒那麼糟啦。」

冬青掌走向她說，「或許我們該先問問黛西，是不是要讓她的小貓先吃這隻老鼠。」

「不用，謝了！」黛西在育兒室外曬太陽，蕨雲家的小貓在黛西身邊翻滾。「他們可以等黎明狩獵隊回來再吃新鮮的食物。」

「我不介意吃不新鮮的！」小狐說。

「不行，」黛西說，「你感冒了，只能吃溫熱的。」

「可是我很餓！」

「根本就是貪吃！」小冰笑他。這隻毛絨絨的小白貓拍打著弟弟的耳朵，他猛然地轉身撲向她。她尖叫一聲，用後腿踢回去。

黛西在他們倆滾向她時移開尾巴說道，「等他們搬到見習生的洞穴時，就不會這麼麻煩了。」冬青掌知道她只是隨口說說。蕨雲會回到戰士窩，到時候黛西就必須自己孤獨的在育兒室裡了。她早就表明自己不是當戰士的料，但是，如果沒小貓可以照顧，那她該做什麼？希望春天會再來一胎小貓。

「冬青掌！煤掌！」葉池站在長老窩的洞口喊，「快進來整理床鋪。」

「是的！」煤掌丟下那隻老鼠，朝葉池跑去。

「我去拿新的苔蘚來鋪床！」冬青掌知道葉池在巫醫窩旁放了一疊，她衝過去拿了一塊帶進長老窩裡面。

款冬花垂掛在長老窩外頭，長尾和鼠毛就住在裡面。綠油油的新葉長出來，吊掛下來的新枝在微風中輕搖。新生的花苞很快就會開花，到時候這洞穴就會充滿芬香的氣味。冬青掌閃入洞中放下苔蘚。煤掌忙著整理床位把髒東西掃成一堆。

葉池蹲在長尾身邊抬頭看。「長尾被蝨子咬的傷口發炎了。」撲鼻的草藥味充滿整個貓窩。「我先給他上藥，不過床要打掃乾淨才不會又被蝨子咬。」

「好的。」冬青掌點頭。

鼠毛僵硬地站起來說，「聞到新葉的味道真好。」

葉池把更多的草藥塗抹在長尾的傷口時，他縮了一下。「森林的味道真好，」他說，「我想出去走走。」

冬青掌驚訝地眨了下眼睛。他自從失明以後，幾乎是足不出戶的。

「除非我跟著你去，」鼠毛低沉地說。「你需要有貓幫你留意是不是有狐狸出沒。」

「狐狸！」冬青掌嚇得夾緊尾巴。

煤掌把一塊苔蘚拋向洞口，「狐狸沒那麼可怕啦。」

「沒那麼可怕？」冬青掌倒抽一口氣。「我可是被狐狸追過，還幾乎被咬掉尾巴！」

「妳那時候還小，如果現在遇到應該沒那麼可怕了。」

冬青掌難以置信。

「狐狸只算得上是討厭，」煤掌繼續說道，「真正要提防的是獾。」這隻灰貓的眼睛睜得大大的。「牠們真的是可怕又恐怖。」沿著她脊椎的背毛豎起，「但願我這輩子都不要再遇上一次。」

「再遇上一次？」冬青掌站了起來。「妳連一次都還沒碰過吧。」

煤掌把頭一側，露出撲朔迷離的眼神。「妳說的沒錯。」她從鼠毛身旁挖出更多的舊苔蘚。「我一定是夢到的。」

煤掌的腦袋怎麼跟老鼠一樣，糊裡糊塗的。

冬青掌繼續去拿新的苔蘚，卻瞧見葉池正盯著煤掌看。她的嘴巴張得大大，像是舔東西舔到一半僵住。她為什麼這麼訝異呢？煤掌已經不是第一次這樣迷迷糊糊了。

長尾開始焦躁不安，「葉池，妳弄好了嗎？」

「還沒，」葉池迅速把頭低下來。「別亂動，就快好了。」

火星在洞外發號施令，「所有能自己獵食的貓，都到擎天架底下集合。」

「開貓族會議啊？」鼠毛瞇上眼睛，「希望沒什麼事才好。」她慢慢站起來。冬青掌望了煤掌一眼，滿腔的興奮。是發生什麼事嗎？她趕在其他貓之前衝出洞穴，看見火星從擎天架的石堆上一躍而下。

獵物堆上放滿食物。「黎明狩獵隊回來了，」冬青掌跟剛趕上來的煤掌輕聲說。「或許帶回來了什麼消息。」

暴毛和溪兒在空地邊緣坐定，灰紋和蜜妮從戰士窩後方走出來；棘爪和松鼠飛坐在擎天架的石蔭下，獅掌跟在他的導師灰毛身邊坐下來。小冰和小狐也想衝出來看看發生什麼事，黛西用尾巴擋住了他們。

等大家都坐定位後，火星坐在空地中央，雙眼炯炯有神地環顧四周。

「看來不像是什麼壞事情。」冬青掌跟煤掌說。

「有一件事我一直想做，」火星開始說道。「新葉季已經來臨，我們應該有些新氣象。」

冬青掌興奮得往前傾。

「蜜妮應該升為雷族戰士了！」

冬青掌整個呆掉。灰紋碰到蜜妮的時候，她還是一隻小寵物貓。灰紋教會她一些戰士的訓練，而蜜妮也在灰紋返鄉的漫漫長路上幫了不少忙。不過這樣就能晉升為戰士嗎？冬青掌根本不清楚蜜妮是否相信星族？

空地上此起彼落的贊同聲像漣漪般一波波傳來。

「該是時候了！」白翅說。

樺落的腳掌搓摩著地面說，「她有戰士的胸懷！」

冬青掌訝異地看著大家。事情有那麼簡單嗎？雖然白天的大集會已經撫平了各族之間不少的紛爭，但讓一隻寵物貓成為戰士，這樣做會不會又讓各族彼此敵對呢？蜜妮的狩獵技術高超，也在戰場上證明了她的勇敢和忠誠，但是要讓她成為雷族的戰士，這……

「蜜妮。」火星向這隻灰色虎斑貓呼喊。

她抬頭挺胸走向前，冬青掌雖然不得不欽佩她，但心想蜜妮沒經歷過見習生的訓練，怎麼可以有戰士的頭銜？想到這裡，冬青掌焦慮得胸口一緊。

「妳在戰役裡奮勇作戰，」火星說。「妳讓本族在艱苦的禿葉季裡有東西吃。這裡沒有任何一隻貓質疑妳的忠誠和技能，妳被我封為戰士是實至名歸。」火星停了一下繼續說，「從今天起妳就叫做……」

「等一等！」

蜜妮打斷了火星的話，貓群裡驚訝的聲音陣陣傳來。

她眼光鎮定地環顧周圍的貓群，藍色的眼睛閃閃發亮。「能做為雷族戰士我深感榮幸，」蜜妮說，「這是最高的榮譽，我也很感謝灰紋在我還是寵物貓的時候救了我一命。」她看了伴侶一眼。「如果我這輩子都是兩腳獸的寵物貓，那將是打對折的身分。不過……」

灰紋湊過來說，「蜜妮？」眼中充滿憂慮。「妳該不會是要走吧？」

「我絕不會走，」蜜妮靠向灰紋跟他碰碰鼻尖，接著走向火星。「你可以相信我的忠誠直到我死的那天，我會誓死保衛雷族，但我不想改名，我的名字向來都是蜜妮，我不引以為恥。」

現場一片死寂。灰毛舔舔尾巴；沙暴瞇起眼睛，端詳著不久之前，還是隻寵物貓的蜜妮；棘爪的鬍鬚顫抖了一下。

灰紋抬起頭。「蜜妮說的有道理，叫什麼名字並不重要，行為表現才是真正要緊的，我知道她會把雷族擺第一。」

冬青掌看著火星，不知道他會怎麼處理。雷族族長不安地舉起爪子，看一下灰紋又看一下蜜妮。

突然，有隻貓開口了，「我可以說話嗎？」

冬青掌轉頭一看，黛西向前走出來。這隻乳白色的貓后從蛛足和樺落之間悠然走到空地中央。冬青掌豎起耳朵，黛西從沒在貓族大會裡講過話。

「我很高興蜜妮決定要保留自己的名字，」這隻母貓開始說，聲音有點顫抖，「我不是戰士，但我是雷族貓。我留在育兒室裡而沒有出去狩獵和打仗，是因為照顧小貓我最在行。我對每隻小貓都視如己出。這是我對本族的貢獻，但我還是保留自己的名字。」

「她說得對！」溪兒向前走說道，「我對雷族效忠，可是我絕不更改部落給我的名字。」

暴毛也走向前，尾巴拂過同伴。「有誰不信任蜜妮、黛西或溪兒，認為她們不會為本族奮戰的？」他質疑在場的貓群。

「沒有！」灰紋首先發聲，接著棘爪、雲尾、白翅和其他的貓跟都著附和。黛西的小貓們，莓掌、榛掌和鼠掌歡呼得最大聲。

冬青掌不安地看著。

突然，刺爪的聲音壓過其他的貓，「停！如果其他族看到我們現在這樣，會怎麼說？」

塵皮點頭稱是。「影族已經開始占領我們的土地了，因為我們的血統已經不純粹，不再單純是森林中的貓族了。」

蛛足瞇起眼睛。「命名儀式是戰士守則的一部分，難道我們可以棄之不顧，還說我們尊重其他三族？」

冬青掌尾巴垂到了地上，塵皮和蛛足是對的。蜜妮、黛西和溪兒對本族很重要，但除非她們遵守我們所有的規定，要不然怎麼算是真正和我們合而為一呢？

火星的眼裡一閃，「大家安靜！」他很快地說，「別忘了你們在談論的是我們自己！是我邀請黛西、溪兒還有蜜妮加入雷族的，因為她們，我們變得更強。」他環顧空地說，「你們吃她們獵來的食物，很開心；有她們並肩作戰，你們很高興。現在你們卻要我趕她們出去，就因為所謂的名不正嗎？你們要讓別族對我們發號施令嗎？」

「當然不要！」灰紋說道。

「蜜妮和溪兒已經是戰士了，」棘爪附和，「名字沒什麼差別。」

這樣說不通！冬青掌的爪子深深扒進土裡。她們沒舉行過命名儀式；這樣不就是漠視長久所遵循的儀式，天上星族祖靈會怎麼想？我們一定要遵循戰士守則！她看著刺爪，期望他開口講話，但他卻只低頭服從領導。

火星朝他眨一下眼接著看蜜妮，「我們見識過妳戰鬥時的勇氣，和狩獵的技巧，妳是雷族的貓，願星族的祖靈接納妳是真正的戰士。」

「雷族！雷族！」樺落帶頭喊著，其他的貓很快跟著加入。冬青掌靜靜看著，注意到塵皮和刺爪交換著焦慮的眼神。

「妳不想歡呼嗎？」松鼠飛湊到冬青掌身邊。

冬青掌的鬍鬚顫抖著。「萬一星族不認為她是真正的戰士怎麼辦？」

「妳認為星族這麼心胸狹窄嗎？」松鼠飛低聲說。

「訂定戰士守則是有原因的，現在這樣是違背我們的初衷。」冬青掌背脊的毛豎起，「棘爪應該表達意見的，他知道遵循守則有多重要。」

松鼠飛用尾巴輕拂過冬青掌，「棘爪是副族長，他得支持火星。」她的綠眼珠閃著光，「還有別忘了火星自己以前是寵物貓。」

「可是他後來也取了戰士名啊！」冬青掌激動地說。「他的戰士之路是循規蹈矩的，也受過見習生的訓練。」歡呼聲漸漸變小，貓兒們各自回到工作崗位上。

「冬青掌！」

蕨毛的聲音把冬青掌從沉思中拉回來。他站在雲尾和蛛足之間。他們的見習生煤掌和鼠掌前前後後踩著步。

「該是評估妳進步的程度了。」蕨毛跟她說。

「我要妳、煤掌和鼠掌一起去狩獵，抓愈多愈好。」

松鼠飛的眼睛一亮，「這麼快就考試了？」

冬青掌忘了之前的不安，興奮得全身沸騰。

蕨毛晃了晃尾巴，「別忘了我會在一旁暗地觀察。」

「祝大家好運！」松鼠飛離開時，冬青掌渾身緊張。她會讓蕨毛失望嗎？絕不！她不會讓這樣的事發生。

鼠掌和煤掌湊到冬青掌身旁。

「我不知道該讓誰對我更刮目相看——是雲尾呢還是蕨毛？」煤掌焦急地看著這兩隻戰士貓。蕨毛是她父親。

「該啟程了，」雲尾走過來。「你們要單獨行動，我們會盯著看，所以一定要盡全力。」

「我們一定會。」冬青掌說。

煤掌縱身一躍，鼠掌緊跟在後。冬青掌跟著衝向荊棘叢的洞口，他們都想第一隻衝出去。

冬青掌以前沒單獨狩獵過，所以滿心期待地顫抖鬍鬚。

「我們上哪兒去狩獵呢？」出了營區的時候冬青掌問。

「我要去靠近影族邊境的那條河邊，」煤掌說，「那裡獵物很多。」

「那裡不是有些空曠嗎？」冬青掌問道。

「我很會跳，」煤掌提醒說。「即便在空曠的地方，獵物看到我的時候也來不及了。」

「我想我還是去灌木叢那裡。」冬青掌下了決定。

「我喜歡跟蹤獵物，」她看鼠掌一眼問道，「那你呢？」

「跟你一樣，」他說，「到灌木叢比較容易抓，不過抓到幾隻老鼠後，我要抓松鼠。」

「那就走吧！」煤掌衝上坡離開了營地。

冬青掌和鼠掌跟在後頭，跑過之處落葉娑娑作響。快到河邊的時候，煤掌轉往河岸跑去；冬青掌跑向一處蕨類植物茂密的地方，鼠掌則去了相反的方向。

冬青掌停在矮樹叢邊，喘口氣，接著蹲低身子擺出匍匐狩獵的姿勢，往下坡方向爬。她穿走過蕨類植物叢，小心翼翼不發出娑娑的聲響。**蕨毛已經在觀察了嗎？**她邊走邊想，緩慢前進。**別胡思亂想專心打獵。**她把注意力集中在前方的落葉，微微張嘴嚐嚐風裡飄來的氣味。有老鼠的味道，在老鼠之前兔子來過這裡。**太棒了！**

她停下來豎起耳朵。前方的蕨葉抖動。她瞇著眼睛，往繁茂的蕨葉枝幹間望去，突然有一團棕色的黑影跳過綠油油的草地。是鼩鼱！正在落葉間挖洞。

她向前爬近一點。

這隻鼩鼱突然僵住。

是老鼠窩！冬青掌屏氣凝神尾巴貼地。

鼩鼱又開始東翻西找。牠忙著找食物，動作像蝸牛一樣慢，冬青掌向前爬。鼩鼱繼續翻東翻西。就差一步了！

這時候踩在腳底的樹枝啪的一聲，鼩鼱跑了。冬青掌往前一彈伸出前爪，鼩鼱被壓在兩掌之間，根本來不及逃。她朝脖子一咬鼩鼱就死了。她心跳加快地把鼩鼱咬到一棵櫸木的根部埋起來，又回來抓下一隻。

沒多久她又抓到另一隻鼩鼱和一隻老鼠。當她安全地把最後一隻獵物埋在櫸木下頭時，她看見金毛在山坡上的荊棘叢裡移動，蕨毛已經看了多久了？希望她的表現讓他印象深刻。

蕨類植物娑娑作響，鼠掌從冬青掌後方的林子裡突然衝出來。

「我抓到了兩隻老鼠，」這隻灰白相間的公貓宣稱，「我要再去抓一隻松鼠！」

「小聲一點，」冬青掌很急地說，「你會把獵物嚇跑！」

「抱歉，」鼠掌舔一舔尾巴問，「妳還要繼續狩獵嗎？」

「我想我已經足夠了。」冬青掌說。

「有看到煤掌嗎？」鼠掌問，「希望她有收穫。」

「我也很順利！」煤掌從蕨叢裡出來，抓著四隻田鼠，她把田鼠放在冬青掌旁邊。「可以跟妳的埋在一起嗎？」

「這樣不會搞混嗎？」

「雲尾知道我抓到的是什麼。」

「妳跟他說過話了嗎？」冬青掌很驚訝。導師是不會在考試時幫忙的。

「當然不會，」煤掌解釋，「可是我知道他從頭看到尾，他一身白毛實在很難躲，除非藏在雪裡。」她覺得很好笑。

「鼠掌還想抓一隻松鼠。」冬青掌告訴煤掌。

「真的？」煤掌看著這隻公的灰白貓，「你老鼠抓得不夠多嗎？」

「我抓很多了，」鼠掌生氣地說，「我只是想讓蛛足見識見識我也抓得到松鼠。」

「這條河上游有松鼠。」冬青掌建議。

「我想爬到天空橡樹上。」鼠掌說。

「不行啦！」煤掌一臉驚訝，「那是森林裡最高的一棵！」

「其他樹上也有松鼠。」冬青掌警告著。

鼠掌是黛西的小孩，不是在族裡生的，所以一有機會就想表現。可是上次開完族貓大會之後，他應該不用再證明些什麼。

「我要去爬天空橡樹！」鼠掌堅持。

「我練了很久，我要蛛足看看我現在也很行。」

「哇，」煤掌吸一口氣，「真是勇敢！」

「走吧。」鼠掌衝進林子裡，煤掌跟在後頭。冬青掌確認自己藏獵物的地方，隨後跟上。到了天空橡樹，冬青掌抬頭仰望高聳的枝幹，像是向上無限延伸，只見藍天在綠葉間晃動。鼠掌正往上爬，冬青掌看到晃動的尾巴。

「你怕了。」煤掌笑他。

冬青掌爪子往地上一按，心想：**別激他做出他不想做的事。**「再多抓幾隻老鼠吧？」冬青掌說，「這兒老鼠一定很多。」

鼠掌脊背上的毛像刺蝟一樣豎起。「我一定要抓一隻松鼠。」他喃喃自語下定決心。他向上蹬，用前爪抓住寬大的樹幹，撐著想要往上爬到離地最近的枝幹。「看吧！」他叫道。「很容易的。」接著尋找下一個落腳的枝幹。

冬青掌突然聽到腳步聲奔馳而來。

「鼠掌！」蕨毛從林子裡衝出來，喘息著，眼睛睜得大大。「下來！」

蛛足追在後頭，「隨他去吧！」他嗆蕨毛。「如果他真的想做，就由他去吧！」

雲尾也從林子走出來，「我們不是不能插手嗎……」他在鼠掌爬向另一根支幹時停下來。

「我真的認為你應該叫他下來。」蕨毛建議。

「你是認為我的見習生不夠強嗎？」蛛足壓平了耳朵。

「來日方長，」蕨毛反駁，「我就不會讓冬青掌爬。」

「冬青掌訓練時間沒有鼠掌長。」蛛足說。

「看，很容易！」鼠掌說，愈往上枝幹間距愈小，只見他身手矯捷向上攀。

「別爬太高。」蛛足警告。現在就連他也開始緊張了，看著鼠掌在樹枝間跳來跳去。

鼠掌頭頂上的樹葉在抖動，有隻松鼠往上爬。

「看，」煤掌興奮得大叫，「看到一隻了！」

鼠掌緊追在後。冬青掌看得脖子都痠了。松鼠一路向上逃，枝葉颼颼抖動，就在鼠掌前方沒差幾個幾尾巴，像是在誘敵。

小心，鼠掌！

突然松鼠從天空橡樹跳到隔壁的樹上，小枝枒從樹頂掉下。鼠掌整個呆掉！

他在樹頂上看起來只有老鼠大小，可是即便那麼遠的距離，冬青掌也看得出他的毛從鼻尖到尾巴末端都貼平了，這隻灰白紋的見習生嚇壞了！

「幹得好。可以下來了。」蛛足鼓勵他。

「我不行！」鼠掌的聲音像是尖叫，「我卡在這裡了！」

蕨毛嘆了口氣說，「這下怎麼辦？」

「我上去帶他。」雲尾提議。大家都知道族裡就屬他最會爬。

「他自己是下不來的。」蛛足同意地說。

「我去帶他！」煤掌說。

「等等！」冬青掌在這隻灰貓見習生開始攀上樹幹時大叫。

「立刻給我下來！」蕨毛向女兒大喊。

煤掌停在最下方的枝幹上，「我看到一條路徑，可以很簡單的帶他下來。」

雲尾和蕨毛擔憂地互看一眼。

「我會慢慢來，」煤掌在他們停止對話的時候提出保證，「如果我覺得太高就會停。」

蕨毛點頭說，「好，那要小心。」

煤掌小心翼翼地開始爬樹，一步一步跳，小步小步走。冬青掌看得口乾舌燥，**她會沒事的**，她不斷告訴自己。

在她身邊的蕨毛發著抖，瞪著害怕的眼睛看著煤掌。

「她快到了。」雲尾報告著。

煤掌離鼠掌只差幾個樹枝的距離了，鼠掌看著她，全身毛平貼在身上。

「沒事了，鼠掌，」煤掌喊道，「沒什麼好怕的。」

冬青掌屏氣凝神看著煤掌一步一步帶著鼠掌下來。

「對，就這樣，」煤掌說，「下一根樹枝離我們很近，抓緊了就沒事了。」

從底下看上去，他們的身形愈來愈清楚了，這兩隻貓小心的前進，每往下一點，心裡就愈踏實。

他們就快成功了！

突然有一隻鳥尖叫一聲，從底下的樹枝飛竄而出，鼠掌驚聲尖叫，從樹枝滑下來。

煤掌快如閃電向前俯衝抓住了鼠掌，向後拋回枝幹上，自己的後腿則上上下下抓樹想要穩住。鼠掌死命抓穩了樹幹，害怕得尾巴晃來晃去。

冬青掌如釋重負。

接著她看到煤掌開始站不穩。這隻灰色斑貓的後腿往下滑，前掌在空中死命亂抓，大叫一聲從邊緣掉下來。冬青掌在驚惶中瞪大了眼，眼睜睜的看著煤掌像石頭一樣從樹葉間落下，啪嗒一聲掉到地上。

「不！」蕨毛的聲音發抖往前衝。「煤掌？煤掌！」他湊近地上軟綿綿歪斜的身體。

「快找葉池！」蛛足急促地在冬青掌的耳邊說。冬青掌回頭再看朋友一眼然後衝出樹林。

煤掌不能死！她不會死！

第七章

「噢！」樺落把爪子從松鴉掌那裡抽回來。松鴉掌嘆氣說。「不把刺拔出來只會更痛！」

樺落不情願地又把爪子向前伸，松鴉掌低頭咬住荊棘一端。「不算大。」他用嘴角說。

「那是因為刺整支插進去了！」樺落抱怨。「沒想到我這樣還走得回營地。」

松鴉掌弓著身子用力一拔。

「噢！」樺落跳開，然後在巫醫窩裡哀哀叫跳來跳去。

松鴉掌吐掉刺，也把嘴裡的血啐在地上。

「跟你講過，刺很大！」樺落很得意地說。

松鴉掌撥弄了一下，這根刺彎彎的有點像爪子。「還好，沒那麼要命。」他說。

樺落舔著傷口說，「你這隻巫醫不是很有同情心。」

「我是來治療你的，要同情你就應該去育兒室。」松鴉掌走到貓窩後方。戰士啊！打仗時好像很勇敢，不過一根刺就會讓他們像小貓一樣大呼小叫。他咬了一嘴金盞花，嚼成糊狀。樺落的傷口要上一點藥才不會發炎。

突然，松鴉掌身體站直，聽見有腳掌奔回營地的聲音，是冬青掌很害怕的味道。

「來，把藥抹到傷口上。」他推開垂掛在巫醫窩入口的荊棘。

冬青掌衝回營，「煤掌從天空橡樹掉下來了！」

松鴉掌倒抽一口氣。「我去找葉池！」他往育兒室走去，她正在那裡治療小狐的感冒。

可是葉池已經先衝了出來。「是煤掌嗎？」

松鴉掌幾乎撞上，葉池急忙停住。她站在空地中央發著抖，恐懼在她身上奔竄像是傷口湧出了血，**不，別歷史重演！**她沉默的吶喊松鴉掌也感應到了。

「請妳馬上來！」冬青掌哀號著。

「出了什麼事？」火星穿越空地走來。接著腳步聲此起彼落，大家都走出來了。

「煤掌要幫鼠掌從天空橡樹上爬下來，自己卻摔傷了！」冬青掌喘著說。

「葉池，快去看她怎麼了！」火星下令道。

走吧！松鴉掌催促著他的導師，不過她似乎是腳掌生根定住，一副嚇呆了。「需要準備什麼藥？」松鴉掌問，他感覺得到冬青掌在他身後發抖。

「是罌粟籽？」松鴉掌追問著不發一語的葉池。

就在松鴉掌慌張不知所措的時候，葉池回神過來。她現在思緒清楚得像被大雨洗滌過。

「罌粟籽，沒錯。如果腿斷了，要用燈心草和蜘蛛網；還有百里香是治驚嚇的。」

「我去拿。」松鴉掌說。

「求你快一點。」冬青掌說。

「誰跟她在一起？」葉池問。

「鼠掌、灰毛、雲尾和蕨毛。」

「好，她可能要用抬的。」

松鴉掌擠過蜜妮和灰紋身邊往巫醫窩走，尾巴豎起。他推開站在洞口渾身毛豎直的樺落，衝進藥草間。用舌頭舔起了幾顆罌粟籽藏在舌下，一枝百里香連同幾把燈心草，用一大片蜘蛛網裹住。他拿起東西又迅速回到空地。

「東西都帶齊了嗎？」葉池問。

松鴉掌點點頭。

「快點！」冬青掌帶頭跑出了營地。

松鴉掌感覺腳下軟軟的。冬青掌爬上斜坡，葉池緊跟在後。松鴉掌在他們後頭靠鬍鬚的感覺避開樹木。這時他的腳絆到荊棘，身體往前撲，藥包掉了。

「來！我來拿！」葉池轉身很快撿起那些燈心草，又飛速向前。松鴉掌緊跟著葉池一步一步穿過森林。

「看到天空橡樹了！」冬青掌大叫，她加緊腳步同時警告，「小心倒下來的樹。」

她跳過地上的一根木頭，葉池跟了過來。松鴉掌全身緊張，跳得很高，心中默禱希望時間算得剛好，他的腳掌微微地碰觸到樹幹的腐皮，接著輕輕地在樹幹另一端落腳停穩。

「在這裡！」冬青掌跑向樹下的貓。松鴉掌感覺得到蕨毛的恐懼像一道道閃電從他身上傳過來。他聽到灰毛繞著天空橡樹走來走去，而鼠掌在發抖。

「她還在呼吸！」雲尾叫道。

「很好！」葉池放下藥包，趨身靠近煤掌，松鴉掌也在葉池身邊蹲下來。他聽得到這隻受了傷的見習生呼吸又快又急。他用鼻子碰一下她的身體，軟軟的像死老鼠。

「她是受到驚嚇！」葉池說。「我來準備百里香，你舔她的胸前。」

松鴉掌吐出罌粟籽，開始舔煤掌，舌頭感覺到她的心跳又快又急。葉池撕開藥袋，把葉子嚼爛，餵進煤掌的嘴裡。

「她會死嗎？」蕨毛的聲音顫抖著。

「我不會讓她死。」葉池很快回答。

這隻巫醫很快移到另一邊。「現在舔慢一點。」葉池說。松鴉掌仔細地放慢舌頭的速度，鬆了一口氣，因為煤掌的心跳慢下來。他感覺到葉池聞來聞去，仔細檢查煤掌的身體，突然葉池停下來。

「怎麼了嗎？」松鴉掌納悶。

葉池往後一步像是被黃蜂螫到。

「怎麼回事？」蕨毛向前擠，幾乎把松鴉掌撞倒。

是什麼把葉池嚇成這樣？松鴉掌停住不舔，開始感應葉池心裡在想什麼。他感覺到一片昏天暗地吞噬了葉池。什麼事那麼糟呢？

「她……她一隻後腿斷了。」葉池驚嚇地說。

「我們可以用燈心草固定起來，」松鴉掌建議。

葉池沒答腔。**千萬不要再次發生！**

害怕和困惑從蕨毛身上散發出來。「她不會腿斷了就死掉吧？」

葉池一動也不動，松鴉掌感應葉池心中的畫面，一隻灰貓一跛一跛，哀傷撕裂了她的心。

「在這裡！」松鴉掌撥開一枝燈心草，推向葉池。她很快接過去，松鴉掌感到鬆了一口氣，當葉池把燈心草放在煤掌的斷腿旁，然後又另外咬了一根。他小心翼翼地把蜘蛛網遞給葉池，葉池則仔細地用蜘蛛網把燈心草綁在煤掌的腿上。「我們得把腿固定好才能回營地。」葉池說，「這樣我才能把腿好好接回去。」

忙完後葉池坐起身。「灰毛、雲尾，你們幫蕨毛一起扛煤掌回營地，盡量別動到腿。」灰毛，雲尾和蕨毛扛起煤掌的時候，她輕輕叫了一聲。

「小心！」葉池張大了口。

松鴉掌聽得到葉池繞著戰士們打轉，幫著推倒荊棘開路，渾身緊張。「小心樹根！繞過倒在地上的樹！小心凹洞！抓穩她！」

冬青掌緊靠著松鴉掌，發著抖小聲說，「我還以為她死了。」

「她會平安度過的，」松鴉掌保證，「她心臟很強，只是腿斷了。」

「只是腿斷了！」葉池突然插話，「戰士需要四條健全的腿！」

冬青掌貼近松鴉掌耳朵說，「從沒見過她這麼煩躁。」

松鴉掌搖頭說，「我也沒有。」他靠在冬青掌身旁，讓她帶著他穿越草叢。他想把注意力放在葉池身上。他感覺得到驚恐、憤怒和懊惱在這隻巫醫心裡煎熬。**為什麼呢？**煤掌又不是她推下樹的。這純粹是意外。

為什麼葉池覺得她應該要負起責任呢？

三隻戰士貓把煤掌輕輕放在巫醫窩中。栗尾已經在裡面，趴在地上爪子顫抖，憂傷和害怕充斥全身。蜜掌和罌掌呆立在冬青掌旁邊，嚇得瞠目結舌。

「謝謝，」葉池很快地對蕨毛、雲尾和灰毛輕聲說。「現在請離開。」

「可是……」蕨毛才想抗議，可是栗尾輕聲地阻止他。

「我留下來陪她就好。」

這隻公貓尾隨灰毛和雲尾走出去，荊棘叢發出娑娑的聲響。

松鴉掌彎下身來舔煤掌頭頂，她現在又昏過去了。「我們會照顧妳。」松鴉掌允諾著。他這時感覺到冬青掌正盯著他看。

「妳最好也離開，」松鴉掌建議。「火星在等你們。」他感覺得到雷族族長神色凝重地站在洞外。「他想知道出了什麼事。」

「那你們能治好她嗎？」冬青掌問。

「我們盡力而為。」

冬青掌走出洞口的時候，葉池低聲跟栗尾說，「我會盡我所能治好她。」

「我知道妳一定會的。」栗尾的聲音因為哀傷而斷斷續續，松鴉掌聽出其中有無限愛憐。早在松鴉掌出生前，她們兩個早就是好朋友。

栗尾靠煤掌很近，講話時煤掌的毛都會動。「但願星族保佑妳。」她呢喃著。

「她應該會沒事，對吧？」蜜掌害怕的聲音在栗尾身旁響起。

「別讓她死！」罌掌啜泣著。

「走吧，」栗尾給他們打氣。「我們去看看蕨毛，他這時候需要陪伴。」她帶著自己的小貓出了巫醫窩，留下松鴉掌和葉池在洞裡。

其他貓咪走了後，松鴉掌感覺葉池的焦慮像一群蜜蜂一樣嗡嗡作響。突然煤掌動了一下。

葉池用尾巴輕拂過煤掌的身體，「別害怕，」葉池安慰著，「妳現在安全回到營地了，妳從天空橡樹掉下來傷了腿，可是我們會治好妳的腳。」她的內心熱切期盼著，語調卻很平靜。「妳當時想做什麼？妳以為自己是鳥嗎？妳覺得妳會飛嗎？」

葉池的語調像母親。松鴉掌從沒想過葉池沒有自己的小孩會不會悲傷。

煤掌輕叫了一聲，接著呼吸變沉，又昏過去。

「來吧！松鴉掌，」葉池突然很快地表示，「我們來接骨，先把綁在腿上的東西拿掉。」

松鴉掌開始幫忙葉池，把蜘蛛網咬破取下燈心草。

「現在需要新的燈心草，」在松鴉掌起身之前，葉池已經跑到洞穴後方拿三枝新的燈心草和一塊蜘蛛網。「這裡兩個，那裡再上一個……」

松鴉掌伸手想幫忙，卻感覺到葉池已經把燈心草輕輕地按壓在煤掌的後腿，並用牙齒把蜘蛛網裹上。「這樣應該包得很緊了。」

松鴉掌開始覺得自己幫不上忙。葉池是在教他嗎？或只是喃喃自語呢？「我們需要紫草嗎？」松鴉掌提議。

「什麼？」葉池聽起來好像被打斷，「噢，對，好主意。」

松鴉掌咬起一些草用嘴咬爛，邊聽到葉池在抱怨剛裹上去的藥，「再多裹一些蜘蛛網就大功告成了。」她又在碎碎唸。

煤掌抽動了一下發出呻吟。

「也許該離開讓她好好休息，」松鴉掌大膽建議。「現在好像沒什麼事可以做了。」一瞬間他感到葉池幾乎就湊在他臉上說話，熱熱的。「我們什麼事都還沒替她做！」葉池咬著牙說。

嚇了一跳，松鴉掌向後退，耳朵貼得平平的。

葉池像著火一樣生氣得不得了。「我們不能讓煤掌的腿廢了！」

「我……我……」松鴉掌結結巴巴。

葉池向後退，松鴉掌感覺她心裡充滿愧疚。「抱歉，松鴉掌，我不該突然跟你發火的，你一向都是好幫手。」

可是妳什麼忙也沒讓我幫！但松鴉掌還是忍下來沒說，怕葉池更難過。

葉池轉身走開。「我得跟栗尾和蕨毛談談。」洞口的荊棘在她走出去的時候娑娑作響。他的導師是怎麼了?他知道她很關心族裡的貓,可是以前她沒有因為哪隻貓受傷,而像現在這樣生氣的。現在看來照顧煤掌像是天大的事一樣,難道是因為煤掌是她朋友的小孩嗎?

他檢查煤掌的心跳,把耳朵貼近她的胸膛:心跳太快,呼吸太急。他躺在她旁邊用身體溫暖她,閉起眼睛調息配合煤掌的呼吸。

他看見自己站在山谷的頂端,周圍樹木濃蔭,更遠的地方也長滿了樹木和矮樹叢,看不到地面。**這是星族的地方嗎?**他害怕得心裡一緊。煤掌會死嗎?他被帶來這裡是為了要救煤掌,像是以前救翳掌一樣嗎?

他看到灰色的身影。煤掌在石頭之間跳躍著朝山谷下去,隱身在一片茂盛蒼翠之中。松鴉掌開始緊張。**我絕不能讓她離開我的視線!**他沿著山谷邊緣奔走,循著煤掌剛走過的路。因為不習慣用眼睛看,他努力在崎嶇的石頭上保持平衡。到了谷底,有一叢金雀花從像牆一樣擋住去路,他瞥見煤掌的尾巴隱入其中,緊跟過去一看發現有個入口。他溜進了去,發現谷底是一片砂質空地,而煤掌就站在中央。一眼望去,周圍有灌木叢和蕨類植物護住空地,遠端有一塊崢嶸的巨石擋住出口。

「煤掌?」松鴉掌聞聞四周的空氣,謹慎地走向她。這裡不像是星族的領土,不過有些味道卻是可以辨認得出來的。空地邊緣有一棵斷掉的樹,樹幹上還殘留著火星和灰紋的味道。他旁邊的荊棘則是留有塵皮和刺爪的味道。

煤掌眼睛張得大大的到處看,尾巴興奮得搖來搖去。「跟我記憶中一樣,我好久沒來了。」

她是什麼意思？這裡不是雷族的領土，煤掌怎麼可能來過這裡？感覺也不像是湖邊的任何一塊地方。山谷頂端風吹樹梢的聲響聽起來也不一樣，空氣嚐起來暖暖的，帶著一種發霉的味道，是從來沒聞過的。

「看這裡！」煤掌走向一塊巨石，「這就是高聳岩。」

她接著轉身走向帶有刺爪味道的荊棘叢。「這兒就是戰士窩，長老窩在那裡。」她用尾巴指向一顆倒下來的樹。「還有那裡，」她穿過空地到另一個樹叢，「就是見習生住的地方，我以前就睡這裡。」她的聲音飄到遠處，眼光變得迷濛。「後來我就搬去跟黃牙住。」

黃牙！這名字聽在耳裡讓他心裡一驚！黃牙不是雷族的巫醫嗎？而且是煤皮前一任的巫醫？祂已經死了，松鴉掌還記得祂老喜歡跑到他的夢境中，他還記得祂的長相：眼睛黃黃的閃閃發亮，貓毛糾結，而且極沒有耐心……。

「來看這裡！」煤掌的聲音把他拉了回來。

煤掌帶他穿越一條窄窄的通道，來到一個比較小的空地，一切如此怪異，松鴉掌覺得尾巴發麻。遠端有一塊高聳的巨石，正中央裂成凹型，正好可以當貓穴。

煤掌惆悵地看著幽暗的洞口，「黃牙就是把草藥放在裡面。」

「黃牙已經死了，」松鴉掌說，「現在祂跟星族在一起。」

煤掌看著他說，「當然是跟星族在一起，不然會在哪裡！」

「我不懂，為什麼妳看起來好像以前也住過這裡？」

「我是住過啊，很久以前，那時候我們還沒離開森林。」

「可是妳從沒在森林住過啊！」

「我曾經住過。」煤掌的藍眼睛像星星一樣發亮。「不過我又回來了，這次走的是不同的路，我這次是戰士。」她熱切地看著他，聲音低沉的像是很有智慧，好像她歲數比他大。「跟葉池講不用擔心，我這次會好起來，還有，我以她為榮，她學會的比我教她的還要多。」

松鴉掌毛一聳，心中出現的畫面一幕幕排山倒海而來：一隻灰貓跑在不曾到過的森林，有隻怪物在轟雷路上發出巨大的聲響，她後腿流血劇痛無比，耳邊到處是同伴的哀號；接著是她開始學分辨藥草，跟在黃牙後面一跛一跛；染紅的河水有小貓出生；害怕森林會被怪獸毀掉的恐懼；接著是漫長的遷徙，經過冰天雪地，咆哮四起，黑白相間的邪惡物種，張開大口前來索命和復仇……

松鴉掌倒吸一口氣，步伐踉蹌說：「莫非妳是煤皮？」

他喘著氣驚醒過來，腳掌冒汗全身的毛膨起，猛一抬頭眼前又恢復一片漆黑。

「松鴉掌？」葉池貼近他問著，「你在作夢嗎？」

松鴉掌站直了身子靠近躺在身邊的見習生煤掌。她的呼吸匀順緩慢。

「松鴉掌？」葉池追著問，「你剛剛是不是在作夢？」

「是。」松鴉掌試著調匀呼吸。剛才夢裡暴力的畫面還在腦海閃爍，血腥、痛苦和恐懼。

「她會復原吧？」葉池輕問。

「會。」

「噓。」葉池鬆了一口氣。

「她以前到過舊森林。」松鴉掌說。

葉池用尾巴輕輕摸著松鴉掌。「我知道，」葉池說。「她是煤皮對不對？」

「她帶我去雷族的舊營地，」松鴉掌解釋。「她在那兒看起來很快樂。」松鴉掌說到這裡停了下來，想起煤掌就躺在旁邊休息。

「妳覺得她會記得這一切嗎？」

「醒著的時候記不得，」葉池說。「我們也不該講。」

「為什麼呢？」

「星族能讓她再回來，一圓當戰士的美夢，這樣就夠了。」

松鴉掌的耳朵豎起，「她難道不想當巫醫嗎？」**那麼我不是唯一不滿意自己職責的貓囉。**

「她被怪獸弄傷腿之後，不得已才當巫醫，事情發生之後，她已經不可能成為真正的戰士，所以她用不同的方式報效族貓。」

「可是如果她知道此刻她已經一圓夢想，不是會很高興嗎？」

「如果星族想讓她知道，她會知道的。」葉池的話語聽起來有點嚴肅。「我們不應該左右她的命運。」

「你是說跟她講了以後命運就會改變？」松鴉掌的思緒開始天馬行空。葉池難道真的相信命運這麼容易改變？這樣是不是意味著，他沒把火星的預言告訴獅掌和冬青掌是對的？如果他講了，他們倆的行為難道就會因此變得不同？

「葉池？」煤掌翻動身子，聲音聽起來有些沙啞。

「我去拿點水給妳。」松鴉掌說。他取了一塊苔蘚到洞旁的淺水窪吸飽水。

「來。」並把水滴到煤掌嘴裡，煤掌急切地舔著，並喃喃不清地說話，松鴉掌湊近她。

「我很餓。」煤掌的話卡在喉嚨。

他聽到葉池噗嗤笑了出來。「這就對了，這才像煤皮嘛……」她很快改口，「我是說煤掌。我這就去獵物堆拿點食物過來。」

葉池走出洞口的時候，松鴉掌聽到煤掌伸展著身子，「唉唷，我的腿。」

「腳會好的，妳現在需要休息。」

「我在哪裡？」煤掌有氣無力。

「在妳該在的地方，」松鴉掌用尾巴輕拂她的身體，「妳在雷族這裡。」

第八章

「我現在將你命名為獅爪，是暗族的戰士！」石楠掌站在洞穴內最高的岩壁向獅掌喊話。月光從石洞頂上的空隙照落，石楠掌站在月光底下全身銀白。

她一躍而下和獅掌鼻碰鼻說，「恭喜。」

獅掌全身的毛顫抖著。

「不過首先……」石楠掌藍色的眼珠在微光中閃閃發亮，「你要先跑贏我，才能證明自己是戰士。」

「這樣不公平！」獅掌搖著尾巴，「風族貓跑得很快，大家都知道。」

「如果你想成為暗族的戰士，首先就要跑得和我一樣快。」

「那好吧……」獅掌冷不防撲向前，並用前掌護住石楠掌，免得落地時力道太大。他把石楠掌壓制在地上說，「那妳也要證明妳跟我一樣強壯！」

「這是作弊，你沒先預告！」石楠掌說。

「暗族的族長什麼事都要先有所準備。」

「像這樣嗎？」石楠掌掙脫並一晃眼溜到獅掌身後，輕輕咬住獅掌的尾巴。

「嘿！」獅掌大叫，企圖轉身推開石楠掌。可是石楠掌左躲右閃，獅掌的尾巴還是被抓得牢牢的；他轉到反方向去抓她，又被躲過。只聽見石楠掌喉嚨發出低吟，瞥見她抖動的鬍鬚。

石楠掌終於放開他了。「你亂揮爪子的樣子看起來好好笑，像剛離巢的小鳥！」

獅掌看著她，胸中洋溢著快樂。只要看到石楠掌那對藍眼睛，和一身軟綿綿的毛，獅掌就感覺全身溫暖，「真希望妳是雷族貓。」

石楠掌發抖著說，「住在樹蔭底下，然後四面都被石頭圍起來？不用了，謝謝！還有，」石楠掌又說，「這兒就是我們專屬的小天地，不需要非得住在一塊。」她伸出前掌從獅掌耳後撥下一團東西說，「是一根芒刺。」說完把刺丟到地上。

「謝謝。」

石楠掌說得對。就像石楠掌不想住在森林裡一樣，獅掌也不想住在荒原上。這個小天地就是最好的解決方式。儘管他們已經私會半個月了，都沒有被其他族貓發現，甚至是他那超級愛管閒事的姊姊。

「真不知道這些隧道通往哪裡？」石楠掌跳過河，在一個入口外東聞西聞。

獅掌跟在她後面。潮溼發霉的味道從洞口冒出來，他不禁全身發抖。

「你覺得其中一條隧道是不是通往影族的領土？」石楠掌問。

獅掌的背毛豎起說，「希望不是。」

「我們去冒險看看。」

獅掌向後退，「現在不急，在這裡就夠好玩了。」他環顧洞穴，那些陰森森的隧道讓他腳掌發麻，唯有看到石楠掌在月光照亮的洞裡，獅掌才感到心安。

石楠掌睜大眼睛，「裡頭可能有各種尖爪獠牙的怪物……」

獅掌推她一下說，「不要再講了！」

「來啊！你不是要證明自己是戰士嘛！」石楠掌姿勢輕盈優雅地跳過河。

獅掌也跟著跳，著地時後掌卻打滑，掉進黑色的河水中，啪嗒一聲，山洞裡迴音響起。獅掌的後腿感到河水湍急，不禁心頭一緊，奮力縱身向前爬，抖落腳掌的水滴。

「小心一點，」石楠掌警告，「我可不想失去你。」

獅掌想到剛剛差一點就被河水捲入隧道，不禁鬆了一口氣；他仰頭感謝星族，卻看見洞頂的縫隙。「我們得走了。」

石楠掌嘆了一口氣。

「明晚見嗎？」獅掌滿心期待。

「沒辦法，」石楠掌繞著他，虎斑紋的毛皮和他相摩擦。「我後天有個訓練測驗，不能太累。」

「那好吧。」獅掌聳聳肩。他了解石楠掌把自己的部族擺第一，他只能思念著她。

「再見。」

他們分道揚鑣各自走回來時的隧道。獅掌感到很安心，因為這段路他已經熟到可以用跑的了。松鴉掌要是知道他的哥哥，現在光靠鬍鬚的觸覺也能在黑暗中奔跑，一定會嚇一大跳。獅掌奔出入口時，再次聞到新鮮的空氣，感到如釋重負。

他快樂地左右扭動身子鑽過荊棘矮叢。上一輩的戰士把族貓帶到湖邊，就表現得雷族的領土好像全是他們開創出來的。可是獅掌知道，這塊土地未經探索之處還很多，石洞就是最好的例子。開發探索的責任將落在年輕一輩的肩上，唯有如此才能真正澈底地擁有這塊土地。透過頭頂上的樹葉，他看到滿天的繁星已經漸漸消失；他迅速奔馳過森林，想趕在大家醒來之前回到家。

「嗨，獅掌？」一個深沉的聲音在耳畔響起，還並行緊靠在他身旁。

獅掌嚇得毛髮直，往側邊一看只見依稀的身影，有隻貓與他並行。我在作夢嗎？

「我們觀察你好一陣子了。」這隻大虎斑貓的輪廓閃爍著，琥珀色的眼睛在薄光中發亮，寬大的肩膀感覺異常熟悉。

同時在身體的另一側，獅掌也感覺有東西碰他，他轉頭一看，心跳加快。另一隻貓跑在另一旁，身影不是很清楚；但他的眼睛是冷冷藍藍的，肩膀跟另一隻一樣寬大。

「你們是誰？」獅掌結巴地問。

「你的親戚。」琥珀色眼睛的大虎斑貓答道。

獅掌焦急得看左看右，「祢們是星族的嗎？」

「我們以前也是戰士。」藍眼珠的公貓很低沉地說。

獅掌嚇得尾巴都直了。「虎……虎星、鷹霜？」他們為什麼會來找他呢？

鷹霜僵住身子，轉頭注視前方的森林警告說，「有貓來了。」

獅掌閃到一棵榛樹後頭躲起來。

貓奔馳在森林的地上，腳步聲扎扎實實的，是隻真實的貓。就在獅掌蜷曲著身子甚至不敢呼吸時，蛛足疾飛過他身邊，強勁的氣流拂過獅掌的身體。這隻手長腳長的黑公貓一躍而過，隱身在一叢羊齒蕨之中。

獅掌從榛樹後頭出來。「虎星？」他四下打探，「鷹霜？」

鬼影戰士走了。

「等一等，」獅掌輕聲呼喊，「你們回來。」他得弄清楚他們為什麼要現身。

蛛足把羊齒蕨弄得娑娑抖動，森林又恢復了一片死寂，除了鳥叫聲預告著黎明將至。

獅掌打著哈欠，匍匐爬過通道。族裡一片寂靜，他四肢都放鬆下來，但是罪惡感卻油然而生。還沒有貓起床，黎明巡邏隊好像也還沒出發。他沿著空地邊緣暗處快步奔跑，一溜煙進了見習生洞穴，小心翼翼地走向自己的床位。

「獅掌？」冬青掌抬起頭說：「是你嗎？」

獅掌先是驚恐接著煩燥地說：「對啦！」他沒好氣地回答。

「你要去哪裡？」她打著哈欠。

獅掌遲疑了一會兒，心想上廁所那一招已經不管用了，冬青掌會以為他拉肚子。「我要去黎明巡邏。」獅掌趕緊回答。

冬青掌惺忪地眨眨眼睛說，「我還以為今天輪到我和蜜掌呢？」

「我也一起去，」獅掌暗自叫苦，「想多點經驗。」他渾身發燙，**謊話接二連三！**

冬青掌把頭又埋回掌下，「真希望你去就好了。」她喃喃地說。

「快點，要出發了，」榛掌推了推蜜掌說，「醒來了，貪睡蟲，該走了。」

獅掌眷戀地看自己的床，感覺手腳有千斤重，可是榛掌已經走過他身旁，朝入口走去。他跟在後頭，任由蜜掌留在床上伸懶腰。

「這麼早起床啊，獅掌。」沙暴和塵皮坐在洞口，看到獅掌很訝異。

「我要一起去巡邏。」獅掌說。

「那很好，」塵皮看著早晨晴朗的天空。「今天是狩獵的好日子，等我們巡完邊界，我還要再帶榛掌出去。」

鳥在峽谷頂端啾啾叫著，獅掌忍住哈欠，伸展了一下。

「準備好了嗎，蜜掌？」沙暴問，她的見習生從洞裡踉蹌走出來，猛眨眼想趕走睡意。

蜜掌點點頭。

「那就走吧。」沙暴跑出了營地。

走在林子裡，獅掌看到每一片苔蘚都渴望能到上面躺一躺休息休息。他走在巡邏隊後方步伐蹣跚，盡量跟上，這時候到了影族邊界，大夥兒忙著留下氣味做記號。

「嗯，可以了。」塵皮終於開口。

太棒了，終於可以回家！

沙暴聞了一下說，「再去風族的邊界查一查。」

獅掌的心往下一沉。巡邏隊掉頭又折返森林。獅掌累到眼眶發熱。突然，他注意到在不遠前方的樹叢裡有東西在動。

是虎星！他定眼一瞧，原來是風吹動了蕨叢。他們今天早上為何而來？虎星說他們已經注意他很久了。**那他們一定也知道他和石楠掌私會的事情。**他不禁四肢發麻。他們會認為這樣是錯的嗎？又為什麼要警告他蛛足的事呢？只是要幫他嗎？為什麼？

巡邏隊接近風族的領土，以一條小水溝為界，溝底是條涓涓溪流，流過荊棘叢和羊齒蕨。邊界之外還是森林，更遠的地方則是荒原。塵皮停在一棵樹下來做記號，蜜掌爬下水溝喝水，隱身在荊棘叢中。

榛掌聞了一聞說，「看！」眼睛盯著邊界另一頭。

風掌和兔掌朝溪流衝過來，有一隻松鼠在前方沒命似地跑，尾巴不停地搖。這兩隻風族的見習生熟練地鑽進矮樹叢；倒是難得見到他們在林子裡打獵。

塵皮靠向沙暴說，「他們怎麼會在這兒？」

「這裡本來就是他們的領土。」沙暴說。

「可是風族是不吃松鼠的。」聽到榛掌的警告，蜜掌這時已經從溝底爬上來了。

塵皮瞇著眼說，「對啊，我以為他們只吃兔子。」

又來了兩隻風族的貓。裂耳和白尾在荒原邊緣，觀察他們的見習生。

「怎麼會在靠我們這麼近的地方打獵了？」塵皮的語調尖銳地質疑著。

「朝我們來了。」榛掌警告。

風掌和兔掌追在松鼠後方，眼睛盯著獵物看。

「他們沒有慢下來。」塵皮警告。

「他們不會故意越過邊境。」沙暴要他放心。

「但是這條充當邊界的溪流並不明顯。」塵皮突然低下身爬到水溝邊，躲在荊棘叢後方。

風掌和兔掌一路奔來，沒有要停下來的意思。

「停！」塵皮突然站起來隔著水溝，向風族的見習生喊道。

風掌和兔掌緊急停下來，滿臉驚嚇。松鼠越過水溝逃上一棵樺樹，不見了。

「我的星族啊，你到底在幹嘛？」裂耳憤怒的聲音穿過林子。他罵完便向邊境跑來，白尾緊跟在後。

「你憑什麼嚇唬我們的見習生？」裂耳停在水溝對面瞪著塵皮。

「我沒阻止，他們就要越境了！」塵皮弓起身子戒備著。

「你怎麼知道我們一定會越界？」風掌說。

「你們沒有要停下來的意思！」塵皮指責他。

「我差一步就抓到松鼠了！」

獅掌嘟起嘴說，「你還差得遠！」

風掌反駁，「我明明快到手了！」

「大家都知道風族只會抓兔子，」獅掌回嗆，「抓松鼠我們雷族才在行。」

「現在不一樣了！」兔掌在他夥伴旁邊挺胸說道：「每個風族的見習生都受過森林特訓，現在我們不用只靠獵兔子過活了。」

沙暴的眼睛睜得大大的，「真的嗎？怎麼會這樣？」

裂耳用發亮的眼珠看著沙暴，「這不干妳的事！」

「這樣你們就可以侵入我們的領土嗎？」塵皮甩著尾巴在邊界上踱步。

白尾走向前，原本亂掉的毛現在平順許多。「我們自己的領土也有樹林，」她不疾不徐地說，「本來就該善加利用，長老們現在還會提起以前的飢荒，那時候兩腳獸下藥毒兔子，當時沒東西吃才開始大遷移。」

聽起來有道理，獅掌的爪子像出鞘的劍一樣，又收了回去。可是風族跟雷族獵食一樣的東西，感覺很奇怪。

兔掌點頭，「現在荒原上開始有羊，還有兩腳獸和狗……。」

裂耳用尾巴遮住他徒弟的嘴，「這也不干雷族的事。」緊接著又說，「只要沒越界，我們愛抓什麼就抓什麼。」

「可是松鼠哪管什麼邊界不邊界，如果跑到你們那邊，那你們就是吃了我們的獵物。」

「如果在風族的領土上，就算是我們的獵物。」裂耳反駁。

「可是松鼠一向都歸我們抓的。」塵皮停下來，脖子的毛豎起。

「戰士守則有這樣寫嗎？」裂耳反譏，向前一步，眼睛炯炯有神。

塵皮低下身子準備向前撲，獅掌的耳朵充血，伸出爪子，之前的疲倦全都忘了，他迫不及待要讓這些愛挑釁的風族戰士，見識見識膽敢侵入雷族的獵場，會有什麼後果。

「算了！」白尾跟她的同伴說，「不值得為這種事，不愛惜毛髮。」

裂耳把眼光從塵皮移到白尾，獅掌屏住氣息，接著裂耳竟然點頭說：「這次就算了。」

塵皮瞇起眼睛看著風族的貓，掉頭沿著邊境慢條斯理地緩緩走開。

「我們也該走了。」沙暴的尾巴指向家的方向。

塵皮動也不動地說，「我要等到他們離開樹林。」

沙暴坐下來清洗臉上的毛說，「我們在這兒等，你們三個去看看能不能抓到什麼獵物。」

獅掌心不甘情不願地把目光移開，然後去找蜜掌和榛掌，那些風族巡邏隊故意走得很慢。

「妳覺得風族會入侵我們的領土嗎？」榛掌問。

蜜掌眼睛睜得大大的，「你怎麼會有這種想法？」

「抓松鼠一直都是森林貓擅長的事，他們是住在荒原的貓，」榛掌說，「這太奇怪了。」

「塵皮也是這樣想，才會有剛才的反應。」獅掌說。

蜜掌回頭，「他們為什麼要侵占我們的領土呢？」

「也許兩腳獸和牠們養的狗對風族來說，真的是一大困擾吧，或許我們不懂。」獅掌猜。

「上一個新葉季的時候，他們不就遇到過這樣的問題？」榛掌說。

獅掌心中有不祥的預感，「或許這次比上次嚴重。」

「有什麼事要回報嗎？」火星在擎天架上，看到巡邏隊回來時問道。

「風族在森林裡打獵。」塵皮回答。

「我們的森林嗎？」火星從擎天架跳下來。

獅掌走到獵物堆放下他抓到的一隻老鼠，又趕忙回到塵皮身邊。他隨時準備好要對付入侵的貓，好捍衛自己的獵物，可是，如果石楠掌也置身其中怎麼辦？

「獅掌！」冬青掌一半把他攔下，「出了什麼事？」

松鴉掌在冬青掌身邊也豎起耳朵，顯得很有興趣。

「風族闖到我們的邊界。」獅掌瞄了一眼巡邏隊。

雷族的族長走向塵皮和沙暴面前猛搖尾巴，為此消息深感困惑。

「他們是還沒有越界啦。」沙暴解釋。

塵皮尾巴末端抖了一下，「就差一點了！」

「兩隻風族的見習生靠近我們的邊界，」沙暴解釋著，「他們在追一隻松鼠，差一點就不小心越過了邊界的溪流。」

冬青掌訝異地說，「松鼠！」

「他們根本心知肚明，」塵皮大聲喊叫。「不然就是把錯當成習慣已經是稀鬆平常的事！」

「可是在我們的領土上並沒有風族的氣味。」沙暴提醒他。

「那他們又為什麼要抓松鼠呢？」棘爪質疑，「他們是擅長抓兔子的。」

冬青掌對著獅掌的耳朵小聲說，「一點也沒錯！」

「現在不一樣了，」榛掌撥弄著地上，「風掌說風族的見習生，都在接受森林狩獵訓練。」

棘爪僵直身子說，「我們要重畫邊界！」

「邊界線我們是重新畫過了。」塵皮解釋。

沙暴坐下，「我們不要擴大事端，不過就是兩隻小貓……」

塵皮打斷她，「在偷我們家的獵物！」

「我們還是得提高警覺，」棘爪提出建議，「下次大集會的時候一定要提出來。」

火星撥著地上的土說，「有風族的貓越界嗎？」

「沒有。」沙暴回答。

「我們這邊的領土也確實沒有風族的氣味嗎？」火星追問。

「絲毫沒有。」

塵皮沒好氣地說，「就算有也早被大雨洗掉了。」

「也許他們真的沒越界也說不定。」火星指出。

松鴉掌瞇起眼睛說，「可別舊事重演！」

獅掌看著他弟弟說，「你是什麼意思？」

「火星也不想幫河族的忙，」冬青掌解釋，「雖然松鴉掌跟他說過，河族有麻煩。」

「什麼忙都不幫，其他貓族怎麼會尊敬我們？」松鴉掌抱怨。

獅掌皺起眉頭，「有那麼嚴重嗎？只要他們不越界。」

「可是一定要有個平衡點，」冬青掌提出不同的看法，「要是有一族太弱，我們就得伸出援手，如果有的太強，我們就要遇強則強。」

松鴉掌拉下臉說：「我不支持妳這個平衡的論點，」接著又說，「在我看來火星又錯失一次向大家展現雷族力量的機會。」說完松鴉掌搖著尾巴走掉了。

冬青掌望著他離去的背影說，「獅掌，你有什麼看法？」

獅掌僵直身子，彷彿看見石楠掌正追逐一隻松鼠朝雷族的邊境而來。莫非冬青掌跟他想的是同一件事？「妳說我對哪件事有什麼看法？」獅掌回過神來。

「火星下次大集會的時候，會跟風族槓上嗎？」冬青掌把頭一斜，她綠色的眼眸充滿好奇。獅掌把重心放到另一隻腳上，不知道族長會做何決定。如果火星總是息事寧人，那雷族就會看起來積弱不振。可是一想起要跟風族打仗，他肚裡就直翻攪。如果兩邊開戰，那他怎麼和石楠掌繼續碰面呢？

突然間，清風徐徐吹在他身上，他聽到一個聲音低語呢喃。**要忠於自己，獅掌，真正想做的事不用心懷懼怕，你最清楚自己真正的想法。**

獅掌的肚子因為罪惡感而抖了一下，虎星說的話有道理。獅掌知道自己要什麼。他最不想見到的事就是雷族和風族開打。

「我們不應該管風族的事。」他說。

第九章

倒映在湖面上的滿月隨波盪漾，另一端的地平線上，藍黑色夜空下，灰色的雲朵洶湧層疊。

在沿著湖邊前往大集會的路上，冬青掌顫抖著。一陣冷風吹來，把她柔順的毛吹亂。她低下身體，躲在松鼠飛和蕨毛之間避寒。

「到島上就會比較溫暖了。」松鼠飛保證的說，她的耳朵也被風吹得平貼著。

蛛足和鼠掌向前走著，塵皮、棘爪和松鼠飛在他們身邊；刺爪跟上白翅，緊靠著她，好像要幫她擋風。火星和沙暴領著大家走在最前面，獅掌則和灰毛、葉池走在最後。

「不要靠近！」棘爪不耐煩的嚇止聲從風中傳來。

冬青掌探頭看他是在對誰叫。

莓掌在淺灘處拍打一根木頭。一陣狂風從湖面吹來，此時莓掌失去平衡跌到水裡。他掙扎著站起來，甩動乳白色毛皮，抖落一身的水，趕緊上岸。

棘爪在他耳旁打了一下。「鼠腦袋才會這麼做！」

莓掌打了個噴嚏。

「如果你感冒了，別以為就可以免去任何一次的訓練。」

他們聞到風中有馬場的酸味，知道已經快要走出風族領土了。石子沿岸變窄，火星領著大家爬上柔軟的草地，沿著籬笆走。草地的另一邊，有馬群在那裡嘶鳴著。巨大的身影在籬笆的另一頭竄動著，冬青掌感到一陣不安。**或許牠們也不喜歡這種天氣吧。**這樣的狂風一定會帶來豪雨的。

砰！有一匹馬踏步靠近籬笆，白翅驚叫一聲，嚇得往旁邊一跳，鼠掌被她撞得翻滾到下面的石子沿岸。

「小心！」鼠掌怒斥著，爬了起來。

白翅往下看著他，驚恐地說：「對不起。」

為什麼大家都這麼神經質，這麼容易生氣呢？冬青掌看著族貓們。自從離開營地後，大家就很少彼此交談。他們的毛在風中豎立，尾巴彈動著，連她自己也覺得不安起來。自從發現風族在獵松鼠之後，有關盜獵、報復和入侵的傳言不斷。冬青掌並不覺得風族的怪異舉動，一定要以戰鬥收場，戰士守則中從來沒規定各族貓只能獵什麼獵物。但她討厭這種緊張的氣氛。

半個月前松鴉掌做過那個夢之後，就再也沒有其他消息了。她今晚無論如何一定要跟柳掌說話，但是一陣焦慮從腳底襲上心頭。**如果情況糟到整個河族都沒辦法來呢？**

冬青掌跟著棘掌走下沙岸，再次回到湖邊。獅掌湊過來對她說：「我還真希望能跟松鴉掌待在營裡。」

她端詳著他，這不像是獅掌說的話，他看起來很想睡。

「你還好嗎？」難道他連石楠掌有沒有去都不想知道嗎？

「我只是累了，」他喵叫著。「灰毛的訓練很嚴格。」

她多少放心了些，以為獅掌對那位風族見習生已經失去興趣，終於把他們的友誼擺一邊。但是他寧願待在營地而不想去參加大集會，還是讓她覺得很奇怪。

塵皮在他們前面停下腳步，耳朵豎起，「風族！」他警告著大家。

冬青掌在石楠樹叢中看到一群黑影朝岸邊移動。「你覺得火星今晚會提獵松鼠的事嗎？」

獅掌聳聳肩說：「誰知道？」

風族比雷族早一步到達岸邊，朝河族領土的沼澤沿岸前進。火星已經移往更靠近水的地方，領著大家迎頭趕上風族。

「松鼠賊！」塵皮低語，斜視著風族貓。

「松鼠賊！」莓掌也大聲地跟著說。

這樣的辱罵聲在雷族像漣漪般傳開，在呼嘯的風聲中迴盪。冬青掌全身緊繃，他們今晚不能打仗！她戒慎地盯著風族。裂耳的雙眼在月光下燃起熊熊烈火，風掌充滿敵意地撇著嘴。不過一星冷靜地繼續向前走，注視著腳前的落葉。風族先到，但一星以尾巴示意，要他的族貓後退。他們就這樣眼睜睜地看著火星領著雷族跳上樹橋，先行通過。

火星往下看，對風族族長說：「一星，謝謝你。」

一星點點頭。

雷族貓排隊一一上了樹橋，輪到冬青掌時，她聞到河族的氣味。新鮮的和陳腐的氣味混雜著。**他們來了！**她鬆了一口氣，他們能來就表示事情還不算太糟。她謹慎的在樹幹上走，然後縱身跳上岸，在石子沙地上磨掌取暖，並等著灰毛和葉池跟上來。

「大家都通過了嗎？」火星問道。

棘爪點點頭；火星用尾巴示意，然後鑽進樹叢，冬青掌也跟上去，**我一定要和柳掌說話！**一根荊棘刺到她的鼻子，但她不以為意繼續向前，領先夥伴，進入羊齒植物樹叢。

廣場已經擠滿貓！有些坐在一起低聲交談，有些坐在邊緣謹慎的張望。小貓繞著大貓打轉，有些小貓小得讓冬青掌不敢相信他們是見習生。

她嗅一嗅空氣，影族還沒到。

「這裡怎麼會有這麼多河族貓？」獅掌趕上來，他的聲音聽起來很喘。

冬青掌搖搖頭。她的毛不安地豎立著，廣場上都是河族貓。

「有些好像很老了。」獅掌看著一隻粗壯的公虎斑貓，鼻尖的鬍鬚是白的。一隻深色的母虎斑貓坐在他身旁，她身上糾結的毛好像永遠梳不開的樣子。

「燕尾！」一隻小貓急忙走向一隻大母貓，眼神帶著恐懼。「我找不到灰霧和小噴嚏。」

「小錦葵，別擔心。」燕尾用尾巴環繞著小貓，「你母親待會兒就回來了，小噴嚏可能和她在一塊兒。」

「她剛才說的是**小**貓嗎？」獅掌驚訝地問。

冬青掌沒回答，她正盯著柳掌看。這隻河族見習生把一些藥草放在一個懷孕的貓后面前。

冬青掌腳步慌亂，左躲右閃穿過廣場來到柳掌身邊。「怎麼回事？」

柳掌抬起頭，眼中充滿著恐慌。「冬青掌！」

「到底發生什麼事？」

柳掌還沒開口，風族這時衝進廣場。當他們擠進河族之間時，驚訝地喵叫聲此起彼落。

「灰霧？灰霧？」一隻幼小的玳瑁貓在混亂中不停地喵喵叫。

「小噴嚏！你怎麼沒跟母親在一起？」燕尾衝向前去叼起小貓。她縮著身體四肢僵硬，一步步地走回小錦葵那裡，好像小貓對她來說是沉重的負荷。

「柳掌，這些小貓和長老在這裡做什麼？」冬青掌轉頭問她的朋友。

「我們必須——」

火星打斷她的話。「豹星，怎麼回事？」雷族族長走向大橡樹，豹星已經坐在樹根上了。

一星匆忙穿過廣場。「妳好像把河族全都帶來了。」他怒吼著。

豹星眨眨眼說：「是這樣沒錯。」

「什麼？」一星瞠目結舌著。

冬青掌往前靠，**河族到底發生什麼事了？**

廣場邊緣傳來黑星氣急敗壞的聲音，「這裡出了什麼事？」

影族到了。

火星撥弄一下泥土，「我們開會吧，就會知道發生什麼問題了。」說完跳上橡樹最低的枝幹。底下的貓們一陣騷動，大家都想找個位置坐下來。

柳掌就待在懷孕的貓后後面。

「一切都還好吧？」冬青掌低聲問。

「去跟妳的族貓坐在一起。」柳掌把藥草抓成一球，避開她的眼光。「拜託！」

冬青掌點點頭，跟著一群河族戰士朝那棵橡樹走。他們抬起頭，煩躁地彈著尾巴。有一隻河族貓后擠過她身邊，走向另一個方向。

「對不起！」冬青掌讓開了路，但是這隻貓后似乎並沒有注意到她。

「灰霧！妳在這兒啊！」燕尾看到貓后，總算鬆了一口氣。孩子們跑出來叫母親，但灰霧卻趕他們跟燕尾回到羊齒樹叢，去跟河族的長老和小貓在一起。在那陰暗的藏身處，他們的眼神透露出戒慎恐懼。

冬青掌趕過去加入她的夥伴。當她擠過去的時候，莓掌說：「小心別踩到我的尾巴！」結果她不小心踩到塵皮的腳，「小心！」塵皮發出警告。

「對不起！」冬青掌小心翼翼地繞過獅掌，確定她的腳是踩在地面。

「妳有發現什麼嗎？」他低聲問。

「沒有。」

「趕快坐下來，保持安靜。」蕨毛命令著。

冬青掌眨眨眼表示歉意，抬頭看豹星。

河族族長鎮靜的從樹上看著大家，這時一隻小貓哭叫了一下，立刻被制止。「我們河族的領土有個小問題。」豹星說道。

小問題？冬青掌的心劇烈地跳動著。**那你們為什麼全都在這裡？**

「我們必須離開我們的營地。」

「離開你們的營地？」黑星閃著不安的眼神。

「只要一陣子，」豹星很快地接著說，「我們正想辦法解決問題，一旦解決了，我們立刻搬回去。在那之前我們會待在島上。」

那大集會怎麼辦？冬青掌焦慮地望著天上的銀毛星群，戰士守則中規定大集會的地點是各族共有的。**這樣做不就打破祖靈所定下的傳統？**

「你們要在哪裡狩獵？」一星用指責的眼神盯著河族族長。

枯毛站起來，脊背上的毛倒豎著。「島上的食物絕對不可能夠一整個貓族吃的。」

豹星看著影族的副族長，「我們有湖！」

「這樣夠嗎？」鴉羽叫著，「如果湖四周淺水區的魚都被抓光了，那你們要怎麼辦呢？」

霧足倒豎著毛說：「我們是不吃兔子的，如果你擔心的是這個問題。」這位河族的副族長撇著嘴，好像兔子是他們絕對不屑吃的食物。

「那大集會怎麼辦？」火星冷靜地看著豹星。

「我們希望在下次滿月前就回營地。」豹星回答。

「那如果你們沒回去呢？」黑星追問。「在大集會中你們的數目比其他族還要多，這是不公平的。」

刺爪站起來，「從來沒有貓在四喬木住過，」他說，「就像慈母口一樣，這裡對所有貓族來說都是有特殊意義的。」

豹星回應說：「如果有別的選擇，我們也不會這樣做。」

「如果你們永遠都回不去怎麼辦？」一星的利爪刺進腳下的樹皮，「那你們要去哪裡？」

「你們會搬到新的領域嗎？」

「你們會入侵其他貓族的領土嗎？」

這時廣場焦慮的喵聲四起，一陣譁然。

豹星環顧貓群說：「你們擔心的事不會發生！」

黑星的尾巴抽動著，「如果發生的話呢？」他嘶吼著。

「三塊領土是養不起四個貓族的！」一星說道。

煙足，一個影族的戰士，抬起下巴說：「有一族一定要離開！」

廣場上頓時鴉雀無聲，彼此交換著緊張的眼神。

冬青掌的肚子一緊，真的有一族要被趕出湖區嗎？不！一定要有四族！本來就該這樣的。

「我們只能相信豹星，」火星的聲音在廣場上迴盪著。「我們必須給河族一個重返家園的機會。」

「至少等到下次的大集會。」沙暴接著說。貓族們低聲議論著，但並沒有持反對意見。

火星點點頭，「等到下次滿月的時候，如果河族還繼續留在島上，我們再決定怎麼做。」

他看著其他貓族的族長，「這樣可以嗎？」

黑星草率地點點頭。

一星彈了一下尾巴低聲說：「我想可以吧！」

「那麼就這樣決定。」火星望著大家說：「雷族有些事報告，我們的一個見習生受了傷，但她恢復得不錯。」接著他盯著一星，「而新葉季也為我們的森林帶來許多獵物。」

冬青掌的爪子刺進地面，**他是在暗示松鼠的事**。

一星瞇起眼睛，「風族很健康，而且我們領土上的獵物也很充沛。」

「為什麼火星不直接提松鼠的事呢？」蛛足低聲嘶叫著。

「是因為害怕不敢說嗎？」

冬青掌扭過頭去，看看是哪一個雷族戰士咕噥說出這種問題。她看到刺爪正盯著火星。

為了不再製造風波，他這樣做是對的！這裡的情勢已經夠緊張了。

「黑星？」一星喚著影族族長，「有什麼事要報告嗎？」

「湖邊來了一些兩腳獸，」黑星說著，「但並沒有接近我們的營地。」

「很好。」火星點點頭，「如果沒其他的事，我想我們就讓河族休息吧！」

焦躁的貓群裡耳語四起，但是火星已經跳下大橡樹，接著是豹星。大集會結束。

看著風族、影族消失在樹叢中，冬青掌終於鬆了一口氣。她匆忙地趕到柳掌身邊，「到底是怎麼一回事？」她追問著，「為什麼要離開你們的營地？」

柳掌塞了一嘴的藥草，「我現在不能說話，」她含糊地說著，「不能說，大家都在聽。」

「我了解。」冬青掌看出朋友眼中激烈的請求，「我會再回來的，到時候妳再告訴我。」

柳掌把草藥糊吐在地上，「拜託別惹麻煩！」

「我不會的。」冬青掌答應。她要知道事情全部的真相，火星或許能夠幫助河族。貓族的未來就靠她了。她看到蕨毛、棘爪和松鼠飛消失在樹叢中，獅掌用尾巴招喚她。

「我要走了。」冬青掌用鼻尖碰碰柳掌的臉頰，然後快速離開。

「她說了什麼嗎？」她靠近時獅掌問道。

「沒有，什麼都沒說。」冬青掌快速地穿過羊齒樹叢，為她苦惱的朋友心痛不已。

他們在樹橋那邊趕上夥伴，風族和影族已經走到對岸漸漸離去。

「這對雷族有什麼影響？」鼠掌爬上樹橋焦慮地問道。

松鼠飛跟在後面跳上去說：「沒有。」

「妳怎麼這麼確定？」蛛足停在橋中央問道。

塵皮瞇起眼睛，「如果河族在自己的領土待不下去，很可能會入侵風族或影族。這樣的話所有的邊界就不得安寧了。」

「但是我們是在他們的對岸！」鼠掌說道，「不會影響到我們的。」她緊跟著塵皮穿過荊棘叢走上樹橋。

「希望你說的沒錯。」塵皮低聲說著。

「我想這就是風族開始訓練見習生在樹林裡打獵的原因。」蛛足咆哮著。

冬青掌顫抖著，他說的是真的嗎？風族真的計畫入侵雷族嗎？

「獅掌！」灰毛急促的叫聲把冬青掌吵醒，她抬起頭來，看到獅掌正要走出見習生的窩。

「發生什麼事嗎？」她問道。大部分的床鋪都已經空了，只有蜜掌還在睡。

「戰鬥訓練！」獅掌轉頭回答。

冬青掌站起來伸伸懶腰，蕨掌還沒有叫她，或許在訓練前還有時間可以去看看煤掌。她聽到外頭有匆忙的腳步聲和興奮的喵叫聲，今天早上大家似乎都很忙碌。冬青掌好奇地走出見習生窩，太陽才剛升起，廣場就像蜂窩一樣鬧哄哄的。鼠掌和莓掌正在練習打仗，灰紋和蜜妮拖著荊棘樹枝朝著還沒蓋好的窩穴走去，火星正和刺爪與棘爪在擎天架下講話。長老窩外頭，鼠毛在陽光下舒展身體，長尾坐在她旁邊臉朝天空。「冬青掌？我聞到的是妳嗎？」瞎眼戰士從廣場的另一頭喊著。

「是啊！」冬青掌走向他。

「我聽說有麻煩了！」長尾的利爪緊扣住地面，「我希望我也可以捍衛貓族。」

「沒什麼麻煩啦，」冬青掌很快地回答，「只是河族有些狀況而已，就這樣。」

「好像是要重新劃定界線。」長尾繼續說，「我倒想看看是哪一族敢搶奪我們的地盤。」

他就喜歡這樣！冬青掌的毛緊張得豎立起來。看到蕨毛走過來，總算讓她鬆了一口氣，像這種敏感的戰爭問題，蕨毛當然不會這樣隨口亂說的。

「我們要去打獵了。」他宣布。

很好！總算有正常的事。

蕨毛接著說：「就算真的要打仗，也得先填飽肚子。」

冬青掌嚇呆了，**不會吧！連蕨毛也這樣！**「出發前，我可以先去看煤掌嗎？」

「去吧，」蕨毛同意，「但不要太久哦！」

冬青掌穿過廣場，把鼻子伸進垂吊在巫醫窩入口的荊棘。「我可以進來嗎？」

煤掌坐在床上，她那被燈心草固定住的腿，笨拙地伸在前頭。她正伸掌要玩床邊的一顆苔蘚球。

葉池在另一頭，把乾的木賊莖浸溼。她抬頭看了一下，「嗨！冬青掌！」冬青掌從巫醫的聲音聽出來她已經放鬆許多。冬青掌穿過荊棘進來。

「真高興看到妳來陪煤掌。」葉池看著她那坐立不安的病患，「她已經坐不住了。」

煤掌揮打苔蘚球，讓它飛越巫醫窩，在冬青掌的腳邊落下。「丟回來，讓我接！」她說。

「妳敢！」葉池跳過來用牙齒咬住球。「如果腿要恢復的話，就必須保持不動！」

煤掌的眼睛不情願地轉動著，冬青掌則好笑地發出呼嚕聲。然後她注意到松鴉掌在巫醫窩最裡面，他正忙著用葉子把藥草一包一包的裹起來，靠牆疊好。

他似乎全神貫注於他的工作，以致於沒能抬頭跟姊姊打招呼。

「松鴉掌，你在做什麼？」她對著那頭喊。

「準備藥草，」他低聲說：「要不然看起來像在做什麼？」

「好多啊。」冬青掌聞到了木賊跟金盞花的味道。她從前受過巫醫訓練，知道松鴉掌現在準備的都是用來治療傷口的藥。她覺得很不舒服，好像整個族貓都相信戰爭即將來臨。

「怎麼了？」煤掌問。

冬青掌走到她身邊，「有誰告訴過妳有關大集會的事嗎？」

煤掌搖搖頭，「葉池回來的時候和松鴉掌說了些悄悄話，但他們什麼都沒有跟我說。」

「河族現在住在島上！」

煤掌驚訝的睜大眼睛，「住在島上？」

「他們為了某種原因不能待在原來的營地，而其他族都認為他們必須再找新的領土。」

煤掌倒抽一口氣，「但是這樣事情會變得很複雜。」

「我知道。」冬青掌看了松鴉掌一眼，他還在忙。「而且現在大家似乎都在等待開戰。」

煤掌拉拉她床鋪的苔蘚，「我只希望我能快點好起來，趕得上加入戰場。」

冬青掌生氣地看著她，「根本不需要打仗！」

「但是如果大家都想打——」

冬青掌打斷她的話，「大家只是擔心，不曉得河族會怎麼做。如果我們可以幫助河族的話，那麼一切都會恢復正常的。」

她走出巫醫窩，環顧四周。小冰和小狐正在育兒室外面玩著打仗遊戲，長尾和鼠毛則在地上為戰事做沙盤演練，火星還在跟棘爪說話。

冬青掌心想，在她設法用其他方式解決之前，絕對不能讓族貓捲入戰局。如果她可以找到幫助河族的辦法，或許根本不需要打仗。

第十章

松鴉掌聽到荊棘甩動的聲音，「冬青掌走了？」他眨眨眼。冬青掌只待了一會。

「她可能突然想起來有事要做吧！」煤掌嘆了一口氣。

「喔。」松鴉掌又繼續用葉子包他的金盞花和木賊，為不可能發生的戰爭作準備。為什麼星族沒警告他呢？祂們不像是會不好意思打擾他的夢境。

突然間他感覺到煤掌熾熱的眼光盯著他，她的內心被好奇心驅動著。煩躁的感覺讓松鴉掌的爪子發癢，她顯然是很無聊，而松鴉掌也很想念巫醫窩平靜和隱密的感覺。他轉頭面對她問：「怎麼了嗎？」

「沒什麼，」煤掌若有所思地說，「我做了一個有關於你的夢，在夢裡你看得見。」

松鴉掌的耳朵抽動了一下。她記得她的夢！記得多少？舊森林？煤皮的身分？他等著看葉池有沒有絲毫被嚇到的反應，但是她只是忙著把木賊莖浸溼，全神貫注地工作。

松鴉掌走向前，「我在妳夢裡做什麼？」他小心地問著。

「我不記得了，我只是很驚訝，你看得見！」煤掌在床鋪上坐立不安。

「我們在哪裡？」

煤掌猶豫了一下，「森林中的某一個地方吧！你跟在我後面然後……」

「然後怎麼樣？」松鴉掌靠過去。

「我不記得了。」

松鴉掌彈了一下尾巴，如果煤掌發現自己曾經是煤皮會怎麼樣？那老巫醫的記憶或許深藏在這見習生心底的某一個角落吧？

「煤掌的吃藥時間到了。」葉池從水池那邊喊著。

「好。」松鴉掌一陣興奮，這是他測試煤皮是不是還存在的大好機會。

他故意不拿治療骨頭的聚合草，而選擇有甜味的錦葵代替。錦葵除了能讓她的肚子舒服，對於病情沒有幫助。如果她還有煤皮的一些記憶，她會知道松鴉掌拿錯藥草而有所反應的。

「給妳。」他把錦葵放在她的床位。

「聞起來很香。」煤掌喵著。

「這是錦葵。」松鴉掌說完把錦葵推向她。

「對骨頭很好。」他搜尋著她的心思看看有沒有些許的懷疑，但是她除了心懷感激之外，什麼反應都沒有。

「松鴉掌，謝謝你！」

「你在做什麼？」葉池快速衝過來把錦葵拿走。在她擦身而過的時候，他感覺到她猜疑的皮毛倒豎著。「你應該給她聚合草才對。」

「我一定是拿錯了。」松鴉掌說謊。

「下次要小心。」葉池很不高興，她並不相信松鴉掌，她是不是已經猜到他在測試煤掌？

「去做膏藥，」她怒斥著，當她轉身對煤掌說話時，立刻變得輕聲細語，「煤掌，對不起，松鴉掌平常不會這麼粗心的。」

松鴉掌不高興地走回巫醫窩後面。**不公平！**葉池這幾天對他非常沒有耐心，但對那無聊又坐立不安的煤掌卻有無限的溫柔。他摸摸水池裡浸著的木賊莖，煩躁地彈著尾巴明知故問：

「這木賊莖好了嗎？」他其實非常清楚乾的木賊莖需要浸泡隔夜才能完全恢復原來的溼度。

「當然還沒！」葉池喵著。「用我昨晚浸的那些。」

「好！」他在附近抓了一把浸透了的木賊莖，開始在一旁生氣地嚼著。

「你怎麼了？」她走向他，並低聲問著。

「那妳又怎麼了？」他生氣地回嘴。

「給錯藥的並不是我。」

「我只是想看看她知不知道有差別。」

「她是煤掌，不是煤皮。」

「但是應該還有些什麼留在她身上。」

「如果有，也不該由我們來發掘！」松鴉掌的臉頰感覺到葉池的氣息。「應該讓煤掌自己去發現自己的命運。」

「幫她一把有什麼不對呢？煤掌當然有資格知道她又被星族送回來當戰士。」

「如果星族想讓她知道，祂們會告訴她的。」葉池說道。

「所以妳要把這件事交給星族作主。」

「當然！」她的聲音有些震驚，「而你也應該這樣。」

松鴉掌又再繼續嚼著藥草，他的頰鬚因那苦澀的汁液不斷抽動著。為什麼葉池這麼毫無保留地敬畏祖靈呢？他遇過祂們；祂們和還活著的貓沒什麼兩樣。葉池真的認為死掉的貓比較聰明嗎？祂們可以進入任何貓的夢境，他也可以啊，但是這並不代表他知道所有事情的答案。

「松鴉掌！」煤掌的聲音在巫醫窩響著。

松鴉掌眨眨眼，「妳還好嗎？」

「我很好。」煤掌的聲音聽起來很清醒。松鴉掌心想，她不能再睡久一點嗎？

「葉池去看小狐了，」她說著，「我想我們可以趁她不在時玩個遊戲。」

松鴉掌掙扎地站起來，打了個呵欠。他感覺到從煤掌那裡傳來陣陣的旺盛活力。

「我真希望我的腿能動，」她抱怨著，「我全身都很好，除了那條腿之外。」

「如果妳想要它恢復得很好，就得讓它保持不動。」松鴉掌告訴她。

「我知道，我知道。」煤掌嘆口氣，「我只是好無聊！」

松鴉掌對她的同情心油然而生。新葉季的氣息就像朋友一樣，不斷做出遊玩的邀請。有樣東西從空中飛過來，在他肩膀彈了一下再掉下來。是一顆苔蘚球。

「好吧！」他讓步了，「但是妳不許下床，我會丟給妳。」

「可是你又看不到我。」

「沒錯，」松鴉掌同意，「但是妳說話說個不停，我總是有辦法知道妳在哪裡的。」他抓起苔蘚球丟向她。

她伸掌接球的時候，床鋪扭動了一下。

我下次要丟低一點。

苔蘚球又咻地飛過來，松鴉掌精確的判斷距離，一躍再俯衝，翻滾後接住球。

「哇！」煤掌興奮的振動著喉嚨，「好厲害。」她突然停住不動，「那是什麼感覺？」

松鴉掌的頭側向一邊，「什麼是什麼感覺？」

「瞎眼。」

「能看到東西又是什麼感覺？」

「我不知道，我想是正常的感覺吧。」

「嗯！瞎眼對我來說感覺也很正常。」

「但是不能分辨東西的位置不是很辛苦嗎？」

「但是我能分辨啊。」松鴉掌很欣賞煤掌的誠實；其他貓在他面前總是刻意表現出不提他喪失視力這件事。他必須忘記他與眾不同。「每件東西的氣味和它發出的聲音，我都有種——」他想找個恰當的字，「——『感受力。』」

「所以你不會有挫折感？」

「只有在被另眼相待的時候，」松鴉掌回答。「我不覺得我有什麼不同，所以當有貓大驚小怪時，我覺得很懊惱。就像有貓會為我感到難過，但是我並不覺得這樣有什麼好難過的。」

他把球往上彈，然後猛力揮向煤掌。她的床鋪又動了一下。

「到底在搞什麼？」葉池憤怒的喵聲從入口傳來。她衝進來把球丟到水池裡，然後繞回松鴉掌身邊。「你在做什麼？讓她這樣伸展？」

「這是我的主意！」煤掌立刻回應。

葉池不理會她，繼續說：「你應該要更懂事！」

松鴉掌生氣地說：「我告訴過她不能下床。」

「那還不夠！她的腳必須完全恢復！」葉池的喵聲漸漸變小，「這次她必須成為戰士。」

「為什麼她一定要這樣？」松鴉掌胸口的怒氣爆發了。「為什麼她走了另一條不同的路，對她來說就是天大的災難？而我就必須選擇這條呢？」

葉池愣住了一會兒，然後慢慢地回答：「你的眼睛瞎了。」

松鴉掌的忿怒退去。難道葉池認為反正他也沒救了，她只會拚命的救還有希望的貓？他轉身離去，感到悲慘得說不出話來。

葉池匆匆回到煤掌的床鋪，開始忙著用蜘蛛網幫她固定。

松鴉掌踱步走出巫醫窩，他聽到大家在廣場忙碌的聲音。灰紋和蜜妮正忙著蓋新貓窩的屋頂，一邊聊天。獅掌在育兒室外面追著小狐和小冰玩，蕨雲和塵皮在擎天架下互相舔毛。

我不只是一隻瞎眼的巫醫！松鴉掌收縮著爪子。**我要讓大家知道！**

他身後的荊棘甩動著。「我們需要再去採藥草。」葉池一副剛才他們之間什麼事都沒發生一樣。他搜索著她的心思，看看是否有絲毫的憤怒或罪惡感，但她似乎已經小心地設下心防了。「湖邊的金盞花應該開了。」她邊說邊領著他走出營地。

松鴉掌靜靜地跟著爬上山脊，當他們走出林子時，他聞到了下雨的味道。

葉池再往草地的下坡路走向湖邊，「我看到了。」她朝迎風的方向走。

當風打在松鴉掌臉上的時候，他瞇起眼睛。這是一個毫無意義的旅程，「妳明明知道我們窩裡還有一堆金盞花，不是嗎？」

葉池配合著他放慢腳步，「如果要打仗，我們就必須要有準備。」她告訴他，「我們的首要任務就是要治療族貓。」她的聲音有些焦慮。

他很不情願讓自己被引導到這樣的對話。「沒錯，」他妥協地說，「但是和星族溝通呢？這不也是我們的任務嗎？祂們為什麼不警告我們有戰爭呢？」

「星族不會把即將發生的每一件事情都跟我們說。」

「那我們就只能被動的等待嗎？」松鴉掌又生氣又沮喪，「我們既然可以在夢中與祂們相遇，當然也可以主動出擊啊？」

「你是在質疑星族的智慧？」

松鴉掌忍住沒有回答——他不明白為什麼由死掉的祖先所組成的星族會比較聰明。

「巫醫要懂的不只是與星族溝通，」葉池繼續說。「你還沒認得所有的藥草吧？像這一個，」她停下來，用力的聞著，「這是什麼味道？」

松鴉掌嚐了一下空氣中的味道，舌頭有一種辛辣的的感覺。他低下身子去碰觸那軟軟的小葉片，緊緊的花苞輕彈著他的鼻尖。

「你認得出來嗎？」葉池追問。

「小白菊，用來鎮痛，尤其是頭痛。」松鴉掌補上一句，「但現在沒什麼用處，因為在一個月內它還不會開花。」為什麼她老是把他當成是鼠腦袋?他到底要證明自己多少次呢？

有另一個比小白菊可口的氣味引起他的注意。他擺出匍匐狩獵的姿勢，並聽見前方草叢裡有微弱的呼吸聲，他心中出現一隻田鼠的形象，就像在夢中看到的一樣清楚。

松鴉掌就像閃電般穿越草叢撲過去。田鼠往旁邊衝，松鴉掌也立刻改變方向，擋住去路，松鴉掌易如反掌地抓住，給牠致命的一擊。他叼著他的獵物，踱步走向葉池。

「很好。」她喵著。

他把獵物拋向她，突然間陷入早晨的那個挫折。「現在妳相信我不用眼睛也看得到。」

他等著她發怒，等著她尖聲地斥責他。但是他只感覺到她的尾巴像微風般輕輕拂掠過他的身體，「噢！松鴉掌！」她嘆了一口氣，「我一直都相信你。」

被她激起的感傷情緒像烏雲一樣塞滿他的胸口。他不知所措地轉身朝湖邊緩緩走去。在他前方有條小河潺潺地從森林流向湖泊，這就是鼠掌追丟松鼠的地方，也是他找到那根枯木的地方，沒想到他們已經走這麼遠。

他的腳掌興奮地顫動著。

那根枯木。

他小心地避開被湖水沖上岸的樹枝和兩腳獸留下的垃圾，走向岸邊。一大滴雨落在他的肩膀上，他抖動身體甩落雨滴；另一滴雨落在他鼻子上時，他蹲低身體躲著雨。他聞到枯木的味道，那獨特的氣味召喚著他，像是小貓呼喚母親一樣。他急忙跑去一棵樹的後面，把藏在那裡的枯木拖出來。他想再把腳掌放在上頭，感覺那平滑表面上的刻痕。碰觸到枯木的那一剎那，一股暖流從掌中流過，他就像肚子被填飽一樣，內心立刻獲得滿足。

「這就是你上一次找到的那一根木頭嗎？」葉池跟上前問。

松鴉掌點點頭。

「你為什麼對它這麼有興趣？」葉池很困惑。

「我覺得它很重要！」他的前掌都還擺在那如絲般光滑的枯木上。一陣微弱的低語迴盪在他心中，像是浪花輕輕拍打著。他的腳掌繼續在刻痕上移動，當他在那些沒有被劃掉的刻痕上來回撫摸時，掌墊中傳來一股憂傷的刺痛感。**這些記號似乎訴說著不為人知的故事。**

這時雨嘩啦嘩啦地打在樹葉上，並濺起了大水滴，落在他背上。

「我們該回去了。」葉池下了決定。

「這根枯木怎麼辦？」

遠方雷聲響起，風從湖面打上來，像是隻壞脾氣的獾，在那裡推擠攻擊。

「我們現在必須回營地。」葉池憂慮地說，「我看到暴風雲，我們不該出來的。」

松鴉掌的毛豎立著，他感覺到空中有閃電。一陣狂風把他吹向一邊，遠離那根枯木。

「走吧！」葉池催促著。

狂風吹得水花不斷拍打上岸。

「這根枯木怎麼辦？」松鴉掌喊著。

但葉池已經走遠。「走吧！」她下達命令。

沒有時間把它拖回那個安全的樹根那裡。風吹平他的毛髮與耳朵，傾盆大雨刺痛他的眼睛。松鴉掌只好蹲低身子，跟著導師衝回安全的營地。

⚡⚡⚡

雨停了，但是風仍在山谷中呼嘯著。

松鴉掌躺在貓窩床鋪上，林中傳來樹葉像是波浪拍打上岸的沙沙作響聲。但松鴉掌幾乎沒有聽見，他的耳中充滿著輕柔的低語。他一想起枯木的泥土氣息，爪子就發癢。他在床上翻來覆去，耳朵平貼著，但那低語聲還是不斷響起。他伸伸懶腰，不安地拉扯床底下的青苔。

「你為什麼不到外頭走走呢？」葉池在床鋪上喃喃地說著。「煤掌就要被你吵醒了。」

「好！」松鴉掌坐起身。他的腳掌早就蠢蠢欲動，他想再碰觸那根木頭。

他穿過荊棘走到外頭，風攪動著新葉季，使整個森林都焦躁不安起來。松鴉掌本能的知道現在天空清澈、月光明亮，他感覺得到月光冷冷地灑在他身上。當他走到營地入口的時候，感覺到荊棘圍籬顫動著。

「松鴉掌？」

獅掌正從沙堆那裡的通道擠進來。

「嗨！獅掌。」松鴉掌跟他打聲招呼，覺得很好奇，他聞起來有風的味道。他的哥哥因為罪惡感和驚嚇而毛髮豎立。

他剛才去過森林。

「我剛才去上廁所。」獅掌撒謊說道。

松鴉掌瞇起眼睛，**難道每隻貓都有祕密？**「我正好要出去。」他感覺到獅掌的疲倦，想要測試他一下。「你要跟我一起去嗎？」

「如果你要我去的話。」獅掌警戒地說。

如果他拒絕的話，會覺得很內疚。

樺落在入口對著他們叫道：「是誰在那裡？」

「是我們，」松鴉掌回答。他們走向荊棘隧道，「我們想到林子裡去。」

樺落發出呼嚕聲，「午夜探險，」他繼續說，「這讓我想起過去見習生的日子。」他說得好像很懷念的樣子，其實他當戰士也不過才幾個月而已。松鴉掌什麼話也沒說；樺落喜歡倚老賣老，但是松鴉掌總是忘不掉，樺落的腳掌被荊棘刺到時那副大呼小叫的樣子。

這位戰士讓到一旁，松鴉掌感覺到風從隧道吹過來，他用尾巴招著獅掌，「要來嗎？」

獅掌跟著松鴉掌穿過圍籬。

「小心狐狸！」樺落在後頭喊著。

松鴉掌全身顫抖著。他想起和亮心穿過森林時，一隻狐狸突然從草叢撲過來的記憶，他的肚子不由得一緊。

「別擔心！」獅掌保證著，「我現在對付得了狐狸。」

他們爬上山脊。

「我們要去哪？」獅掌問。

「湖邊。」

獅掌沒做任何評論，他毫無興趣。松鴉掌感覺到有片烏雲籠罩著獅掌內心，像流沙一樣吞噬著他所有心思意念。他試著進入，但什麼也沒發現。

當他們走出樹叢，往下坡的草叢走去時，強風擊打著松鴉掌的耳朵和頰鬚。他頂著狂風、甩著尾巴，想到要再一次觸摸那根枯木就感到興奮不已。他聞到湖的氣味了，而且開始想像它的樣子——一個大大的月池，上頭映照著波光粼粼的月亮。

河族、風族和影族的氣味都在風中撞擊混合在一起。真的會有戰爭嗎？

「你覺得風族打算入侵我們嗎？」他問。

獅掌靠著他，引導他繞過兔子洞。「沒道理啊！」松鴉掌以為他聽到一絲希望，「他們該擔心的是河族，不是我們。」

「但是獵松鼠的事該怎麼解釋？」

「他們為什麼不能獵兔子呢？谷壑那一邊的林子是他們的。」獅掌的語氣聽起像是個戰士而不是見習生，好像他懂得比松鴉掌多。

當他們的腳掌踩到湖邊的小卵石時，獅掌猶豫了一下，「為什麼我們要來這裡？」

「我把一樣東西留在這裡，」松鴉掌解釋，「我必須把它拖到樹那邊，我希望能保留它，不要讓湖水沖走。」

「是什麼？」

「一根枯木！」

「一根枯木？」

「對！」松鴉掌嗅嗅空氣，希望聞到它的氣味。「上頭有記號，」他的尾巴焦慮地豎立著，因為除了風吹水動的氣味之外，他什麼都沒聞到。「明明是在這裡。」

「看起來是什麼樣子？」

「沒樹皮，」松鴉掌喵著，「只是一根光滑的木頭，上頭有刻痕。」

「好！」獅掌說：「你在這裡找，我到上頭看看是不是風把它帶到上面。」

松鴉掌趕緊回到他留下木頭的位置，他的心跳加速，確定它已經不在。不只是因為沒聞到氣味，他胸中一片黑暗空虛的直覺也告訴他，枯木已經不在了。

他的直覺是對的。石子沿岸上空無一物。

松鴉掌奮力地擊退恐懼，踉蹌的在沿岸嗅著卵石，試圖找回枯木。為什麼上次他要讓暴風雨趕走他呢?在像個膽小鼠跑回家之前，他應該先把枯木擺在安全的地方才對啊?

「你找到了嗎？」獅掌的聲音被風吹得含糊不清。

「沒有！」松鴉掌的胸口一陣恐慌，他絕對不能把它弄丟。

「是這個嗎？」獅掌突然喊著。

松鴉掌衝向他的兄弟。他被一片漂流木絆倒，但他不管疼痛，拚命的一跛一跛走向獅掌。

在他到達之前他已經知道那不是那根枯木。「刻痕在哪裡？」他生氣地說：「我告訴過你，上面有刻痕！」

「好啦！好啦！」獅掌一陣不滿，「我只是想幫忙。」

「我一定要找到它。」松鴉掌失神地離開，蹣跚地走在圓石和碎石之間。**對不起，對不起**。他覺得他好像讓誰失望了，雖然他不知道是怎麼了。他的腳掌隱隱作痛，但他並不在乎。是湖水把枯木捲走了嗎？

他向湖邊走去，一直走到湖水拍打到他的腳掌，然後再涉水到淺水區。他非找到它不可。寒冷的湖水浸到了他的腹部，他一步一步愈走愈深。想起以前落水的記憶，從懸崖跌落水中，下沉掙扎，幸好鴉羽救回他，但是對湖泊的恐懼一直如影隨形。現在這種感覺又襲上心頭，警告他回頭。

松鴉掌！

有個聲音在腦中響起，有東西促使他前進。浪花打上背脊，他抬起下巴不讓水打溼。

這邊！

每走一步，他都把腳掌探向更遠處，去感覺底下的卵石。他一定要找到枯木。

突然間，他的腳掌撞到水底下的一樣東西。

就是它！

他深吸一口氣把頭潛進水裡，用牙齒咬住樹枝的一端，然後放掉，再吸一口氣潛入水中，再去咬那樹枝。他把他的腳掌扣入小石子之間抵住，拚命使力。這枯木實在太重了！他奮力的要把它拉出水面，他的肺就好像要爆開了。

突然間，它輕而易舉地移動了，幾乎沒有重量地漂向岸邊，松鴉掌只需要用牙齒扶住就好了。當他的頭部浮出水面時，終於鬆了一口氣。他拚命的喘氣咳嗽，牙齒還是緊咬著木頭不放，頰鬚不斷地滴著湖水。

他到了淺水區。

「你到底在做什麼？」獅掌放開木頭的另一端，枯木應聲落入水中。「看到你消失在水中，我以為你在找死，原來你在拉這個！我真不明白，你以為靠你自己就能搞定。」

水拍打著枯木，松鴉掌再把腳擺上去尋找那些刻痕。他真希望這根枯木不要這麼大，那他就可以把它帶回營地。「你看！」他喘著氣，觸摸著上頭的記號。

「就為了這根有抓痕的木頭，你差點把自己淹死！」獅掌甩掉身上的水，「你瘋啦！」

「我沒瘋！」松鴉掌激動地說：「這很重要。」

謝謝你，松鴉掌。有你的守護，我們將會被記得。

「走吧！」他喵著，「我們把它卡在樹根底下然後回營吧。」

第十一章

「我的天啊！」灰毛從羊齒叢中跳出來，生氣地盯著獅掌，「你怎麼會讓牠跑掉？」

那隻鶺鴒就在獅掌伸掌可及的距離給脫逃了，還停在訓練場上方的枝頭發出警戒的叫聲，然後倏地飛向林間。

獅掌垂著頭，他應該抓得到的，只是他的腳掌跟石頭一樣重。「對不起！」那趟和松鴉掌的夜半湖濱之旅讓他筋疲力竭，他不悅地顫抖著。昨晚他刻意早點和石楠掌分手，就是希望能多睡一點。為什麼松鴉掌要把他拖下水，不讓他休息呢？

「你今天的動作慢吞吞的像隻獾一樣。」灰毛斥責道。

蛛足、鼠掌從羊齒叢中和蜜掌、沙暴一起走出來。

「應該更像一隻冬眠的刺猬吧！」鼠掌戲弄著他。

獅掌瞪著鼠掌。

蜜掌對著鼠掌彈了一下尾巴，「不久以前你才追丟一隻松鼠。」她提醒著他。

獅掌的耳朵發熱，他不需要蜜掌為他辯護。

「蜜掌說的沒錯，」蛛足用鼻尖推了鼠掌一下，「你攀爬的技巧也要再加強。」

鼠掌的耳朵平貼著，「好吧！那我們就去練習吧！」

「最好別爬天空橡樹哦！」蜜掌在他們倆身後喊著，看著他們走向林間。鼠掌的尾巴懊惱似地動了一下，消失在樹叢中。

沙暴轉向她的見習生，「走吧！蜜掌，我們去老山毛櫸樹那邊看看有沒有老鼠。」

「我們也一起去好嗎？」灰毛刻意看著獅掌，「我想我們在這裡抓不到什麼鳥了。」

「當然可以啊。」沙暴跳上山坡走出山谷，然後走進樹林，灰毛緊跟在後。

「別擔心，」蜜掌走在獅掌身旁低聲地說，「我昨天也讓一隻麻雀逃掉了。」

獅掌哼了一聲，趕在她前頭，毛髮直豎著。

山毛櫸底下的地面鋪滿空果殼，這是老鼠覓食的好地方，也是獵鼠的好地方。獅掌搶在蜜掌前進入這塊由羊齒叢環繞的空地，灰毛和沙暴已經坐在蕨葉叢下等他們。

「希望能在這裡抓到一些食物。」灰毛喵著，「我們不想讓族貓挨餓。」

「他們不會的。」獅掌回嘴。為什麼灰毛不直接給他建議而要在那邊挑毛病呢？

「你看！」蜜掌轉頭朝空地那裡看，一隻老鼠正坐在山毛櫸盤繞的樹根之間，捧著果實正準備咬開果殼。「那應該很好抓，」他對獅掌眨眨眼，「牠甚至不曉得我們在這兒。」

「那妳為什麼不自己去抓呢？」他嘶叫著。

蜜掌眼神一沉，「我以為你會想要這個機會。」

蜜掌的目光轉開，這時獅掌有些內疚，她只是想幫忙。他轉頭朝草叢望去，他要抓住那隻老鼠表示歉意。

但是老鼠已經不在了。

幾條尾巴的距離外有東西在樹葉間擾動著，獅掌低身匍匐，靠意志力趕走四肢沉重的疲倦感。他開始前進，樹葉又動了一下，有一個小鼻子探出頭來，獅掌全身緊繃準備向前撲。

「尾巴放低！」灰毛低聲嘶叫著。

獅掌把身體蹲得更低、更貼近地面，然後向前衝。

他的動作不夠快，田鼠倉皇的從樹根底下逃走。獅掌看著灰毛，期待他作些評論、建議、甚至是表示失望。但他的導師只是轉身離去，什麼話也沒說。

ϟϟϟ

當獅掌跟著灰毛回到營地的時候，棘爪抬起頭。這位雷族的副族長瞇起眼睛，看著灰毛把兩隻老鼠和一隻麻雀放在獵物堆裡，而獅掌空手而回。

「獵物還有很多嗎？」棘爪走向他們。

「當然還有很多。」灰毛回答。

獅掌等著灰毛告訴棘爪說他今天有多沒用，但他眨眨眼驚訝地聽到灰毛說：「獅掌一切都還好，就是匍匐的姿勢需要多練習。」

為什麼他不跟棘爪說實話呢？難道灰毛放棄他了嗎？還是因為他父親是副族長，就對他比較不嚴格。

棘爪在獅掌的耳朵旁輕輕打了一下，「我以為你在育兒室的時候，就很會匍匐了。」

難道沒有貓在乎嗎？他感到一陣憤怒，他已經搞砸好多天，但是好像都不值得一提。為什麼他們不把訓練當回事？大家都在談論打仗的事，那他的表現不就應該比從前更重要嗎？但這位雷族副族長已經叼著一隻老鼠踱步離去。

「你最好吃些東西，」灰毛喵著，「今天的早晨很漫長啊！」

「那訓練呢？」

「先休息吧，」灰毛穿過廣場，「我們待會兒再作戰鬥訓練。」

看來灰毛真的是要放棄他了，或許他的導師認為訓練只是浪費時間。獅掌感到一陣憤怒，但是疲倦的他看到獵物堆，憤怒全消，他已經累得不想吃，只想倒頭就睡。他朝見習生窩走去，低身穿過荊棘叢。終於鬆了一口氣，捲著身體在床鋪上閉起眼睛。

⚡⚡⚡

「獅掌！」莓掌叫醒他，「戰鬥訓練的時間到了！」

獅掌掙扎著要清醒過來，像隻快溺水的貓，拚命要浮出水面。莓掌站在他身邊，用腳掌搖晃著他。

「好啦！好啦！」獅掌喵著，「把你的腳拿開！我已經醒了！」他把莓掌甩開並站起來。

他頭昏腦脹的，身體像大石頭一樣重。小睡片刻只讓他覺得更累。

「灰毛和棘爪要我們一起作戰鬥訓練。」獅掌嘆了口氣。

「怎麼了？」莓掌上前，「你不是一直想打敗我嗎？」他的頰鬚抽動著，「你怕了嗎？」

「不是！」他當然不怕，**我只是想睡。**

他跌跌撞撞地跟著莓掌走出窩，在午後的陽光下眨著眼。

灰毛和棘爪已經在營地入口等了，他們跟獅掌點點頭就朝外頭走。

走慢點！獅掌好像還沒清醒似的緊跟在莓掌和兩位戰士之後。他頭昏眼花的在林中跌跌撞撞，呵欠連連。當他半走半滑地下了坡，到達布滿青苔的訓練場時，莓掌已經和灰毛、棘爪在那裡等著。獅掌伸出爪子，走過去加入他們。他抖動全身，跳過去想讓自己清醒，但是他呆滯的心思仍然籠罩在五里霧中。

「我們開始吧，」棘爪說，「莓掌，你假裝是在保衛領土。」他彈了一下尾巴，「獅掌，你來攻擊。」

莓掌做出蹲伏的姿勢，頸背的毛豎起，尾巴甩動著。他的眼睛瞇成一條線，他的下巴像蛇一樣的在地面上來回滑動。

「來呀，小獅！」他戲弄著他。

獅掌怒髮直豎，不假思索踉踉蹌蹌地撲向莓掌，疲乏的四肢開得大大的。莓掌退後把他壓在地上，然後甩到後面。在獅掌爬起來之前，莓掌又跳到他身上。獅掌拚命掙扎，但莓掌的重量把他壓在地上動彈不得。

莓掌得意地抬頭看棘爪，「真是太容易了！」趁著他不注意，獅掌從他下方突擊，用頭撞擊他乳白色的身體；但莓掌毫不畏懼，轉身用前掌猛力一揮，獅掌只能勉強及時閃避。**現在怎麼辦？**他因為想睡而反應遲鈍，現在只好靠本能了。他鑽到莓掌的腹部，想要跳起來扳倒他。但是沒想到莓掌這麼重，他只要坐到他身上，就把他壓倒在地了。

獅掌被打敗了，還一拐一拐的，他所做的每一個動作都很糟。莓掌從獅掌那兒走到棘爪身邊坐下，捲起尾巴放在腳前。

灰毛盯著他的見習生看。「你已經盡力了嗎？」

獅掌快速地站起來，耳朵發熱，他現在清醒了，全身帶著怒氣。「這不是我的錯，你教我的動作都是錯的！」

棘爪震驚地看著他，灰毛的眼神還保持鎮定，「你認為有誰會相信這些笨動作是我教你的？」

「對，就算你有教我，也只教了今天這一招。」

這句話是真的打算激怒灰毛，而灰毛戰士也真的生氣了，眼中有怒火在燒。

棘爪走向前，「獅掌，一個真正的戰士不會把自己的錯怪罪在族貓的身上。」他轉身對灰毛說，「我想你有話要跟你的見習生說。走吧，莓掌，我們到那邊繼續訓練。」

灰毛看著棘爪走向空地的另一邊，他背脊上的毛顫抖著。獅掌在憤怒退去之後，突然打了個寒顫，他剛才太過分了。「對不起。」他喵聲說。

灰毛四下張望，然後看著他，「我一直要把你訓練成最好的見習生，」他吼著，「但是最近我好像在訓練一隻蛞蝓，我告訴你的東西你只聽見一半，而你聽見的又全都忘了。你對狩獵和打鬥本來是很有天份的，但是最近全不見，不知道到哪裡去了。」

獅掌的頰鬚顫抖著，不可否認他最近的確分心了，但他以為沒貓注意到。「我保證我會更努力的。」

「你一定得更努力！如果你不想跟不上其他見習生，或是看到小狐、小冰都比你先成為戰士的話。」

「我會的！」一陣恐懼在他腹中翻攪，並不是因為怕灰毛，而是因為害怕失敗。從前的每一件事對他來講都很簡單，但是他現在得在後面拚命追趕，想到這就讓他充滿恐懼。

「很好，」灰毛點點頭簡短地說：「我們再開始吧！」

獅掌抬頭挺胸地說：「好！」

「我們來試試對獾的防衛動作。」

獅掌眨眨眼，「但——但那是最難的動作之一。」

「我知道，」灰毛蹲伏著，「注意看。」他先用後腿站立，再往前一躍，高度足以越過一隻獾的背。然後不用前掌落地，而是快速翻滾，快到讓獅掌訝異他是怎麼保持平衡的。然後他恢復四腳著地，蹲低身體扭向一側，齜牙咧嘴的好像箝住獾的後腿。

「現在換你了！」他下令，「別忘記，獾有貓的兩倍大，所以要儘可能地跳高，你不能掉到牠背上，因為牠翻身就會把你壓扁。」

掌啪嗒一聲著地。

獅掌的心臟猛烈地跳動著，他用後腿站立，然後奮力一跳。但他失去平衡，跌到一邊，前

「再一次！」灰毛要求道。

獅掌爬起來再試著往前跳，這次他打算要跳遠一點，但是又沒站穩，翻倒且四腳著地。

「跳的時候要多用點力，」灰毛說，「後腿比較有力——一定要用後腿！」

「但是我抓不到我的平衡點。」獅掌抗議著。

「那就一直練習到你會為止！」

「灰毛！」棘爪從空地的另一邊喊著：「我想讓莓掌試試雙面攻擊，可以幫忙一下嗎？」

莓掌已經可以迎戰兩個戰士了？獅掌忍不住嫉妒起來。**他們是絕不會讓我也試試看的！**

灰毛瞇起眼睛說，「繼續練習。」他下達命令之後就直奔雷族副族長那裡。

獅掌絕望地拖著沉重的四肢，為什麼灰毛總是給他這種不可能的任務？他是想讓他看起來更一無是處嗎？他興趣缺缺地用後腿站立，在跳躍之前就已經站不穩了，整個森林在他眼前晃動著。他心灰意冷地把腳掌放下，四腳著地，**我永遠學不會的**。

「你一定學得會的！」一隻貓猛然擦身而過，把他推倒在潮溼的青苔上。

獅掌惱怒地爬起來，「你是誰——？」他沒講話。

棘爪、灰毛和莓掌還在空地另一頭。

誰推我？

「把眼光固定在前方的某樣東西。」一個聲音低吼著，「這是你保持平衡的唯一方法。」

獅掌驚訝地注視對方，有一對眼睛如烈焰般在林間燃燒著，模糊的輪廓在羊齒叢間像霧般的移動著。

「虎星！」獅掌緊張地朝著他的夥伴望去，他們看得到他嗎？

「只有你看得到我。」虎星似乎能看穿他的心思，「我對他們來說是不存在的。」

「你為什麼在這裡？」獅掌發抖著。

「我來幫助你的，」虎星瞇起眼睛，「看來你很需要。」

獅掌羞愧得全身發熱。

「我來當獾。」虎星在他前面蹲伏著。

獅掌皺著眉頭，他要怎麼對付這個鬼戰士？他幾乎看不見他。

「試試看！」虎星下令，「別忘了眼光注視一樣固定的東西。」

獅掌深吸一口氣，然後盯住空地邊緣的一棵樺木。他努力地集中注意力，立起後腿。他可以保持平衡了！他後腿的肌肉一緊，縱身一躍，越過虎星之後著地。但是他一轉身感覺就快要跌向一邊了，虎星像蛇一樣快速移動，推了他一把，使他可以完成那個動作。獅掌重新找到平衡點之後，蹲伏一轉身，要咬住虎星的後腿。

「不錯。」虎星躲開，「但是不會每次都有我推你一把的。」

至少我比以前好多了！獅掌再回到起點，從虎星蹲伏在他面前開始。這次在用後腿站立之前，他先繃緊全身的肌肉，再往前一躍，完美地著地蹲伏，咧嘴要去咬住虎星的後腿。

但是虎星已經起身移開。「這才有點像樣，」他吼著：「但是你轉身的同時應該也伸出前掌，這樣你可以對獾又咬又抓。」

獅掌興奮得心跳加速，他已經好幾天沒這麼清醒了。「我們現在就來試試看！」

他這次做得非常完美。

虎星要敏捷的閃躲才能避開獅掌前掌的快速攻擊。

「好多了！」

「你練習得怎麼樣？」灰毛的叫聲讓獅掌嚇一跳，他心懷罪惡感地轉過身來，看到他的導師向他走過來。他緊張地轉身往後看。

虎星已經走了。

灰毛瞇著眼睛問：「你一直在練習嗎？」

「對啊！」獅掌很快的回答。

「做給我看看。」

獅掌表現得比他跟虎星練習時還好。他以完美的蹲伏作結束，然後抬頭看著灰毛。他導師的眼睛一亮，「你終於像個戰士了。」他用尾巴招向棘爪，「快過來看。」

棘爪奔跑過來加入他們，莓掌也跟在後面。

「莓掌，你當獾！」灰毛下令。

莓掌蹲伏著，獅掌立起後腿撲向他，然後轉身伸出前爪扒開莓掌的毛，用牙齒咬住莓掌的後腿，結束動作。

「獾不會有機會逃脫的！」灰毛驕傲地說著。

「他應該再跳得更高些。」莓掌喵著。

「這樣他的速度就會變慢了。」灰毛有不同的看法。

「棘爪？」獅掌想知道他父親的看法，「這樣可以嗎？」雷族副族長注視的眼光中透露出一絲的憂慮。

棘爪眨眨眼，「很棒！」他轉身問灰毛，「是你教他使用爪子的那一招嗎？」

「不，是他自己想出來的。」

「是嗎？」棘爪熾熱的眼光投向獅掌。

獅掌內疚地點頭，難道他父親認得出那是虎星的招式？「你喜歡嗎？」

「很巧妙。」棘爪用尾巴輕拂著獅掌，「我們回去吧！」

雷族副族長步出布滿青苔的空地，他的條紋尾巴消失在羊齒叢中，莓掌在走進草叢之前，對獅掌做了個鬼臉。

「你要一起來嗎？」灰毛問。

「等一下。」獅掌想看看虎星會再回來嗎?他想知道為什麼黑暗戰士對他這麼感興趣，松鴉掌才是負責跟祖靈說話的啊。灰毛走向羊齒叢，獅掌環顧四周，沒有任何虎星的蹤跡，連個氣味都沒有，這位虎斑貓戰士已經消失了。

獅掌抖動身體，甩掉疑惑，他應該感謝他才對，虎星比他的導師更關心他的訓練情況。

「謝謝你，虎星。」他對著樹林低語，然後跟著他的貓族夥伴回去自己的營地。

第十二章

「小心！」

灰紋抱著一堆荊棘，所以聽不清楚警告聲，冬青掌向後跳，差一點被掃到。蜜妮趕過來帶路，讓灰紋把荊棘拖離空地。

「我還以為貓窩都布置好了。」冬青掌對榛掌說，搖尾巴指向戰士窩的增建工程；牆很厚屋頂也壓得很密實，為什麼還需要那麼多的荊棘呢？

「現在蓋的不是戰士窩，」榛掌搖搖她灰白相間的頭說，「現在要強化的是育兒室。」

冬青掌心一沉，為什麼大家都這麼確定有戰爭呢？

蕨雲把小冰和小狐趕出育兒室，方便灰紋和蜜妮把本來就扎實的荊棘圍牆包得更緊密。

榛掌問冬青掌，朝著獵物堆指：「妳要不要過去？」鼠掌正在那邊吃點心。

冬青掌搖頭說她不餓。上次大集會之後，她就滿腹焦慮；此外，等一下她還要和蕨毛一起去打獵，那時候再吃也可以。她看榛掌叼起一隻老鼠，在鼠掌身邊安頓下來。

突然，款冬叢裡一陣抖動，亮心從長老窩衝出來，她側過頭急著下指令，「快，這邊！」長尾則在後頭衝出來，鼠毛跟在後頭一跛一跛。

「我不懂為什麼要練習，」鼠毛邊說邊咳，「我知道演習該做的步驟。」

亮心停在亂石堆底下，「如果有夜襲，妳要很熟悉應變的方法才行。」

長尾停在亮心旁邊，「是白天或是黑夜對我都沒差別。」他那一雙失明的眼睛，看來像在打趣說笑。

鼠毛僵直地走向他，「我在這個營地待得夠久了，對一切瞭若指掌。」冬青掌聽到鼠毛一邊喘氣，一邊要從落石堆爬向擎天架的安全屏障。長尾跟在後頭，當鼠毛打滑的時候，從後面推她一把。綠咳症已經讓鼠毛虛弱到不行，連她自己也不願相信。這樣叫她演練實在是不公平，特別是為了一場可能永遠都不會發生的戰爭。

刺爪和白翅從冬青掌身邊走過，「妳都不用幫忙強化防禦的事嗎？」刺爪瞄了她一眼。「我等一下要跟蕨毛一起做訓練。」冬青掌解釋。

「那很好，」刺爪在擎天架底下停了一會兒，暴毛和溪兒正在互相舔毛。「我們的見習生都必須很強。」

溪兒抬頭問，「你確定真的要戰鬥嗎？」沙啞的聲音帶著焦慮。

「有備無患。」刺爪大聲回答。

暴毛坐起身說，「這實在是沒有道理，風族為什麼要攻擊我們呢？」

「是啊！」溪兒眼睛一亮，「河族才是風族要找麻煩的對象。」

「發生在河族的事也會牽連到我們。」白翅說。

刺爪搖一搖尾巴，「如果河族被趕出自己的土地，你想他們會去哪裡？」

「那他們就得另找棲身之地，」白翅講明。

暴毛嘆了口氣，「那麼不管是哪一族，邊界都不安全。」

冬青掌全身緊繃深感焦慮。如果河族失去家園，那麼其他三族怎麼生活？

「冬青掌？」蕨毛走向她。

「要去打獵了嗎？」

「計畫改變，」蕨毛朝鼠掌和榛掌點頭示意，「今天所有的見習生一起作戰鬥訓練。」

戰鬥訓練！

他先匆匆地離開，「我們待會兒在訓練場見。」

冬青掌意興闌珊地走向營地出口，她不想受訓打仗，毀滅四族沿湖共存的生活。但是暴毛剛剛的話又在耳畔響起：**邊界都不安全。**

她一定要阻止這件事！

她轉身差一點撞到鼠掌，他的綠眼珠閃閃發亮，「蕨毛跟妳說了嗎？」

榛掌跟在鼠掌後頭，「我們今天要作戰鬥訓練！」

冬青掌看了他們一眼，「你們去吧，我不去。」她小聲說。

「妳要幹嘛？」鼠掌問。

「沒事的，」冬青掌說，「我一結束就立刻趕上。」

「那我們怎麼跟蕨毛講？」

榛掌問得很急，冬青掌還來不及回答，他就離開了。蕨毛和暴毛在前方講話，冬青掌趕緊躲到長老窩後方。

「想想看，他們竟然以為我會找不到去擎天架的路，」冬青掌隱約聽到鼠毛在長老窩裡抱怨著，「接下來可能要我們練習洗澡。」

「至少我們現在什麼都準備好了。」長尾安慰地說。

「我打娘胎出來，就什麼都準備好了。」鼠毛繼續抱怨。

冬青掌終於等到蕨毛跟暴毛點頭說，「那麼待會兒見。」她充滿期待，目送著這隻金毛戰士走向營地入口。

冬青掌從藏身的款冬花叢溜出來，快步走上擎天架，喊道：「火星！」接著進入洞穴，因為突然變暗而眨眨眼，有些不適應。

火星的眼睛在黑暗中發亮，沙暴在洞穴另一端拔一隻死麻雀的毛。

「冬青掌，有什麼事？」火星坐直了身體。

「你不能放任事情發生！」冬青掌說。

沙暴踱步到火星身邊，「讓什麼事發生？」

「就是這場大家都在準備的戰爭！」

「這場戰爭可能不會發生，」火星很鎮定地說，「但是做好萬全準備總沒錯。」

「可是我們該做的是幫助河族，而不是準備跟風族開戰，」冬青掌走向前，四肢發抖，「上次大集會的時候，我和柳掌講過話；她很不安，整個河族都很不安，他們需要我們的幫助，可是我們竟然一心只想攻擊風族！」

火星捲起尾巴放在腳掌前面，「我沒有攻擊風族的意願，」他說，「可是我們要提防他們的攻擊。」

冬青掌不懂火星怎麼會那麼笨，「風族不會攻擊我們，真正有困難的是河族。」

「如果河族被迫入侵風族的領土，那麼風族就會來搶我們的作為補償。」火星解釋。

「河族絕對不想住在沼澤地上！」冬青掌的鬍鬚抖動著，「他們想留在湖邊抓魚。」

沙暴身體向前傾，「必要的時候，貓族什麼環境都能適應。」

火星點頭，「看看風族現在也漸漸習慣在林子裡狩獵了。」

冬青掌生氣地彈著尾巴，「我們為什麼不在演變成戰爭之前，就先解決問題呢？」

火星舉起前掌，示意冬青掌冷靜下來，「我們應該讓河族自己解決自己的問題。」

「如果他們解決不了呢？」

洞外傳來腳步聲，冬青掌回頭一看，原來是葉池。

「我聽到聲音，猜妳在裡面。」這隻巫醫跟冬青掌使個眼色。

火星跟葉池點點頭，「冬青掌擔心要打仗了。」

冬青掌覺得失望透了，「沒有開戰的必要！」

「當然沒有，」葉池安慰她，「我在大集會的時候也聽蛾翅說過，河族正在設法自己解決問題。不過，如果他們解決不了，我們就要有所準備。」

「可是只要我們伸出援手，」冬青掌說，「他們就不會有事。」

葉池搖頭，「我們一定要相信河族有自己解決問題的能力。」

「葉池說得對，」火星附和。「而且要幫河族的忙，要先跨越風族領土。」

「或是影族的領土。」沙暴說。

葉池用尾巴輕拂過冬青掌的身體，「這樣只會讓事情更複雜，對吧？」

冬青掌趕忙閃開，並豎立著毛。她不需要像隻剛做了惡夢的小貓被安撫著！為什麼沒貓願意正視她的看法呢？

「蕨毛不是在等妳嗎？」沙暴趕緊說。

「妳不能趕不上訓練的進度。」火星提醒她。

冬青掌轉頭走出洞口，小碎石細碎的聲音在腳下響著，她朝空地跑去。

「等等！」

冬青掌回頭看。

葉池追了上來，「我知道妳心很煩。」

冬青掌轉向她，「為什麼你們不聽我的？」

「別忘了，」葉池安慰著，「我們都比妳有經驗，妳要信任我們的判斷。」

「星族一定也希望我們幫助河族。」冬青掌說。

「這點妳無法確定，」葉池眨一下眼睛說，「我知道妳擔心柳掌，可是妳正在接受戰士的訓練，和其他族的朋友太親近不是件好事。」

冬青掌瞪葉池一眼。**癥結不在柳掌，這是關於四族的未來！**她望了葉池一眼，在她眼神中只看出一點無關緊要的溫柔。**我根本是白費唇舌！**

「去找蕨毛，」葉池說，「他已經往訓練場去了。」

「我知道他去哪哩。」冬青掌咬著牙說。

「他一定在等妳了。」葉池用鼻子碰一下冬青掌的臉頰，然後走開。

冬青掌握緊前掌心想，如果她能找出河族問題的癥結，或許就能說服火星伸出援手，那麼貓族就不用大動干戈。

她一定要找柳掌談。

她衝向入口的通道，荊棘上的刺劃過身體。出了營地，冬青掌左顧右盼四下無人，趁機朝樹林跑，偏離訓練場的方向，上了斜坡朝風族邊境去。

「有松鼠！」

樺落興奮的叫聲劃破空氣，冬青掌趕忙鑽進蕨叢，身體貼地。腳步聲愈靠愈近，她從葉縫間偷看，樺落和灰毛正從陡坡溜下來，獅掌在後頭追，尾毛膨起。冬青掌趕緊後退藏身，屏氣凝神。巡邏隊奔馳而過，蕨葉娑娑抖動，就和她差一個尾巴的距離。

冬青掌閉起眼睛，**千萬別讓他們看見我！**

她的心跳加劇，終於等到腳步聲隱入森林。冬青掌如釋重負全身放鬆，從藏身處爬出來往上坡走。她豎起耳朵抽動鼻子，翻過坡頂走出樹林，穿過草叢前往風族邊境。突然風族強烈的氣味襲向鼻頭，冬青掌四肢顫抖，邊界的氣味是不久前才剛標上的。

冬青掌眺望著通向荒原的石楠叢斜坡。

沒有巡邏隊的蹤影。

她顫抖著尾巴越過有氣味的邊界，天空的顏色像灰色的鴿子，開始下雨了。**雨水會遮掩我的氣味**，她想，雖然淋溼了身體卻如釋重負。穿過石楠遍布的下坡走向湖邊，她蹲得極低迅速爬到水邊；為了確保安全，她涉過淺水區，希望能進一步遮掩氣味；冰冷的湖水碰到肚皮，冷得她發抖，但至少風族不會懷疑有雷族的貓從他們的領土走過。

雨傾盆倒下，唏哩嘩啦落在湖面。冬青掌向前遙望，頰鬚沾滿了雨滴，離湖岸不遠的地方就是升起的沼澤地。冬青掌心中默禱，萬一風族的巡邏隊突然出現，她黑色的毛皮，會讓他們誤以為只是漂在灰色湖水上的一片浮木。前方湖岸長了一叢一叢的蘆葦，就快到河族的領土了。水流有點急，不過藏身更容易；踩在腳底下的土地漸漸從小圓石便成了爛泥，河族的氣味愈來愈強烈，冬青掌從水淺的地方爬進了蘆葦叢，心中感謝可以不必泡在水裡，現在有高高的蘆葦叢可以藏身。

突然前方一聲吆喝。

冬青掌頓時僵在那裡，聞聞空氣，是戰士的氣味，難道是狩獵隊？

她蹲低身子，全身顫抖，因為河族的副族長——霧足，正穿越蘆葦叢而來，看樣子好像在跟蹤什麼東西。霧足靠近的時候，冬青掌趕緊向後退，緊貼著地，希望自己的身體已經溼到不會洩露氣味。

突然，霧足伸直前掌猛然一撲，接著坐立並抖動頰鬚狀極得意，嘴裡叼了一隻田鼠，轉身走了。冬青掌嘆了口氣如釋重負。霧足瘦了，毛色暗淡，顯然河族在挨餓。

冬青掌等了一會兒，才又怯生生的繼續往前走，河族住的島就在前方，通向島上的樹橋清晰可見。要怎樣過橋才不會被看見呢？她挺直身體對抗內心的焦慮。**我已經來到這麼遠了，就差這麼一點……**。她從藏身的蘆葦叢走向泥濘的湖岸，鑽向盤根錯節的樹根，這棵樹倒臥水裡，剛好可以當橋。她從樹根這一端眺望對岸，耳中血脈鼓動著。她嗅了嗅空氣中的氣味。沒有貓在附近。

她小心翼翼地從交錯的樹根這邊爬上去，開始過橋，身體蹲低、手腳緊抓著滑溜溜的樹幹。冬青掌幾乎連呼吸都不敢，豎起耳朵留意是否有任何動靜。終於到了對岸，她甩甩身體鬆一口氣，溜下樹幹爬上岸。

現在要往哪裡走？

現在不是開大集會的時候，所以不能直接穿過前方的矮樹叢，前往集會的空地。那她要怎麼去找柳掌呢？

還好湖岸前方不遠的地方就有矮樹叢。那些矮樹叢的根像蛇一般延伸到湖裡，而島的邊緣，則長滿了蕨葉植物和荊棘。

冬青掌深吸一口氣，衝過一小段沒有植物屏障的地方，快速地鑽進蕨葉叢。蕨葉伸展向湖岸，像屋頂一樣蓋住岸邊的矮樹叢，沿著島的邊緣形成一條綠色隧道。**巫醫窩到底在什麼地方？**冬青掌禱告很快能聞到熟悉的氣味，可是如果氣味是來自島內河族的新營地呢？她辛苦地爬在蕨葉隧道裡，穿過窒礙難行的樹根，拖著身體經過一叢叢荊棘，還不時打滑從泥濘的岸邊滑進水裡。

突然間，樹叢到了盡頭，前方出現一堆黑岩石，側邊嶙峋但頂部平坦，伸進水裡形成一條跨水步道通向一個岩石小島。冬青掌抬頭豎起耳朵，張嘴嚐一嚐空氣；她聽得到河族的聲音從岩石小島上傳來；有母貓在講話，小貓在喵喵叫，還有一隻老貓在抱怨身上的跳蚤，戰士或見習生的聲音倒是沒聽到。冬青掌皺起眉頭，大集會的時候，整個島都是河族的貓，現在都跑去哪裡了？

沒時間想這些了！柳掌在哪裡？

冬青掌發著抖，她很冷，溼溼的毛緊貼在身上。她離家很遠了，心裡開始惶恐起來，要是找不到朋友怎麼辦？

接著他聽到尖叫聲，是在前頭不遠的一隻小貓，「好痛！」

接著是母貓輕柔的安慰聲，「只要痛一下。」

冬青掌聞到草藥味，是金盞花，有巫醫正在幫小貓治病！

她爬上了那條平坦但粗糙的跨水通道，循著氣味找過去。是岩石小島上傳來的，她蹲得更低了，冬青掌在岩石小島邊緣竄動著，從石縫中偷看。

「我們的金盞花就快用完了。」

柳掌！

這隻河族的巫醫見習生蹲在岩島中央的空地，用前掌在岩石上壓碎草藥，「這些小貓一天到晚被松針刺到。」

蛾翅坐在附近的一塊岩石上，旁邊有一隻白色的母貓抱住小貓，讓蛾翅用舌頭把藥敷在小貓的掌上，小貓不斷掙扎想躲開蛾翅的舌頭。

「別讓她再靠近松針了，冰翅。」蛾翅建議。

「要是那麼容易就好了。」這隻母貓嘆了口氣。

「我知道，」蛾翅有同感，「我會跟妳一起回育兒室，把入口的松針掃掉。」母貓咬住小貓的頸背部，把他提起來，從有岩石遮蔭的地方走向跨水通道，準備回到本島，蛾翅走在她後面。

冬青掌確定附近沒有其他的貓在場，從石縫裡輕悄悄地喊：「柳掌！」

這隻巫醫見習生僵在那裡，「誰在說話？」

「是我，冬青掌！」

冬青掌後退，繞了藏身的岩石一圈之後溜進中間的空地，來到柳掌身邊。這裡比冬青掌原先想的要大，它是一個石窟，經年累月的受風和水的侵蝕而成，雖然洞頂不高，但至少可以遮風擋雨。

柳掌蹲在洞穴後方驚訝得瞪圓了眼睛「妳怎麼會在這裡？」

「我不是答應過妳我會來。」冬青掌提醒柳掌。

「有貓知道妳在這裡嗎？」

冬青掌先是搖頭，接著馬上神經緊繃，因為蛾翅的氣味飄進洞內。

「冬青掌？」蛾翅的聲音很尖銳。

冬青掌嚇了一跳，轉過身來。

「我回來拿罌粟籽，」骨瘦如柴的河族巫醫站在入口。「冬青掌，妳在這裡做什麼？」

「我一定要有所行動，」冬青掌急切地說：「雷族正準備向風族迎戰，如果河族被迫要離開家園，大家都很擔心接下來會發生什麼事。」

蛾翅看著冬青掌，「河族不會被趕到任何地方。」

「妳為什麼那麼有把握？」冬青掌看著蛾翅乾瘦的身體，一副懷疑的表情。「你們都已經有一餐沒一餐了，難道還要繼續住在島上？」

柳掌碰一下冬青掌，安慰地說，「苦日子不會太久的。」

冬青掌仔細看著洞內靠牆擺放的草藥，看來河族的確是想在這裡待上一陣子；「可是你們已經把大部分的東西從營地帶來這裡了。」冬青掌指出。

河族巫醫嘆了口氣說，「妳最好現在就帶她去看一下。」

「真的嗎？」柳掌一臉訝異，「現在嗎？」

蛾翅點點頭，「但別被發現。」

柳掌衝出洞外，冬青掌緊跟在後頭，全身的毛都因為興奮而豎起；她跟著柳掌過了跨水通道走向本島的沿岸。

「我們要游到對岸，」柳掌說，「這樣比較不會被發現。」

冬青掌嚇得毛髮直豎，「我知道我全身溼透了，可是說什麼我也不要游泳！」樹橋就在前面不遠的地方，就差幾個狐狸的身長。

「好啦！好啦！」柳掌不耐煩地說，「不過要先幫妳偽裝，妳的氣味實在太重了。」柳掌眺望著湖岸，抖動頰鬚說：「跟我來。」

這隻巫醫見習生推開了水岸交界的草堆說，「過來。」冬青掌來不及開口抱怨，柳掌已經挖了一坨大便塗在冬青掌身上。

冬青掌話都說不出來了，「這是什麼東西？」又黏又臭的爛泥，沾了她一身。

「這是水獺大便，」柳掌回答，「應該可以蓋過雷族的氣味。」

冬青掌咳著說，「妳開什麼玩笑！」

「等一下再洗掉，」柳掌小聲說，「現在安靜不要亂動。」

她又塗了好幾坨大便在冬青掌身上，這時候冬青掌開始後悔來這裡。柳掌坐直身子，抬頭檢視左右兩邊的湖岸。

「快！」她三步併兩步地奔向樹橋。

冬青掌緊跟在後。強忍住喉頭噁心想吐的感覺，因為水獺大便的味道聞起來實在難受。「妳確定這樣可以掩蓋我的氣味嗎？」她邊過橋邊說，「我覺得雷族貓還是可以聞出是我。」

「那當然。」柳掌從樹橋跳下來，跑過湖岸，衝進蘆葦叢，她的腳踩在爛泥堆裡，連肚子也都沾滿了泥，冬青掌也跟著在泥濘裡奮力前進。柳掌接著在蘆葦叢裡跳躍著，設法不踩到爛泥。冬青掌觀察柳掌的動作，跟著依樣畫葫蘆，結果發現只要跟緊柳掌，全身就能保持乾燥。

終於腳上踩的地慢慢變硬，而且開始有踩到草的感覺，柳掌帶著冬青掌跑向緩坡，這裡有樹還有濃密亮綠的灌木矮叢。坡度愈來愈陡，不久就變成一個紅色的沙質峭壁。冬青掌跟著柳掌找峭壁上凸起的岩石落腳，一跳一躍慢慢往上。這兩隻貓終於來到頂端了，冬青掌喘著氣回頭望，在綠油油的樹葉之間，湖在遠方閃閃發亮。

「現在要去哪裡？」冬青掌喘吁吁。

「等一下妳就知道了。」柳掌向前跑，鑽入一堆長草叢。

冬青掌跟在後面。

「妳看。」柳掌停下來。

柳掌撥開草叢，冬青掌爬到她身邊；從草叢看出去，原來，斜坡的另一端是一條很寬的溪，中間有沙洲，把溪一分為二，分流的地方因為受到沙洲的阻擋，水特別湍急。沙洲上滿布著樹和矮叢，在棕色滾滾的溪水中，顯得特別綠。

「那個沙洲就是我們河族的老營。」柳掌解釋。

冬青掌聽到石頭嘎啦嘎啦響的聲音，嚇得呆住了！「什麼聲音？」

「戰士在工作的聲音。」

「工作？」冬青掌眨眨眼睛。

突然，她看見河族戰士和見習生的身影出現在溪流兩側的草叢。離冬青掌最近的是見習生撲掌和鯉掌，他們在幫忙蘆葦鬚和鼠牙把石頭堆在溪邊，然後撲通地推下去。

「他們在做什麼？」

「讓河流淤積，溪水變深變寬。」柳掌回答。

黑爪，一隻肌肉發達肩膀寬大的煙黑色公貓，從河更遠處叫道：「快點！盡可能地搬。」他站在水邊對戰士發號施令，那些貓聽到後勇敢地跳過溪，嘴裡銜著一塊塊鋪床用的青苔。

「能帶的都要盡量帶，」柳掌解釋，「島上的松針不能遮風擋雨，沒辦法拿來做窩。」

「可是為什麼要這麼做呢？」冬青掌不知道發生什麼事了。河族的老營看起來很安全，有分流的溪水圍繞保護，就像石頭岩壁保護雷族一樣。

這時候，突然在上游的地方聽到一聲吆喝，鯉掌沿河岸衝下來，「牠們來了！」

每隻河族貓不管手裡推的、嘴裡叼的，全都拋下並在島上四處逃竄，往湖的方向跑。

冬青掌的毛豎了起來，「怎麼了？」

「再看下去。」柳掌說。

一群兩腳獸的小孩踩過草叢，從遠方沿著溪流來。牠們手裡拿著樹枝拖行過草叢，彼此大聲喊叫。冬青掌看著最大的孩子跳進溪裡，踩上一塊幾乎和水面一樣高的石頭，緊接著再跳上另一塊，靠單腳保持平衡，慢慢接近沙洲，用棍子亂戳草叢。其他的小孩在後面大聲叫好，手舞足蹈。

冬青掌沮喪地看著她的朋友。

柳掌揮一揮尾巴，「現在妳知道我們為什麼要離開了？」

第十三章

「是黑爪出的主意，把石頭推到溪裡。」柳掌邊走邊說，並沿著沙質峭壁爬下來。

冬青掌把頭側到一旁，「這樣溪裡的水會堵住。」

「沒錯，就是這樣，溪水才會又深又寬，這座島才會有更好的保護。」

冬青掌這才意會，「這樣就足以防止兩腳獸的小孩跑過來嗎？」

「等溪水氾濫，我們再用荊棘築一道圍籬。」柳掌停下來喘口氣，「我覺得兩腳獸不是真的想傷害我們，牠們只是在玩。」她彎下身子把腳掌上的紅土洗掉。「牠們跟我們的小貓一樣，如果把通往島上的路弄得窒礙難行，牠們就不愛來，自然會到其他地方去。」

「那你們就可以搬回島上住了！」冬青掌如此揣測，河族根本不想搬到風族的領土！她四腳發熱，恨不得立刻飛奔回家告訴火星！風族的領土不會受到河族侵略，自然不會來侵犯雷族領土，所以根本沒有打仗的必要！

柳掌衝下斜坡跑進蘆葦叢。「可是豹星為什麼不跟其他族講明河族遇到的難題？」

「妳是說讓大家知道我們流離失所，然後看不起我們？」

「可是其他族說不定會幫忙。」

「河族的問題河族自己解決！」

冬青掌低頭說，「我不是說你們沒辦法自己解決，可是……」

柳掌的毛顫抖著，「在島上生活很艱難，魚都會被船嚇跑，除非能趕走兩腳獸的小孩，不然在剩下的領土上也無法狩獵，大家都餓肚子，空腹的戰士是不可能打勝仗的。」．

冬青掌想起霧足暗沉的皮毛，還有瘦骨嶙峋的蛾翅，她的背上和屁股都沒肉。

「妳真的覺得豹星能相信其他族不會趁火打劫嗎？」柳掌推開沼澤的草繼續說，「我們需要盡全族的力量，從兩腳獸手裡拯救我們的居所。」

「我不會跟雷族講你們挨餓的事，」冬青掌允諾。「希望你們能盡速回歸營地，要你們離家背井實在沒有道理。」

柳掌感激得眨眨眼說，「首先妳得回去，」她提醒冬青掌，「妳的族貓一定納悶妳跑哪裡去了。」

冬青掌覺得罪惡感襲上心頭，他們已經發現她失蹤了嗎？「我這就循原路回去。」

柳掌用後腿站立，透過刺刺的草叢向前窺探，「現在岸邊沒貓。」柳掌放下前掌，開始穿越沼澤的草叢走向較硬的地面，過了沿岸的沙地就是整片的矮叢和羊齒蕨。

「從這裡往上走，」柳掌建議，「藏身比較容易，」她頑皮地眨著眼睛，「水獺的大便會讓任何一隻貓都聞不出妳的氣味。」

「妳沒其他東西可用了嗎？」

「用艾菊也可以，」柳掌承認道，「只是我們沒剩多少了。」她穿過一叢羊齒蕨，冬青掌跟在後面。

他們沿著離岸邊不遠處走，直到冬青掌聞到馬廄的味道。「我們已經快到風族的領土了，」她低聲說，「從這兒開始我可以自己走了。」

柳掌眼帶憂慮地說，「等我們到了邊界再說。」

馬場的籬笆向外擴，河族領土蒼翠的葉叢漸漸變成風族的沼澤地。柳掌停在矮小的荊棘叢前面，再過去就是一望無際的草地。「邊界到了。」柳掌用尾巴指了指。

沼澤地上風很大，猛吹在冬青掌身上。前方不遠處，大概是幾隻狐貍的身長，風族留下了氣味做為邊界線。

柳掌用尾巴尖端碰一下冬青掌的肩膀說，「答應我一定要小心。」

突然，岸邊的石子咔啦咔啦地響起來，柳掌猛然轉身。

河族的巡邏隊朝他們追過來了。

冬青掌僵在那裡，一陣陣的恐懼像閃電來襲。柳掌咬住她頸背把她拖到草叢裡。

「看見我們了嗎？」冬青掌顫抖著。

「我不知道，」柳掌用尾巴摀住冬青掌的嘴，「安靜！」

冬青掌從草叢看出去，帶頭的是蘆葦鬚，墊後的是他的見習生撲掌；鼠牙緊跟在蘆葦鬚的後頭和鯉掌並肩而逃，鯉掌的毛被吹得平貼在身上，鬍鬚黏上了臉頰，沒命似地飛奔。

「他們在打獵嗎？」冬青掌問。

柳掌看著空無一物的岸邊說，「要獵什麼？」

「那是來抓我們嗎？」

「看起來不像。」就在柳掌開口的同時，他們奔馳過草叢，連看都沒看一眼。

冬青掌留意到他們的眼睛，睜得大大的充滿了恐懼。她身體一緊，「不太對勁。」

柳掌貼平了耳朵，低聲說，「看！」

一隻毛亂亂的黑白狗緊追河族的巡邏隊，雙眼直瞪，嘴唇往後露出白色的獠牙。

「是馬場的狗！」柳掌大叫一聲，「快跑！」立刻跟在族貓後頭逃命。

冬青掌根本來不及反應，就被狗發現了，那隻狗立刻轉向朝冬青掌衝過來，並興奮得汪汪大叫，冬青掌尖叫一聲衝往柳掌逃命的方向，跑過的草皮小土塊四處揚起。河族的巡邏隊偏離了岸邊，朝上坡的方向逃往風族的邊境。

蘆葦鬚看見柳掌，驚訝得睜大眼睛。「跟緊一點！」說著衝上斜坡，閃過一叢金雀花，跳過一堆矮石楠。

柳掌緊跟在後，一邊斜過頭看冬青掌，從齒縫出聲說，「快一點！」

冬青掌更賣力的在砂礫上跑，緊跟河族的貓群，衝過茂盛的石楠叢，跑上長滿草的斜坡。

「停！」蘆葦鬚一聲令下，冬青掌和其他的貓都停住腳，又喘又怕的冬青掌轉頭一看。

這隻狗在草坡下面的籬笆停了下來，伸出舌頭一上一下的喘，接著抖抖身體，從籬笆下頭鑽回去。冬青掌看著狗穿越草原，跑回兩腳獸的住處。

「一定是要回家。」她猜。

「噓！」柳掌給她一個警告的眼色，可是已經太遲了。

「妳怎麼會在這兒？」鯉掌吃驚地說，嚇了冬青掌一大跳。

蘆葦鬚盯著冬青掌，背毛豎起，「妳不是雷族的貓嗎？」他接著以嚴厲責備的眼神瞄了柳掌一眼。

鯉掌接著皺一下鼻子說，「妳怎麼那麼臭？」

鼠牙趨身向前鼻子湊近，近到就差一根鬍鬚的距離，「妳是來刺探我們的？」

冬青掌急忙往後退說，「不，不，我是來看能不能幫上忙。」

「幫忙？」蘆葦鬚狐疑地看著她。

「是真的！」柳掌顫抖著尾巴走到冬青掌和她的同伴之間。「她是自己來的，上次大集會之後她就擔心我，所以來看看……」

「糟了！」蘆葦鬚突然打斷柳掌的話。他往山坡上看，因驚慌而瞪大了眼睛。

風族的巡邏隊正朝他們飛奔而來。

冬青掌嚐一嚐風裡的氣味，滿嘴都是風族特有的麝香味，剛才被狗追過頭，他們現在已經跑進風族的領土了。

「我們要逃嗎？」鯉掌低聲說，尾巴都嚇直了。

「沒用的，」鼠牙嘆一口氣，「我們已經跨過邊界太遠。」

「還是留在原地吧。」蘆葦鬚說。

撲掌靠到鯉掌身旁。

風族的巡邏隊靠近，他們的副族長灰足搖尾巴示意，要鴉羽、石楠掌、白尾、裂耳和風掌成扇形散開，準備團團圍住，冬青掌感覺到身體被石楠掌的毛碰到，他們的眼睛閃爍發亮。

「你們怎麼會在風族的土地上？」灰足質問。

蘆葦鬚看了回去，肩上的毛抖動。「我們剛剛被一隻馬場的笨狗一路追到這裡。」

鴉羽走向前問，「那狗現在到哪裡去了？」

鼠牙以頭示意指向兩腳獸的居所，「狗回家了。」

「你們怎麼說的就得信嗎？」裂耳嗅一嗅空氣，抖動著鬍鬚說，「我只聞到大便氣味！」

冬青掌恨不得鑽到地底，風族還沒發現入侵者裡面有雷族貓，就已經氣成這樣，要是知道還得了。如果他們誤會河族和雷族聯盟怎麼辦？一定免不了要打仗，錯全都在她身上。

冬青掌試圖穩住別慌。當風掌盯著她看的時候，她低下了頭默禱不要被認出來，這下總算得感謝水獺大便遮掩了她原本黑色的毛皮，還有氣味。

「妳是怎麼了？」風掌的眼神滿是輕蔑，「難道河族都不教小貓洗澡的嗎？」

憤怒湧上了冬青掌的喉嚨，她實在很想朝那張狐狸般的臉吐痰。還好風掌沒認出來她。

「離開我們的領土！」灰足說，「就算你們失去了自己的領土，也不能來侵占我們的！」

鼠牙馬上武裝了起來，露出牙齒，「我們還沒失去領土！」

「那你們怎麼會在這裡？」裂耳質疑。

「是來狩獵的嗎？」鴉羽緊接著問。

蘆葦鬚的尾巴一揮說，「不是！」

冬青掌全身緊繃，每隻貓都劍拔弩張準備隨時向前撲。她伸出了爪子，心想雖然不是同族，必要的時候，她也要挺身而出。

撲掌向前跳，短短的斑紋尾巴搖來搖去，很生氣地說，「我們再餓也不吃兔子！」

灰足催促著，「現在就請你們離開！」

裂耳和白尾讓出一個缺口讓河族貓離開。慢慢地，蘆葦鬚和鼠牙開始撤退，撲掌和鯉掌轉身不安地離開風族貓。冬青掌低頭緊跟在後。

「從現在起我們會加強邊境巡邏！」灰足從他們後面大喊。

「而且隨時有戰鬥的準備！」裂耳咆哮著說。

河族貓慢條斯理地走向邊界，故意不理會後頭的催促。冬青掌越過了那一道以氣味作為疆界的分隔線之後，感到如釋重負，不禁微微顫抖。可是這又不是我自己的領土！

「我想回家。」她輕聲地說。

蘆葦鬚繞著她走來走去，「不，妳哪裡也不去，妳要先解釋妳來這裡做什麼？」

「我解釋過了，」冬青掌反駁，「我說過我是擔心柳掌才來的。」

「我們現在不能把妳丟在風族的領土，」鼠牙說，「妳得跟我們回到島上。」

冬青掌的心像石頭一樣往下沉，雙眼凝視湖水的對岸。夜幕低垂，而雷族的森林像一大片黑影，襯托著遠方的山陵。她仔細打量著岸邊，希望會看到同族熟悉的身影——松鴉掌總是喜歡到湖邊玩——可是現在實在是太暗、太遠了，什麼也看不清楚。

「好吧。」冬青掌嘆了一口氣。

「首先得先把一身惡臭的大便洗乾淨。」蘆葦鬚命令。

他跟冬青掌走到湖邊，看著她在冰冷的湖水裡潑水洗淨身體。柳掌也下水用前掌幫冬青掌又搓又洗。

全身發著抖的冬青掌，就這樣溼答答的，跟著河族的巡邏隊走在湖邊。

「抱歉，給妳添麻煩。」冬青掌低聲說。

「我沒事。」柳掌靠緊冬青掌彼此取暖，儘管兩隻貓身體都還滴著水。

⚡⚡⚡

冬青掌跟蘆葦鬚到了島上空地，其他河族貓都好奇地睜大了眼睛，看得她渾身不自在。巡邏隊慢慢走近大橡樹，大家靜了下來。豹星從橡樹的巨大樹根鑽出來，冬青掌努力地克制自己不要發抖。

「別害怕，」柳掌在她耳邊說，「豹星一向都很公平。」

冬青掌抬起頭，盡可能勇敢地面對河族的族長。

豹星的眼睛在暮色中發光，「蘆葦鬚告訴我，說妳在河族的領土刺探。」豹星提出控訴。

「我純粹是想幫忙，」冬青掌解釋，「如果河族先入侵風族的領土，雷族很擔心接下來會遭到風族的攻擊。每個人都在備戰，我想要阻止。」

豹星眨眨眼，「對一個小小見習生來說，這算得上是雄心壯舉。」

冬青掌被激得毛膨起來。

豹星的鬍鬚在抽動嗎？

「我想柳掌已經帶妳去看過了，現在可以不必那麼擔心了吧？」河族族長說。

「柳掌只帶我去看了舊營……」冬青掌想住嘴卻已經太遲，她背叛了朋友。

豹星這時瞪著河族的巫醫見習生說，「妳真的大老遠帶她去了那裡？」

柳掌低下頭說，「我只是希望她別擔心。」

豹星嘆了口氣說，「那妳最好就留在島上別走。」

冬青掌整個心都揪在一起，「可是雷族會擔心我。」

「妳在來之前就應該想過這個問題，」豹星環顧了一下族貓，這時候河族貓已經聚集到橡樹下，每隻都側耳傾聽顯得極有興趣。「我們調派不出戰士護送妳回家，即便是可以，我們也不想穿越風族和影族的領土，引起他們的敵意。」

「可是戰士守則規定，沿著湖岸兩個狐狸的身長之內，我都可以安全走動。」冬青掌說。

「如果是在開大集會的期間，我也沒有異議，」豹星反駁，「可是現在情況不同，我們的鄰族會千方百計的在他們的領土上聞出河族或雷族的氣味，」豹星瞇起眼睛說，「妳大老遠跑來管閒事，這可不是個好理由。」

「可是……」冬青掌急得想找另一個理由脫身。她得回家，不然雷族會以為她發生意外。

「妳就跟蛾翅和柳掌在一起吧，直到妳可以安全回家的時候。」

「走吧，」柳掌推了冬青掌一下說，「我們到巫醫窩裡取暖，然後把身體弄乾。」

拖著沉重的腳步，冬青掌跟著柳掌到達島的邊緣，過了一條跨水的通道到達岩石小島。

蛾翅在一堆草藥旁邊等著，「不是早跟你們講過不要被發現嗎？」她跟她們打招呼。

柳掌低下頭說，「抱歉。」

蛾翅把草藥推到他們前面，「把這些吃掉，」她命令說，「身體會比較暖和。」

冬青掌覺得有些反胃，她比較喜歡新鮮多汁的老鼠。

「目前就只有這些了。」蛾翅跟冬青掌說。

冬青掌低下頭咬了一片葉子開始嚼起來。「這是什麼？」她低聲問柳掌。

「乾燥的蕁麻，塗過蜜的。」柳掌說。

「還不錯。」

她們吃完以後，柳掌帶冬青掌到洞後面的一塊青苔上，她們把自己身上的毛弄乾，然後一起擠在床上。冬青掌很感謝柳掌帶來的溫暖，洞內空氣流通，雨開始落在岩石上和湖面上，發出稀里嘩啦的聲音。冬青掌打了哈欠，突然感覺筋疲力盡，「妳知道豹星把我留在這裡，是因為我知道太多了。」她低聲說。

「對，」柳掌把尾巴放在朋友的掌上，「換作是火星，難道做法會不同？」

冬青掌嘆了一口氣，「大概也不會。」她閉上眼睛。可是在這裡要待多久呢？如果雷族發現，她被河族懷疑是在刺探而遭到囚禁，那她一定會很慘。

第十四章

松鴉掌穿過空地時雨打在他身上。他帶著一撮水薄荷和杜松莓，氣味刺鼻。

蜜妮走在他身旁。「我叫他不要貪嘴又多吃一隻麻雀。」她停在擎天架下面，灰紋躺在那裡呻吟。

「我怎麼能抗拒得了誘惑呢？」灰紋上氣不接下氣。他又咳了一聲，「好幾個月沒有吃這麼多東西了。」

松鴉掌把一堆草藥放在地上，灰紋正痛得坐立不安，松鴉掌摸了一下他的肚子。

「不要亂動。」松鴉掌摸到灰紋的肚子硬硬的，「你肚子脹氣了。」

「我早就警告過你。」蜜妮說。

松鴉掌用杜松莓抹在灰紋嘴邊，「這樣會好一些，」他說，「接著把水薄荷吃下去。」

「我還以為戰士都應該知道，禿葉季剛過，不應該一下吃太猛，」蜜妮接著又說，「好幾個月肚子都是空的，你不應該見獵心喜，就一下吃撐，應該慢慢適應。」

「求求妳放過我。」灰紋哀求。

蜜妮開始舔灰紋的身體。松鴉掌感受得到蜜妮對伴侶的關愛，像是暖空氣一樣把灰紋包住，灰紋的鬍鬚愉快地顫抖起來。想想一隻戰士貓竟然被寵物貓訓話，真是滑稽。**不過蜜妮現在已經是戰士了，**松鴉掌立刻提醒自己。

接著聽到腳步聲，松鴉掌用舌頭嚐了嚐空氣，是鼠掌和罌掌，他們身上帶著苔蘚味，松鴉掌判斷一定是剛從訓練場回來。

「請問你有看見冬青掌嗎？」罌掌邊問邊跳向擎天架。

罌掌熱切的眼神盯得松鴉掌全身發熱，突然不知怎麼的眼神移開了，接著松鴉掌感受到的是罌掌手足無措的困窘。

「我不是故意說看到，」她趕忙糾正自己說，「我的意思是你有聽到或是聞到嗎？」

「她的意思是，你知不知道冬青掌去哪兒了？」鼠掌耐不住性子了，忙著答腔。

松鴉掌這時候才驚覺一個早上都沒見到冬青掌。他於是開始用心感應，像是在草藥間裡找罌粟籽一樣，搜尋冬青掌所在之地。什麼也沒有，不在營區裡或是營區附近。松鴉掌搖搖頭。

灰紋坐立起來問，「冬青掌失蹤多久了？」

「她本來應該和我們一起受訓練的，可是沒出現。」罌掌說。

「蕨毛以為她可能是有事在營裡耽擱了，」鼠掌補充說明，「所以沒等她就開始訓練了，我們以為回來的時候就會看到她。」

「可是連影子都沒有！」罌掌尖聲地說，整個營區都聽得到。

蕨毛從荊棘通道裡奔出來說，「怎麼，她不在嗎？」

蛛足和灰毛趕忙跟過來。

「通道裡有她的味道，不過像是已經有一段時間了。」灰毛說。

「她一定是在我提醒她該出發的那時走的。」蕨毛猜。

「可是她沒來訓練場。」蛛足下了總結。

松鴉掌感覺得到關切之情，在空地裡迴盪。

亮心趕忙過來說，「她會不會是受傷了！」

「誰受傷了？」栗尾喊道。

「沒貓受傷！」灰紋解釋，「可是冬青掌不見了。」

松鴉掌感到戰士們向他靠攏過來，刺爪和白翅也加入其中。

「會不會是被風族捉去？」刺爪揣測。

戰士們和見習生聽了都驚呼連連。

雲尾擠身到前頭問，「他們為什麼要這樣做呢？」

接著松鴉掌聞到溪兒的味道，「以前風族這樣做過嗎？」她問。

「沒有，不過他們以前也不抓松鼠的。」塵皮指出。

栗尾嚇得張大了口，「我希望他們不會傷害她！」

松鴉掌覺得既驚慌又生氣，每隻貓都緊張過度，不過要是冬青掌真的被抓走該怎麼辦？

只有溪兒保持冷靜，「風族不會沒事找事多找張嘴來吃飯。」

「可是他們現在到我們的林子裡打獵，可以吃的東西應該也變多了。」亮心說。

「他們或許覺得這樣做值得。」栗尾的聲音聽來很緊張。

「我們應該派巡邏隊去救她！」刺爪宣布。

棘爪加進來，「去救誰？」

松鴉掌覺得如釋重負，因為他感覺到母親站到父親身旁，然後舔一舔他的額頭問，「發生什麼事了，松鴉掌？」

「冬青掌不見了。」

松鼠飛嚇得身體僵硬，「什麼時候的事情？」

「中午的時候我還跟她講過話，」蕨毛解釋說，「她本來應該到訓練場的，但沒出現。」

「她肯定是被風族抓去了。」亮心說。

「我們真的能確定嗎？」棘爪問。

此刻鴉雀無聲。

「如果是這樣，就別往最壞的地方想。」雷族的副族長說。

「冬青掌一向都是這個樣子，喜歡獨自亂跑。」松鼠飛說。

松鴉掌點點頭。冬青掌想獨自思考的時候，就會像現在這樣跑掉，已經不是第一次了。

「她會不會是在逃避訓練？」栗尾聽來有些煩躁。

「她以前都沒缺席過。」火星的聲音從比較高的地方傳來，因為他站在擎天架上面。貓兒們都抬頭看著族長。松鴉掌鬆了一口氣，因為大家的注意力現在有所轉移，不過他也感受到焦慮和罪惡感一陣陣從火星身上而來。**火星為什麼會有罪惡感呢？**

「我們不能假設風族把她抓走了。」雷族的首領說。

「可是我們知道他們想攻擊我們，」刺爪說，「或許抓她是為了挑起戰爭。」

憂慮的聲音像漣漪般一波波傳開。

「我們不確切知道他們會攻擊，」火星推論，「松鼠飛也說了，冬青掌是有能力單獨行動的，她一向都很獨立，別忘了她還是小貓的時候就去獵過狐狸！」

火星的聲音不是很大，但是松鴉掌聽得出他的思緒翻騰。同時大家緊繃的毛皮也開始鬆弛下來。火星認為冬青掌當然不會有事，消失一整天對她而言就像是家常便飯。可是松鴉掌存疑，火星知道的比他說的還要多。他試著了解雷族族長心裡在想什麼，可是卻感應到不安的烏雲籠罩著火星的思緒。乾脆直接了當地問他好了，但再想想卻搖搖頭，火星很明顯地想把擔心憂慮自己攬下。

松鴉掌從溪兒和亮心中間穿過去，走回巫醫窩。當他快要走到的時候，聽到入口的荊棘娑娑抖動，葉池已經早他一步先進了去，之前大家的討論葉池一定聽到了。他走進巫醫窩感到有些驚訝，因為前方一股強烈的情緒像洪水從葉池身上奔竄而來。

「是真的嗎？」煤掌在她的床位上焦急地問，「冬青掌真的失蹤了？」

「妳知道冬青掌就是這樣，」松鴉掌安慰著，「她可能去想事情了。」

「我也是這樣想。」煤掌又躺下去，她的床發出沙沙的聲響，可是松鴉掌感覺得到她還是全身緊繃。

葉池在巫醫窩另一邊，松鴉掌感受到她也愈來愈緊張了。

「妳怎麼了？」松鴉掌問道，趕到導師的身邊。他感應到葉池滿腹思緒都是擔心和罪惡感，跟火星剛剛一樣。他們都知道有事！

「冬青掌走前我和她說過話。」葉池小聲地承認。

松鴉掌豎起耳朵問，「那她有說要去哪裡嗎？」

「沒有，不過她說心情很差，」葉池聲音沙啞，「她說她求過火星幫幫河族的忙。」

「火星說不，對吧？」松鴉掌猜想，他記起曾把夢裡發生的事告訴火星所得到的反應。

「她該不會是想單槍匹馬去拯救河族吧？」葉池說。

「冬青掌不會傻成那樣。」松鴉掌附和。

「可是她可能以為如果說不過火星，她也許可以說服一星不要開啟戰端。」葉池猶豫地往下推論。

松鴉掌頓時感到腹中開了一個黑洞。冬青掌的觀念的確是非善即惡；如果她認定了火星是錯的，那她有可能會頑固的自力救濟來扭轉局勢。想到這裡松鴉掌不禁搖搖頭。冬青掌不會那麼魯莽吧！會嗎？

這時候松鴉掌被推了一下。「你現在趕快做夢！」葉池催他。「去把冬青掌找出來！」

葉池的聲聲催促讓松鴉掌氣得渾身不舒服。沒多久以前葉池還要他保密，不要洩漏夢到什麼東西；現在她反而要他去夢裡感應冬青掌在哪裡。那他算什麼東西？需要時就叫他去夢裡向星族問事情，不需要時就說夢裡的東西對雷族無益？

「拜託你！」

「可是我不累，」松鴉掌反駁。「我沒辦法說夢就夢。」

「你就閉上眼睛試試看嘛。」葉池哀求。

「我夢得到的時候自然就會夢！」松鴉掌有點生氣。

他走向洞口，卻碰到葉池的身體，原來她把路攔住了！

「你現在就得作夢！」葉池咬牙說。

松鴉掌的毛豎起，「她不過是出去走走。」葉池是怎麼了？她怎麼比松鼠飛還要擔心！

床發出聲響，煤掌問，「出事了嗎？」

葉池轉身安慰病人，「別擔心，先好好躺著讓腳休息。」

所以葉池擔心的只有這個？不是冬青掌而是她寶貝的病貓！松鴉掌氣得耳朵發燙，推開葉池逕往洞口去了。

整個營區現在靜下來了。火星已經從擎天架跳下來，跟棘爪和松鼠飛講話。

「黃昏巡邏隊會留意是否有什麼蛛絲馬跡。」火星說，「看看有什麼回報，再去搜尋。」

「我也要加入黃昏巡邏隊。」松鼠飛立刻說。

「還有搜尋隊。」棘爪說。

「當然，」火星同意，「都由你們帶隊。」

松鴉掌放鬆了原本立起來的毛。派搜尋隊出去是明智之舉，哪像葉池苦苦要求他要去夢裡找答案。葉池最近神經緊繃，跟鹿一樣。如果冬青掌一直都沒出現，那他當然會施展能力到夢裡去找，可是他不想照葉池的話做，一整個下午在睡覺。他想擺脫葉池離開營地不受打擾，於是開始擠起進荊棘通道。

「你要去哪裡？」松鼠飛叫住他，顯得很焦慮。是在擔心會失去另一個孩子嗎？一個大家都認為沒辦法照顧自己的孩子？

「我去走走。」

「別去太久。」

我愛去多久隨我高興！松鴉掌走出樹林。空氣裡水氣很重，像是要下雨，森林聞起來霉霉的；不知不覺地松鴉掌走向了湖邊，他用力聞湖水的氣味，接著爬過山脊往下走出森林，這條路徑會帶他到先前留下枯木的地方，他加緊腳步顫抖著鬍鬚，踩過熟悉的路徑往湖邊去。

他三步併兩步走，然後停下來。湖和森林不一樣，森林對瞎眼的他來說是一成不變，而他喜歡湖岸總是變化萬千；岸邊的小圓石會被湖水帶著翻轉，所以每次踩在腳底的感覺都不一樣，小碎石一下被沖上岸，一下又被帶走。他小心謹慎前進，伸著鼻子想要聞看看有沒有漂流木或垃圾擋在前方，就怕被絆倒。他全神貫注，想著他留下的那根枯木，希望還藏在樹根後方。他愈靠近就心跳得愈快，他伸出前掌一摸，還在那裡，完好如初！

他很高興地把枯木拖出來，用前掌輕輕撫過，感覺木頭的溫度還有上頭的刻痕。湖水的低語和風聲的呢喃都彷彿漸漸遠去，他只感覺到木頭上歷歷分明的刻痕。這時有一個幾乎聽不清楚的微弱聲音在耳際響起，是一隻老貓沙啞的聲音，唸著一長串的名單像是在點名。松鴉掌摸到那根樹枝尾端的時候，心跳加快。剩下的是沒有被劃掉的刻痕，松鴉掌心裡一緊，集中注意力仔細聽，但是當他摸到第一道刻痕的時候，老貓的聲音像是卡住了，驟然停住。

松鴉掌失望透了，躺在枯木旁邊，枕著這塊光滑的木頭。他閉上眼睛聽著湖水輕拍岸邊的聲音，頓時心神安定，便開始做夢。

他踩在沙地上，同時睜開眼睛看見崢嶸的岩壁，並聽到風吹石楠叢的聲音。漆黑中只有星光閃爍，他抬頭一看，夜色在岩壁頂端勾勒出貓群的輪廓。大多數松鴉掌都認不得，可是再仔細聞一聞，他發現有一些貓的氣味似曾相識；他在月池聞過。松鴉掌曾經在夢中和老祖靈們在通往月池的路上，一起整理過毛髮。

突然，從貓群中間有一隻一躍而出，跳下了陡坡；那是一隻年輕的公貓，肩膀寬大肌肉發達，黃白相間而且毛皮光滑。另一隻母貓則小碎步跟在後頭，其他的貓留在原地，緊張得尾巴搖來搖去。

「要小心。」母貓叮嚀，輕盈地落腳在沙地上。

公貓和母貓互碰臉頰。「黎明時候再見，我保證。」公貓說完轉身面對岩壁，松鴉掌這才看清楚，原來岩壁上有一個缺口，公貓沒轉過去之前還沒看清楚。

公貓趨身向前，松鴉掌想讓路，可是，公貓竟然直接穿越松鴉掌的身體，好像他壓根就不存在！兩隻貓的靈魂交會，松鴉掌心裡一驚，倒吸一口氣，因為他感應到這隻公貓以前從沒進去過岩洞，而且心懷憂慮。公貓隱身在岩壁的陰影中，只剩尾巴露在外頭；松鴉掌興奮得全身發抖，心裡七上八下。他非得知道這隻貓要去哪裡，於是緊跟在後。

一瞬間黑暗吞噬一切，松鴉掌還以為他已經從夢中醒來，回到現實，眼睛又看不見了！可是又分明聽到公貓輕緩的腳步聲在前頭帶領，從岩壁中狹窄的通道，通向一個開闊的洞穴。

空氣中充滿恐懼，像針刺一樣，可是公貓身上，散發出破釜沉舟的決心。離洞穴愈來愈近，公貓的心跳也愈來愈大聲，四周的空氣，好像也跟著震動起來。進入洞穴，洞裡有微光，是從洞頂的開口照射下來的。四周拱型岩壁上有更多開口：原來在這片沼澤地底下，竟然布滿了通道，像老樹一樣盤根錯節。淙淙的水聲在岩穴中迴盪。松鴉掌很訝異竟然有條河穿越岩洞，從其中一個通道流出去，水的顏色跟暗夜一樣漆黑。

「落葉？」

松鴉掌猛抬頭看到一隻老貓站在高處一塊突出的岩壁上，那塊岩壁靠近洞頂缺口，有月光灑進來。**落葉？**

公貓嚇了一跳。

「我感覺得出你很驚訝。」這眼盲的生物聲音沙啞。

松鴉掌仔細地看著這隻老貓，全身沒剩幾撮毛。白色凸出的眼睛像是在往下看。

希望我的眼睛不是長這個樣子！落葉早知道這隻貓會在這兒——松鴉掌感覺得到這兩隻貓知道對方，而且也認得出彼此——可是年輕的公貓應該沒想過，老貓會這麼醜。

老貓的前掌拂過一根平滑、暗沉的東西；那是一枝沒皮的樹枝，握在老貓變形的爪子裡。

松鴉掌聞了一下。**我的枯木！**他注意聽老貓在說什麼。

「……我必須待在靠近我們貓戰士祖先的地方；祂們已經埋葬在九泉之下了。」

「我們為此感謝你。」落葉低聲說。

「不用感謝我，」磐石嘶吼著：「這是我一定要遵守的命運。而且，一旦考驗開始，你可能不會這麼感激我了。」當他說話時，爪子一邊比劃過平滑枝上的刻痕。

陣陣恐懼從公貓身上散發出來，像一陣冷冽的寒風吹向松鴉掌。這公貓在怕什麼？松鴉掌抬頭往高處突出的岩壁看。

老貓搖搖頭說，「我不能幫你。要成為一個利爪，你必須自己找到出路。我只能讓你帶著祖靈的祝福，送你上路。」

利爪？就是戰士的意思嗎？松鴉掌終於瞭解這隻公貓的恐懼和決心；他怕的不只是黑暗，而是他的未來。

「下雨了嗎？」老貓突然問。

松鴉掌看見落葉僵直了身體。

「天空很清澈。」可是松鴉掌感到年輕公貓的心裡烏雲籠罩。

老貓的前掌再一次比劃過樹枝上的刻痕說，「那就開始。」

落葉一跳過河，進入那塊突出懸岩下的隧道入口，松鴉掌跟在後頭，暗中感謝自己在夢中看得見，要不然他根本不敢過河。如果掉進河裡被捲進隧道，那就慘了，想到這裡松鴉掌不由得發抖。他努力克制不要再想這麼可怕的畫面，跟著落葉走進黑暗裡。

隧道是往上的！

松鴉掌知道公貓想什麼，就像他親口大聲講出來一樣；他緊跟在公貓身後，岩石的通道感覺很光滑。怎麼會這麼滑？蜿蜒向上，時而變窄時而變寬，一下向這裡彎，一下又彎向那裡。

松鴉掌的呼吸急促，他沒想到此刻自己竟然跟祖靈同行，眼睜睜的看著他，從小貓跨越分界線變成戰士。快到沼澤地了，到那裡落葉就安全了！安全的成為利爪，遂其所願。前方的地面寬闊開展，月光灑落其上，落葉一躍而過，抬頭看，上方又有一個裂縫，不過太高了構不著。繼續再往前走隧道變窄，而且是向下的。

怎麼會是向下？不是應該快到沼澤地了嗎？

落葉一肚子狐疑，不過松鴉掌知道他企圖擊退疑慮。彎曲的隧道像蛇一樣蜿蜒，而且窄到落葉的身體都碰到了石壁。松鴉掌暗自稱許這隻貓夜行的能力，比任何一隻雷族的貓都強；一定受過特訓，光憑嗅覺和觸覺就能找路。

隧道繼續向下，而且一分為二，松鴉掌知道落葉很遲疑。該走哪一條呢？落葉慢慢走向其中一條，又退回來，尾巴掃過松鴉掌無形的身體。松鴉掌感應到落葉的疑慮像一陣閃電，從皮毛穿透而來，於是驟然停住，步伐凌亂地跟著後退，他察覺到這隻公貓正漸漸失去勇氣。

做好決定後，落葉再次向前急衝；他選了另一條隧道，雖然這條是往下的。松鴉掌聞到石楠的味道，落葉走向有新鮮空氣的方向，松鴉掌心中充滿希望，這一定是一條對的路，前方又有一灘月光灑在地上。他們出得去嗎？

落葉加緊腳步，松鴉掌感到年輕的公貓心裡燃起了希望，縱身一躍跳向那一灘月光，松鴉掌抬頭看，是有出口，不過還在很遠的地方，而且襯著月光，閃亮的雨滴竟然從天而降，劈里啪啦地流進了洞口！

驚恐像一把火燒遍了落葉全身，落葉的失望被寒風吹散，取而代之的是害怕，他害怕下雨！他全力衝刺加快步伐，想找到出路，結果身體不斷撞到岩壁；松鴉掌緊追落葉到了一個急彎的地方，趕緊放慢腳步，因為雨的關係，隧道地面很滑。松鴉掌搖著尾巴保持平衡，深怕一溜眼就失去落葉的蹤跡。

地上愈來愈溼，雨水從隧道中的小洞流進來，此刻在沼澤地上一定是場暴風雨。

突然，落葉停住，盡頭到了，是一面灰色的石牆。他轉身向後跑，穿過松鴉掌的身體。

松鴉掌全身的毛都站得直挺挺的。

落葉努力想克服恐懼，全力奔馳，到了隧道裡的一個岔路口，轉了進去；松鴉掌也跟著轉彎追了過去。隧道陡降向下，糟糕！開始積水了，松鴉掌倒抽一口氣，因為腳踩到了水窪。松鴉掌跟著落葉全力衝刺，隧道開始往上爬，但是水沖刷下來流過他的腹部。

隧道淹水了。

落葉又轉向了另一個岔口，進去之後的隧道比先前的都窄，身體兩側都碰到了岩壁，突然前方有洞，光線透進來，可是要爬出去還是太遠了。

落葉緊急煞車，松鴉掌聞到泥水的味道就在前方不斷湧進。他在黑暗中看到落葉向後撤退，前掌都浸在水裡了，原來隧道又往下鑽了，水把前方的路淹得快滅頂，沒等落葉回頭，這次松鴉掌自己轉身先跑，變成他在領頭帶路，往回奔逃，或許他們可以回到先前的那個洞穴！

落葉跑得比較快，一下就超越了松鴉掌，他顯然記得來時的路。

星族的老祖靈們，求祢們庇祐落葉能回到洞穴！

松鴉掌的雙耳血脈賁張，已經管不了落葉的驚恐了。

這時松鴉掌聽到轟然一聲，身後有一陣強風襲來，把他的毛全都吹向前，他轉頭一看，洪水衝擊著岩壁和隧道頂部，洶湧地朝他們而來。

快點！松鴉掌沒命似的逃。

落葉轉頭看，恐懼在他眼中閃爍，這一眼，落葉好像第一次看到了松鴉掌。

「救我！」

就在落葉求救的當下，洪水淹過了松鴉掌，掩蓋過他的尾巴，肚子和全身，強勁的水流又把他拋到空中；水跑進他的耳朵、眼睛、嘴巴，儘管他奮力掙扎，不曉得前路在何方，迷失在黑暗中，就要滅頂！他看不見，耳朵轟然作響，終於，他放任身體變軟。

松鴉掌睜開眼睛，張著大口喘氣，急忙拋開那根樹枝！雨不斷落下，淋溼他的身體，一陣強風颳過湖面把湖水吹向岸邊。他想回家尋求庇護。

落葉！

他怯生生地又伸掌去拿那根樹枝，摸著那一道沒有橫線劃過的直線刻痕。

現在他知道這條刻痕是什麼意思了；落葉進入隧道，卻再也沒出來過！

第十五章

獅掌一躍在空中扭轉，落地時向前撲，爪子抓地。

完美！這個動作在打鬥中能打敗影族最快的戰士。**虎星，你看到我那完美的轉身了嗎？**

那天下午虎星才教的動作，獅掌就已經很熟練了。現在他坐著喘息，嗅一嗅空中的氣味，石楠掌遲到了。

洞穴很暗，月亮被日落後開始下的那場雨給遮住了。松鴉掌在天黑後才回營，全身都溼透了。這個鼠腦袋在湖邊睡著了！葉池急忙趕他進巫醫窩把身體弄乾。冬青掌還是沒有消息，搜救隊循著她的味道來到風族邊界，這下子刺爪更確定冬青掌被風族的巡邏隊抓走了。

「你以為我把你忘了嗎？」石楠掌的喵聲從隧道口傳來。

獅掌高興的一躍而起，「妳遲到了！」

「對不起！」石楠掌上氣不接下氣的說：

「我發現豆尾的孩子在跟蹤我，我只好把他們帶回去。」

「他們沒靠近隧道口吧？」

「還沒，但是很接近。」石楠掌彈了一下尾巴，「他們很會躲，我差一點沒發現。」不安的感覺從獅掌的腳底傳來，如果他們的祕密被發現怎麼辦？「我自己也幾乎沒辦法來。」他也坦白的說。

石楠掌睜大眼睛，「為什麼呢？」

「冬青掌不見了。」

「不見了？」

「搜救隊跟著她的足跡，一直跟到——」獅掌停了下來。他不想讓石楠掌知道冬青掌可能越過風族邊界。焦慮感讓他的胃很不舒服，如果對她坦白的話，會有一種背叛族貓的感覺。這樣的覺醒很痛。但至少她可以給一些線索吧。「妳有看見冬青掌嗎？」

石楠掌搖搖頭。

獅掌凝視著她藍色的眼睛，「妳確定？」

石楠掌眨眨眼，「我當然確定！」

獅掌心中升起一股內疚感，石楠掌是不會跟他說謊的。很明顯的風族根本沒有抓冬青掌，獅掌瞇起眼睛想著他要怎麼跟他的族貓講。

「你在想什麼？」現在輪到石楠掌有些懷疑。

「我只是在想冬青掌到底會在哪？」獅掌說謊。

「她不會有事的。」石楠掌繞過獅掌，皮毛輕拂著安慰他。

「只是她到天黑都還沒回來，有點奇怪。」他半夜偷偷溜出見習生窩，不用擔心冬青掌的監視，這種感覺很奇怪，現在他鬆了一口氣，不用再先想好藉口，以防被冬青掌逮個正著。但冬青掌失蹤了，獅掌卻覺得很內疚。

「我敢說天一亮她就會回去了。」石楠掌說著。

「希望如此。」獅掌嘆了一口氣。

「那麼，你等我的時候在做什麼？」石楠掌坐下來側著頭問。

「我在練習一些打鬥的新招式。」他興奮地抓著地。「看這招！」

他彈起後腿，轉身用前掌著地，一躍往前撲，然後用後腿撐起身體，前掌在空中揮舞，再將頭部壓低，做出一個完美的前滾翻。

「厲害！厲害！」石楠掌豎起耳朵，「這是你自己想出來的嗎？」

「對。」獅掌不能告訴她是虎星教的，她絕對不會相信。

「這種招式對暗族戰士來說最合適不過了。」石楠掌喵聲說，「教我怎麼做！」

獅掌把動作再示範一遍，讓石楠掌學著做。

「妳快要學會了，」他說著，蹲伏在她面前，「再試一次，但這一次要撲向我。」

她彈起後腿，轉身撲向他。當她伸出前爪時，獅掌閃避過去；在她要俯身前滾翻時，他用肩膀抵住她，然後她就撲跌到地上。

獅掌一驚，一時之間忘了自己比她強壯。他衝到她的身邊，用鼻尖靠著她的臉頰，「我沒把妳弄傷吧？」虎星的訓練使他比以前更快又更強了。

「你都知道我下個動作要做什麼，當然可以先發制人啊！」她喵嗚著，轉頭舔著自己的肩膀，「我只希望永遠不會在戰場和你遇上。」她回頭望著他的時候，眼中充滿關愛，「我實在沒有辦法。」

獅掌眨眨眼。她充滿期待地看著他，是要他也說出同樣的誓言嗎？他不能這樣做，凡是意味著對貓族不忠的事，他都不能做。「但願我們沒有打仗的必要。」他說著，把眼光轉開。

「天亮了。」

獅掌伸伸懶腰，石楠掌正坐在他的身邊，朝著洞頂開口看著外頭逐漸變白的天空。他站起身，覺得全身肌肉痠痛。教石楠掌動作讓獅掌筋疲力竭。他感覺他們只是打了一下盹而已。

「我們該走了。」石楠掌告訴他。

「妳今晚還要和我碰面嗎？」

石楠掌彈一彈尾巴，「當然，就算鴉羽在訓練的時候，要我在沼澤上方來回奔跑，我也會來。」她用鼻尖輕摩著獅掌的臉頰，然後朝回去的隧道走，「再見。」

獅掌的腳掌顫抖著說：「再見。」他也朝著另一頭，奔向開闊的空間。

森林經過細雨的洗滌顯得很潮溼。獅掌爬過荊棘叢，在微曦的晨光中，朝著回家的路上走。詭異的幢幢樹影投射在林地上，微風吹得樹葉窸窣作響。

「叛徒！」

獅掌停下腳步，扭頭四下張望，毛髮倒豎。一個熟悉的身影在羊齒叢裡若隱若現。

「虎星？」

「你以為你在做什麼？」是鷹霜。

獅掌找尋著虎星的蹤影，但只發現鷹霜在那裡。他走向獅掌，眼睛如烈焰般燃燒著。

「什麼意思？」獅掌抗議著，鷹霜早就知道他半夜偷溜的事，為什麼現在才盤問他？

鷹霜撇著嘴，「你把戰鬥的招式教了敵人！」

「石楠掌不是敵人！」獅掌反駁，「她是我的朋友。」

「她是別族的！」鷹霜嘶吼著，「那就是敵人！如果將來有一天她用你教她的招式對付你怎麼辦？」

「石楠掌不會這樣做的！」

「她不會嗎？」

獅掌愣住了，他想像著在戰鬥中和石楠掌對峙的場景。她一定不會這樣占他便宜的！「我以為你和虎星並不在意我和石楠掌碰面的事。」

「我們喜歡你獨立自主的性格，」鷹霜說，「我們以為那只是無傷大雅的朋友情誼。」

「是沒有傷害性啊！」獅掌生氣地說，「但那不只是朋友情誼！比那更重要，所以我才確定她絕對不會用那招對付我的。」

「原來你是一個鼠腦袋！」鷹霜齜牙怒吼著，「我以為你想成為一個偉大的戰士！」

獅掌抬起下巴，「我當然想啊！」

「那你怎麼看不出來那些隧道代表著什麼意義？」

獅掌眨眨眼，這隧道對他的意義就是，他可以在不受干擾的情況下和石楠掌碰面。

鷹霜嗤之以鼻，「你什麼都不懂，對吧？」

「我懂！」

「那你怎麼沒想到，透過那些隧道可以冷不防地攻擊風族？」

「我們為什麼要攻擊風族？」

「同樣的，風族有一天也可能經由那些隧道攻擊雷族！」

獅掌盯著鷹霜看，他的話聽在他那疲倦的耳朵裡，似乎沒什麼道理。

鷹霜轉動著眼珠子，「如果你們需要更大的領土或是更多的獵物時，你們要怎麼辦？」他慢慢地說，像在跟一隻小貓解釋戰爭是怎麼回事一樣。「你們會在邊界等著風族巡邏隊，然後乞求他們分些獵物給你們嗎？」

「但是我們的領土夠大，獵物也夠多啊！」獅掌爭論著。

「情況會改變的！」鷹霜怒斥著，「貓族的勢力也會消長！你看一星當上族長之後，風族變得多麼不一樣。現在連雷族都怕他們。」

「不，我們才沒有呢！」

「真的嗎？」鷹霜豎起耳朵，「那火星為什麼不敢直接問冬青掌的下落呢？」

獅掌瞪大眼睛，「你知道她在哪嗎？」

「我知道坐在營地裡派搜救隊到邊境巡邏，而不敢越境是沒有用的。」

「告訴我她的下落！」

但是鷹霜已經轉身要離去。

獅掌跟在他的後頭，「她在哪裡？」

「讓偉大的火星去找吧！」鷹霜轉頭說，「別忘了想想你到底要成為一個偉大的戰士，還是一輩子當一隻獨行貓。因為如果你的族貓知道你隱藏了隧道的祕密，那就是你的結局。」

「不！」獅掌覺得很不舒服，不會這樣的！他看著鷹霜的背影，「回來！」

虎斑貓戰士的輪廓逐漸模糊消失，留下獅掌又獨自在那裡。

他的心情像石頭一樣沉重。他已經教了石楠掌那打鬥的招式，她應該不會用來對付他，但她的族貓呢？突然間他覺得很疲倦，他穿過樹林，朝著下坡的山谷走回營地。因為虎星的訓練，他開始認為他成為偉大戰士的願望終於可以實現。而現在他卻覺得自己像是一個狼心狗肺的叛徒。如果風族真的利用隧道來攻擊，而雷族卻因為毫不知情而喪失制敵先機的話怎麼辦？那他就僅僅是為了和石楠掌見面，而出賣了族貓。用這樣的代價換取他們的友誼，值得嗎？

當他拖著沉重的步伐走向荊棘圍籬時，圍籬顫抖著，如雷的腳步聲從隧道傳來。獅掌看到塵皮從入口衝出來，耳朵警戒的平貼著，毛髮倒豎。緊跟在後面的是灰毛、暴毛，獅掌讓路給他們通過，刺爪、榛掌和罌掌也跟著出來。

「獅掌，走啊！」榛掌經過時叫著。

警戒的氣氛讓獅掌血脈賁張。他奮力擊退疲倦感，氣喘吁吁地追上夥伴。

「發生什麼事？」他喘著氣，用僅剩的力氣跟上。

「有兩個風族見習生追松鼠追到越界了。」榛掌繞過羊齒叢，「他們在雷族領土捉住牠，而且把牠殺了。這全都被黎明巡邏隊看到了！他們派鼠掌回來叫我們，因為風族說不管在哪裡抓到的，那都是他們的獵物！」

獅掌豎起背脊的毛。竟敢如此？他們獵松鼠就已經很不對了！他越過榛掌趕上灰毛。這灰毛戰士看了他一眼，「你到哪兒去了？剛剛我到見習生窩找你，你卻不在。」

獅掌定睛看著前方，他能說什麼呢？「我——我很早就外出了。」他喵嗚著。

灰毛瞇起眼睛。

「我睡不著。」獅掌說著。

突然一陣尖叫聲劃破天空。

在樹林之間，獅掌看到族貓的身影。他認出那是蛛足生氣的嚎叫聲，溪兒的斑紋在林間穿梭。亮心正和白尾扭打成一團，裂耳、灰足、鴞鬚和鼬毛在一旁又尖叫又嘶吼的，利爪在晨光中閃閃發亮。風族貓比雷族的還要多。

當塵皮從草叢中衝出來時，蛛足驚訝的轉身，然後鬆了一口氣。「感謝星族——」

他話還沒說完，裂耳就把他撞倒。灰足站在他後面，撐起後腿，用前爪刺進蛛足的肩膀。溪兒則和鴞鬚格鬥著，白色公貓把溪兒壓倒在地，讓鼬毛咬她的尾巴，溪兒痛苦的尖叫著。

塵皮用鼻尖指著林間的一處缺口，它連接著一條通向邊界的溪流。「散開，把他們趕往那裡。」

刺爪轉向灰足，用頭把她從蛛足身上撞開。蛛足起身時，刺爪用後腿撐起身體撲向灰足。在一陣落葉塵土飛揚之際，蛛足一個迴轉撲向裂耳。

塵皮由另一個方向衝到溪兒身邊，飛撲向鼬毛。那棕色戰士放開溪兒的尾巴，轉身面對塵皮，迎向他前掌的攻擊。塵皮後爪緊扣地面，和鼬毛扭打搏鬥著。而這時溪兒也轉身，用後腿把鴞鬚踢飛。

「我們來對付這兩個！」鼹掌推了一把獅掌，用濃密的尾巴指向兔掌和風掌。他們正在一旁襲擊與白毛扭打成一團的亮心。

獅掌點點頭，「我來對付風掌。」他嘶吼著，往前撲向黑色的見習生。

出其不意地受到攻擊，風掌滾到地面。獅掌跳到他身上，用後腿支撐，前掌猛揮攻擊。但風掌的動作十分敏捷，他快速閃避讓獅掌撲了個空。獅掌轉身，及時看到風掌朝他猛撲過來。他想起了虎星的招式，他把後腿甩向空中，用前掌支撐旋轉，向後一躍。然後用後腿支撐站立，前爪狂抓風掌驚惶的臉，然後頭一縮，做出一個熟練的前滾翻。

他得意的不得了。**你看到了嗎?虎星。**

然後他呆住了，在打鬥的貓群中，他看到了淺色的虎斑貓。

石楠掌?

他的心不安地翻攪著，靠近一看原來是被溪兒撞開的鴞鬚，這才鬆一口氣。突然間獅掌的耳朵感到一陣灼熱感，風掌的利爪抓傷了他，鮮血從傷口汩汩流出，染紅了耳朵。這下他更生氣的撲向風掌。獅掌用後腿撐起，前掌抓向他，但風掌俐落的翻滾閃避。

「不夠快。」風族見習生冷笑著。

突然榛掌奔過來用頭撞擊風掌，風族見習生被撞倒在地，而獅掌用爪子劃過他的身體。

「不要高興得太早！」榛掌對著風掌嘶吼著，用牙齒咬住他的尾巴。

風掌嚎叫了一聲爬起來，用後腿把榛掌踢開。他瞪著獅掌，「你自己打不過我？」

「想要打賭嗎？」獅掌躍向他，用前掌抓住風掌的頭，後腳橫掃過他的腿。另一個虎星的招式！風族見習生就這樣滾下坡，消失在溝渠的另一邊。

灰毛把鼬毛壓制在地，風族戰士努力要掙脫，但灰毛用下巴抵住他，再猛力一擊，把他摔倒趴在荊棘叢中。鼬毛痛得大叫，從多刺的荊棘叢掙脫，連滾帶爬地回風族領土。

溪兒用後腿保持平衡，對著鴞鬚的鼻尖揮打，一步步把他趕下坡。鸜掌則在亮心爪子劃過白尾的耳朵時，緊纏住白尾的背不放。

兔掌已經逃回溪流的另一邊，榛掌還在背後叫著：「小兔子，滾回育兒室吧！」

「撤退！」灰足下令。

此時裂耳用後腿猛踢刺爪的背，裂耳聽到撤退聲抬頭一望。當下刺爪趁機脫逃，站起來朝虎斑貓的頭猛力一擊。裂耳退後嘶叫著，然後又再轉頭怒視著，但其他風族貓都已經逃走。

「我們不會就此罷休的！」裂耳跳過溝渠，和他的族貓會合。他們集結成一群，被抓傷的、流血的，在那裡來回穿梭踱步，憤怒地看著雷族貓。

「從現在起乖乖地待在沼澤地！」塵皮嘶吼著。

灰足瞪著暗棕色虎斑貓，「火星給了我們這片樹林，如果你們對我們在這片土地上頭打獵有意見，先去和他談談吧！」

塵皮縮起他的爪子，「我會和所有風族的戰士或見習生談談，告訴他們，我會捕捉任何想掠取雷族獵物的貓。」

獅掌全身的毛膨起，對著風掌嘶吼，「松鼠沒你們的份！」

風掌甩甩尾巴，「別太確定！」

刺爪靠近邊界咆哮著，「滾回去！」

塵皮的毛髮倒豎，鼻尖沾著血。「這事還沒結束。」他轉身生氣的嘀咕著，領著同伴一跛一跛地走回樹林。「有沒有受重傷？」他轉頭環顧大夥兒。

「我的尾巴受傷了，」亮心喵嗚著，「但是會好的。」

獅掌舔舔腳掌，抹抹受傷的耳朵，感覺撕裂傷會留下永遠的傷疤，但他非常引以傲。

「溪兒？」塵皮瞇著眼看著這隻山貓，「你身上好像有一道嚴重的傷痕。」

「沒有很深。」溪兒要他安心，雖然鮮血還是不斷的從傷口汨汨流出。

「我先帶她回營。」暴毛說著。

塵皮點點頭，「刺爪、蛛足和我到邊界再做一次記號。其餘的都和暴毛一起回去。」

「我可以留下來幫忙嗎？」獅掌問。

「看來你今天已經夠累了。」灰毛對他說。

獅掌低下頭來，難道他睡眠不足有那麼明顯？他心不甘情不願地跟著暴毛和溪兒。

榛掌跟上他，「剛才是不是很棒？」

「我剛才感覺像是一個真正的戰士。」罌掌也跟上來。

「我也是！」獅掌感到一陣快樂湧上心頭。

如果鷹霜認為我無法成為一名偉大的戰士的話，那他就錯了！

當巡邏隊抵達山谷時，棘爪從荊棘隧道走出來迎接。「把他們趕走了嗎？」

「簡單。」暴毛說著。

「有沒有誰受傷？」棘爪問。

「只有一些抓傷。」亮心彈一下尾巴，然後退下。

棘爪用鼻尖碰碰獅掌的頭，「那一耳看起來很痛。」

「還好啦！」獅掌要他放心。

「獅掌剛才像個戰士一樣英勇作戰。」暴毛說著。

獅掌的下巴抬得高高的，棘爪用尾巴拂過他的背脊，「他一定是這樣的。」有這樣的兒子，雷族副族長愉快地發出呼嚕聲。

當巡邏隊走進廣場時，松鼠飛焦急地來回踱步。「他受傷了嗎？」她趕到獅掌身邊，獅掌連忙避開。他心想，別大驚小怪。

「獅掌像個戰士一樣英勇作戰。」棘爪告訴她。

松鼠飛對獅掌眨眨眼睛。「很好。」

「溪兒被抓傷了，亮心的尾巴也被咬了。」獅掌報告著，「但是風族會有好一陣子不敢再越雷池一步了。」他暗自希望真是這樣。幸好這次風族的巡邏隊裡沒有石楠掌，但下一次呢？

「你耳朵的傷看起來不妙。」松鼠飛著急地說道。

獅掌聳聳肩。「沒什麼啦！」

「最好還是去看一下。」松鼠飛把他推向巫醫窩的方向，暴毛也正領著亮心和溪兒穿過巫醫窩入口的荊棘垂簾。獅掌心不甘情不願地跟著走進去，他不想讓葉池把他那代表英勇奮戰的疤痕給醫治得不留痕跡。

還好，他一進去葉池和松鴉掌就已經在照顧溪兒和亮心，忙得不可開交。

「我需要多一點蜘蛛網！」葉池叫著，松鴉掌連忙吐出剛才舔在亮心尾巴的藥膏，衝到後面去拿。他帶回一嘴的蜘蛛網，讓葉池敷在溪兒的傷口上。地上已經擺著一塊染紅的墊子。

「這止得住血，是吧？」暴毛焦慮的看著她。

「會的，」葉池要他放心，她把兩掌壓在傷口上，「你可以這樣按著嗎？」

暴毛點點頭，然後把腳掌壓在葉池的掌上，葉池再把她的抽出來，轉身去看亮心的尾巴。

「橡樹的葉子，選得好，」她對松鴉掌喵嗚著，「這可以消炎殺菌，預防感染。幾天後就會好了。」她轉過去看暴毛一眼，他正盯著他按在溪兒身上的雙掌。「有冬青掌的下落嗎？」

「我們沒有機會問。」溪兒說著。

葉池嘆了一口氣，「我想也是，」她繼續說：「我只是希望他們或許能透露些線索。」

「風族沒有抓她。」獅掌說道。

葉池豎起耳朵，「你怎麼知道？」

獅掌盯著地上看，「嗯，如果有的話，他們應該會告訴我們吧？」他抬頭看著葉池，「不然他們抓她要做什麼?」

「那她到底在哪兒?」葉池的聲音有些激動。

獅掌用尾巴碰碰松鴉掌的肩膀,「你能不能問問星族?」

松鴉掌的毛倒豎著,幾乎好像是被激怒地說:「不能。」

葉池哼了一聲,踱步走向洞穴後方。

獅掌皺著眉頭,「怎麼了?你為什麼不問呢?」他追問著。

「我只是還沒有機會問。」松鴉掌又舔了一些橡樹葉敷在亮心的尾巴上。

獅掌看著他的弟弟,充滿挫折感。「那妳有機會問嗎?」他轉向葉池問道。

葉池滿口蜘蛛網盪在嘴邊,走到溪兒身旁。她把蜘蛛網放在暴毛的掌上,「不是隨時想和祖靈說話都可以,」她解釋著,「如果戰士祖先有話要告訴我們,祂們會有辦法的。」

難道他們就只能這樣?坐著等?獅掌收縮著爪子。

「我拿些東西給你敷耳朵。」葉池走到後面去拿她存放的藥草。

「我今晚會問問看。」松鴉掌低聲的跟他說。獅掌這下更困惑了,他們師徒倆怎麼了?難道松鴉掌不想讓葉池聽到?

「這會有幫助的。」葉池拿了一包葉子裹起來的藥膏,「你可以自己敷嗎?松鴉掌和我要去看看巡邏隊的其他夥伴。」她走出巫醫窩,松鴉掌也跟著出去。

「需要幫忙嗎?」亮心已經打開葉子,腳掌沾著藥膏,「冬青掌一定會出現的。」她安撫著他,一邊把藥塗抹在獅掌的耳朵。

刺痛感讓獅掌縮了一下，「松鴉掌會找到她的，」他充滿希望的喵嗚著。此時一陣疲倦感又襲上來。他夜遊隧道，然後又緊接著加入戰局，他的最後一絲力氣已經用盡。他避開了亮心，「我想這樣就夠了。」

「好，」亮心的腳掌在胸前抹了一下，然後轉向暴毛，「還在流血嗎？」

「我想已經止血了。」

獅掌走出洞穴，他的腳掌像泥土一樣沉重，他等不及要倒頭就睡。這時又有一絲憂慮襲上心頭。戰士是要永遠處在備戰狀態，要是他今天累到無法作戰的話，那不是很糟嗎？

「獅掌！」灰毛跑向他。

獅掌的心一沉，但他抽動著頰鬚，想讓自己看起來有精神。「你要我去打獵嗎？」他問。

「不，」灰毛在他身旁停住。「你看起來累壞了，去睡吧！你顯然需要再加油。」

獅掌僵在那裡，他導師的話裡有警告意味。難道灰毛看出他的疲倦是另有原因的。

獅掌的心在胸口撞擊著。「我保證我以後會保持在備戰狀態的，」他說，「我要成為雷族有史以來最棒的戰士！真的！」

灰毛的頰鬚抽動著，「我相信你會的。」

⚡⚡⚡

獅掌聞到老鼠的味道，溫熱又美味。他睜開眼睛，一塊鮮肉放在他床鋪的青苔上。

蜜掌站在一旁，「我想你可能會餓。」

獅掌伸展他的四肢，伸到微微顫抖，「已經很晚了嗎？」

「黃昏巡邏隊才剛出發，」蜜掌說，「這是他們帶回來的。」她用腳掌碰了一下老鼠。

「小貓和長老們吃過了嗎？」獅掌問。

「當然。榛掌說你教訓了風掌，」蜜掌的眼光閃爍著，「結果他逃回溪邊了。」

獅掌站了起來。「是啊！」回想起當時的情況，心頭激動起來。「我想風族見習生會有好一陣子不敢再越界狩獵了。」然而一陣寒意襲上他的背脊，如果和兔掌一起出來狩獵的是石楠掌而不是風掌呢？

「獅掌？」蜜掌看著他，「你還好吧？」

獅掌顫抖著，「只是累了。」他喵嗚著假裝打呵欠。

「好吧。」蜜掌聳聳肩，「我們在半邊岩，如果你想過來的話——」她走出見習生窩。

獅掌吞下老鼠，然後走向廣場，加入他們一起聊天，冬青掌不在的感覺特別強烈，他焦躁的希望其他的見習生都趕快上床睡覺。他望著月亮在天空緩緩移動。石楠掌一定在等他了。

莓掌和榛掌是最後進窩的，他們灰色和白色的毛皮在黑暗中若隱若現。當他們完全消失時，獅掌立刻走向往沙堆的通道。轉頭確定廣場上是空的，然後溜出營地。

當他到達隧道口時，夜晚的寒氣刺痛著他的耳朵。他走進去，和往常一樣，詭異的感覺緊抓著他的肚子。但這一次更糟，他要做一件很困難的事，但他沒有其他辦法。不管有多痛苦……他推開那些負面的想法，繼續沿著迂迴的隧道走，石楠掌已經在那裡了。她立刻迎向他，用鼻尖摩擦他的臉頰。她聞起來暖暖的充滿睡意，好像剛剛才睡醒。

「你的耳朵！」她看著那被凝結的血塊包覆的傷口。

「還好啦。」獅掌喵嗚著。

「你只有這個傷口嗎？」她的眼睛在微光中閃著一絲憂慮，「風掌說他抓傷你！」

獅掌倒退了一步，她該關心的是她的族貓，而不是他。他更確信他所要做的事是對的。

石楠掌的頭側向一邊，「怎麼了？」她感覺到他的罪惡感嗎？

獅掌看著她，「我們不能再碰面了。」

石楠掌瞪大了眼睛，「什麼意思？」

「我們就是不能。」

「但是我們不是很快樂嗎？為什麼要停呢？我們又沒有傷害到誰。」她激動得尖聲叫道。

「石楠掌，我覺得妳很棒。」獅掌低頭看著腳掌，為什麼她要讓這件事變得這麼難呢？

「但是妳要在自己的貓族裡另找對象。我要成為最好的戰士，如果我每晚都在這裡，我就沒辦法做到。」

石楠掌好像被打了一巴掌，倒退一步。「用不著每晚。」她的喵嗚聲小到幾乎聽不見。

這不是多久見一次面的問題！我根本不該在這裡！「在今天的戰鬥中，我一直留心注意妳有沒有在裡面。」獅掌接著說「如果妳也在裡面怎麼辦？」

「你可以和風掌或兔掌或誰打——」

「戰爭不是那麼簡單，妳知道的！」**她必須了解！**「我沒得挑，無法選。我必須保衛我的族貓，我不能老是擔心妳。」看到她眼中泛著悲傷的淚光，獅掌的心痛得糾結在一起。

「那麼，就這樣嗎？」她喵嗚著。

「對！」他不能讓她看出他幾乎就要改變心意的樣子，同意每個月見一次面、或許兩次、或三次……，這是他必須斷然做到的事。

她的眼中燃起怒火，「很好！」她怒嗆並轉身朝隧道離去。隱沒於幽暗之前，她回眸一望，痛苦的眼神在黑暗中閃爍著，「我希望你為了成為戰士所付出的代價是值得的！」

第十六章

冬青掌扭動著身體擠向柳掌，想睡得舒服些。這床鋪的青苔給一隻貓睡都嫌不夠，更何況是兩隻。而且湖水不斷的拍打著岩岸，柳掌怎麼有辦法睡得這麼熟呢？

大雨灑落在湖區，懸岩上滴落下來的雨水，在地上形成一個個小水窪。從洞口望出去，冬青掌看到那跨水岩石步道，黑暗中顯得光滑平整。她試著眺望遠方的雷族沿岸，但是天色昏暗，在這破曉前多雲的天空中，她只約略看到遠處森林的輪廓。

她已經在河族營地兩天，豹星仍然堅持現在讓她回家不安全。但是大家都心知肚明，把她拘留在島上，是為了不讓她把河族的弱點洩漏出去。她輾轉反側，肚子餓得咕嚕咕嚕叫。

「妳能不能不要這樣動來動去？」柳掌睡意濃濃的輕嘆一聲。

「對不起。」冬青掌的內心痛苦煎熬，她離家這麼遠。

柳掌聽出朋友語氣中的悲傷。她起身伸展四肢，微曦中，她流露出同情的眼神，「妳很快就可以回去了！」她保證著。

「多快？」

「水蘮可能再四分之一個月就可以完成，」柳掌說，「那時候我們就可以搬回舊營地，我相信豹星一定會組一個巡邏隊送妳回去的。」

四分之一個月！她不能待這麼久！「但是我的部族怎麼辦？」

「我知道他們會擔心，」柳掌感同身受，「但是想想他們看到妳回去時會很高興的。」

而且很憤怒。冬青掌一想到棘爪生氣的毛髮倒豎，和松鼠飛不悅的銳利眼光，她的心就沉到谷底。

「妳什麼都不會說，對吧？」柳掌說，「妳不會告訴他們有關小島和兩腳獸的事吧？」

「如果妳不希望我說，我是不會說的。」冬青掌猜得出來為什麼柳掌這麼怕讓外族知道他們的困擾。就算他們這麼的努力設法拯救營地，要重整家園至少也得花上一個月的時間。

「妳答應囉？」

「我答應妳！」

「每件事都會很快恢復正常的。」柳掌嘆了一口氣。

「是啊。」冬青掌感覺到那句話梗在她的喉嚨。**每件事都會很快恢復正常的**。她不確定，一旦河族的麻煩解決了，貓族之間的對立是不是可以就此和緩下來。

現在的情況是，年輕一輩的貓在長期的和平之後蠢蠢欲動；而老一輩的貓也開始緬懷過去的光榮戰績。她想起她和河族一起面對風族巡邏隊的情景，他們充滿侵略性的張牙舞爪，根本不想理會河族的解釋。這樣對戰爭的渴望，難道會像晨霧一般，太陽出來就消失？

雲層後曙光漸亮，跨水步道的另一邊有貓群騷動著。冬青掌看到樹林中有熟悉的身影穿梭其間，好像是來自她的族貓。灰霧正帶著小噴嚏和小錦葵到岸邊喝水。苔皮正領著櫸毛和卵石掌走過樹橋，**多麼小的一組黎明巡邏隊！**冬青掌知道大部分的戰士主力都轉移到修復工作上。

霧足從樹林走出來，越過跨水步道，嘴裡銜著一條小魚。她把魚放在懸岩底下的小水窪。蛾翅聽到水花濺起的聲音，她抬起頭看並伸伸懶腰，打個呵欠說：「霧足，謝謝！」

冬青掌知道讓河族副族長送食物到巫醫窩並不尋常。她明白霧足是要來查看冬青掌有沒有趁著暗夜脫逃。但她還是很感激霧足用這種委婉的方式進行。

「食物不多，」霧足說，「但足夠維持一整天。」

冬青掌的肚子咕嚕咕嚕地叫。**一整天！**這裡的食物這麼缺乏，有些戰士可能還餓著肚子上床，她吃得到東西算是幸運了。雖然她非常感激河族為她這個不速之客準備食物，但是她還是不習慣魚的那股怪味，她還是渴望著森林中的野味。

「有入侵者！」苔皮在樹橋那邊大叫。

灰霧立即把她的孩子聚攏到廣場上，冬青掌嗅了一嗅空氣中的味道。

是雷族貓！

她充滿希望地從雨中望去，黎明巡邏隊在遠處的岸邊圍住了一隻貓。**松鼠飛！**她認出了母親的毛色。那股興奮之情就像小時候期待母親，看到母親巡邏完回到育兒室一樣。

「妳最好跟我一起來。」霧足怒吼著，她轉身走上跨水步道，冬青掌跟在後頭跳上去，她強迫著自己不要越過河族副族長。她雀躍的腳步充滿活力，上了小島後跟著霧足走到廣場。

卵石掌從矮樹叢裡跳出來，「她是要來帶走冬青掌的！」

在他的身後，羊齒叢窸窣作響，松鼠飛鎮定地走到廣場，兩側跟著苔皮和櫸毛。冬青掌警覺到松鼠飛是獨自來的。豹星會讓她們一起離開嗎？她緊張的朝大橡樹望去，豹星從她在樹根間暫居的窩裡出來。河族族長盯著松鼠飛看；冬青掌看到她閃爍著捉摸不定的眼神，背脊上金色的毛髮豎立著。

「豹星。」松鼠飛在河族族長面前停下來，點頭致意。「我要來帶走我們的一名見習生。」冬青掌恨不得立刻衝向前去，和母親摩擦鼻尖，但松鼠飛連看都沒有看她一眼。她平靜地看著豹星，「我相信她就是在你們這裡走失的。」

「走失！」豹星不可置信地瞪大眼睛，「她是來刺探的。」

冬青掌的耳朵一陣灼熱，「我只是想幫忙！」衝口而出的話，想收回已經來不及了。

松鼠飛轉頭看了她一眼。冬青掌縮了回去。

廣場四周河族的貓群都在看，個個肌肉緊繃、尾巴抽動著。

「豹星，她只是個見習生。」松鼠飛說，「因為缺乏經驗，無法做出明智的判斷，我保證她會因為違反戰士守則而受罰。只是雷族絕對不容許讓她滯留在這裡。」她的語氣堅定，表面上的禮貌像帶上面具般的無言威脅。雷族真的會為了她發動戰爭嗎？冬青掌緊張地收縮爪子，她不敢相信她竟然鬧得要以戰爭收場。

豹星在松鼠飛的眼光注視下，肩膀僵硬。

她會讓我走嗎？冬青掌的心飛快的跳著。

豹星轉頭看著她，「我能信任妳今後會做出明智的判斷嗎？」

她在示意要我守住口風。「可以！」冬青掌點點頭。「我犯下錯誤來到這裡，但我不會再讓我的舉動對誰造成任何傷害。」

豹星慢慢的眨眨眼睛，「這樣的話，妳就回家吧。」

「謝謝。」冬青掌終於鬆了一口氣。

廣場四周，不安的貓叫聲像漣漪般在河族擴散開來。

「豹星，謝謝妳。」松鼠飛說，「我代表雷族致歉。」冬青掌慚愧地縮在一邊，松鼠飛抽動著尾巴，顯然很生氣。冬青掌走向她身邊，低頭看著腳掌。像隻闖禍的頑皮小貓被抓回去，是多麼難堪的一件事啊。

松鼠飛點頭致意後，轉身朝羊齒叢走去。

「等等！」豹星彈了一下尾巴，「苔皮和櫸毛陪你們到邊界。」

松鼠飛回頭看了一眼，瞇著眼睛，警戒地點點頭。

突然有一陣腳步聲從廣場另一邊傳來。是柳掌正快步的走向她們。「再見。」

她用鼻尖輕觸著冬青掌的臉頰，「答應我什麼都不要說。」她低聲的說。

「我答應妳。」冬青掌也小聲的回答。

柳掌後退，尷尬地看了一眼那些正盯著她看的族貓。灰霧撇著嘴；鼠牙不以為然地壓平耳朵。苔皮領著他們走進矮樹叢，松鼠飛趕在冬青掌前頭，而櫸毛殿後。他們走上了樹橋。

冬青掌想告訴母親，她看到她有多高興，但是在河族的護衛之下，總覺得不方便說出口，她忍住不說，直到他們到達風族邊界。松鼠飛在這一路上也沒有看她，只有在跳下樹橋時，查看她是否安全沒有絆倒；和走在岸邊時，引導著她遠離拍打的海浪。

「我真的很抱歉！」在河族貓走遠之後，冬青掌立刻脫口而出。

松鼠飛的眼神陰鬱。「不准再做出這種事！」她嘶叫著。

「我不會的。」冬青掌柔順的回答。

松鼠飛領著她沿著湖岸走，與湖水保持約有兩條尾巴的距離。「我真的了解。」她說著。

冬青掌豎起耳朵。

「我了解有朋友在外族的感覺。」松鼠飛的眼光注視著前方，「感覺好像有種比妳本族更強的力量，召喚著妳遠離家園。」

她一定是在講大遷徙。

「但是，」松鼠飛看著她，「想要幫助河族是個愚蠢的想法。妳認為靠自己就可以解決貓族之間的各種問題，是非常不自量力的。」

不自量力！冬青掌有種受傷的感覺，她不是像她講的那樣。

「火星已經告訴過妳，雷族不打算干預其中。他比較年長、也比較有智慧，妳應該要聽他的話。妳違反了戰士守則，沒有聽從他的命令，替族貓帶來危機。」

冬青掌想為自己辯解，但一時卻又說不出來。她無法讓族貓了解，她只是想阻止戰爭。

「妳不在的時候，我們忙著把風族巡邏隊趕出我們的領土。」松鼠飛繼續說。

冬青掌眨眨眼睛，「他們想入侵嗎？」

「還沒。」松鼠飛朝沼澤地望去，「但他們追松鼠追到越界，還宣稱那是他們的獵物。」

「在我們的領土上？」冬青掌幾乎不敢相信自己的耳朵。

「妳弟弟有幫忙擊退他們。」

冬青掌嚇得毛髮倒豎，「他還好吧？」

「只是耳朵上有些抓傷，」松鼠飛的頰鬚抽動著，「我想他因此而非常引以為榮。」

「真希望我當時也在場。」

「妳是應該在場的，」松鼠飛說，「妳的族貓在這時候非常需要妳。」

冬青掌想起她差點就與河族並肩作戰，和風族巡邏隊對打起來。愧疚感啃食著她的內心，她應該和自己的族貓一起對抗他們才對。

「現在空氣中瀰漫著一股戰爭的氣息。」松鼠飛繼續說。

「但是河族並沒有入侵風族的打算！」她並沒有為河族的困擾多做解釋，因為她已經答應柳掌和豹星了。但她還是要盡力阻止貓族之間不必要的爭戰。

「河族決定要做什麼、或不做什麼，都和我們沒有關係。」松鼠飛說，「我們要做的事是保衛我們的疆土。」

妳怎麼這麼短視近利呢?冬青掌並沒有說出口。

松鼠飛停頓一下，看著她。「我知道妳覺得妳做的事是對的，但妳只是個見習生，妳怎麼有可能會了解？妳的責任就是聽和學，把其他的事留給戰士決定。」

一股厭惡感由腳底竄起。為什麼身為一名見習生，就表示她的意見全不算數呢？她壓低視線隱藏著她的憤怒。

松鼠飛認為她已經順服。「很好。」她繼續趕路。邊界近在眼前，冬青掌這才覺得安心。

這時她才突然驚訝地想起，「妳怎麼知道我在河族那邊？」

「松鴉掌夢到的。」松鼠飛淡淡的回答。她似乎對兒子超乎尋常的能力習以為常，反正松鴉掌就是個巫醫啊！冬青掌非常以他弟弟為榮，但她還是有些惴惴不安。有這種能力是什麼感覺？如果他知道她在哪裡，那他是不是也知道河族營地發生的事情？就算她跟火星隻字不提，松鴉掌難道也不會說嗎？

當冬青掌跟著松鼠飛走進廣場時，營地突然安靜下來。

冬青掌聽到亮心跟栗尾竊竊私語，「她回來了！」

溪兒停止梳洗，抬起頭看。「很高興看到妳平安歸來。」

暴毛對她點點頭，什麼話也沒說。塵皮和刺爪只是看了她一眼，然後再繼續他們的低聲交談。冬青掌知道她麻煩大了。

「冬青掌！」獅掌從見習生窩裡跑出來，他的眼睛炯炯有神，好像睡得很飽。他繞著她打轉，咕噥著說：「妳聞起來像隻魚！」

松鴉掌從巫醫窩裡走出來，眨一眨眼。他那雙藍色盲眼直盯著她，冬青掌又再次有種不安的感覺，覺得他看得到她，即使冬青掌知道他其實看不到。

「妳要先去找火星。」松鼠飛告訴她。

冬青掌顫抖著攀爬石堆上擎天架，她的母親在背後看著她。緊張得心臟怦怦直跳，她走進火星的洞穴。蕨毛在族長旁邊等著，「歡迎妳回來。」他露齒笑著。

火星瞇著眼說：「在這多事之秋，妳引起許多不必要的擔憂，讓族貓疲於應付。」

「我只是想──」

火星打斷她的話，「我不想聽藉口，妳違反戰士守則，我明白地告訴妳別管河族的事，但妳偏偏不聽。妳在部族最需要戰士和見習生的時候，棄之不顧。」

「但是我已經找到不必和風族作戰的理由！」

「是什麼？」

冬青掌用爪子抓著岩石地面，「我不能說。」

「不能說？」

「我要信守承諾。」冬青掌的尾巴不高興地抽動著。「你要相信我，沒有打仗的必要！」

火星的尾巴拍打著地面，「妳真的要我根據那個理由為族貓做決定？」

冬青掌張開嘴，但她能說什麼呢？

「妳要被禁足在營地裡，」火星繼續說，「也許要更久，但我們現在不能讓妳閒著。自從與風族發生事端後，巡邏隊出任務的次數就增加了，而妳應該是其中一員。但是現在要妳負責照顧長老一個月，妳要確定他們有吃飽、為他們換乾淨的床鋪。別想要其他族貓幫妳忙，這是妳的責任。」

冬青掌點點頭。她對豹星的承諾梗在喉嚨，但她還是決定要保密。她不想讓所有貓都說她不守信用。至少河族並沒有當她是一隻笨貓——只認為她是間諜。「就這樣嗎？」她嘀咕著。

火星彈一下尾巴，「妳現在就可以開始了。鼠毛和長尾一定很高興有乾淨的床。」

「好的。」冬青掌轉身走出洞穴。為什麼火星不能對她多點信任呢？就因為她跑去河族那裡嗎？連貓族族長們的眼光也只到他們的鬍鬚那麼遠。好，就由他們吧！她現在要做的就是工作，閉上嘴巴。她生氣地跳下石堆，跺著腳走向葉池的窩穴。

她把頭伸進入口的荊棘垂簾，「我可以拿些新鮮乾淨的床墊去長老窩嗎？」

葉池正在幫煤掌的腿拆下蜘蛛網。

「冬青掌！」煤掌喵嗚叫著，「松鴉掌的夢是對的！」

「當然是對的！」松鴉掌在洞穴後方整理藥草。他轉向冬青掌，「我想火星是不是指派什麼麻煩的差事讓妳做上一個月啊？」

「還好啦。」冬青掌的頰鬚抽動著，真高興又聽到松鴉掌愛生氣的聲音。「謝謝你讓松鼠飛來找我。」

「沒什麼。」松鴉掌聳聳肩，然後繼續做他的工作。

葉池不安的眼神看著她，「我很高興妳平安歸來。」

「對不起，讓大家操心了。」冬青掌回答。

「別再那樣做。」葉池的聲音突然變得嚴厲。

冬青掌豎起毛髮，**妳的語氣還真像母親！**她已經受夠指責了。「青苔？」她又再問一次。

葉池把尾巴指向一疊放在洞穴旁邊的青苔。「自己動手吧！」

冬青掌拿了最大的一塊走向長老窩，她想還有更糟的處罰等著她吧。

「是真的嗎？」鼠毛讓開位置讓冬青掌整理床鋪。「妳和河族在一起？」

「是的。」

鼠毛皺著鼻子，「我絕對無法接受魚的味道，太多水了。」

冬青掌把那塊乾的青苔拉出來丟到入口。

鼠毛瞇起眼睛，「對一個剛經歷一場大冒險的見習生來說，妳太安靜了一點。」

「說話有什麼用？」冬青掌又丟出一塊青苔。「沒貓要聽一個見習生說的話。」

「火星對妳很兇嗎？」長尾同情地說。

「沒有。」

鼠毛彈一下尾巴，「生氣是沒有用的。」她嚴厲地說，「妳違反了戰士守則，難道妳認為大家應該把妳當成英雄一樣的歡迎妳歸來。」

「不是！」冬青掌看著她，「但是至少我想幫忙，而大家卻只想打仗！」

「我們必須捍衛我們的邊界。」長尾直接點出。

「如果貓族之間有對話，或許根本用不著捍衛邊界。」

「對話？」長尾的眼睛驚訝地睜大，「我們是戰士！我們用尖牙和利爪打仗，而不是講話！」

「等一下，」鼠毛靠向冬青掌，「為什麼妳認為對話有用？風族已經擺明要偷我們的獵物。他們越過邊界一次，下次就會來偷我們的領土。」

「為什麼妳認為他們要偷我們的領土？」冬青掌繼續追問。

「因為河族要偷他們的領土啊！」長尾說。

冬青掌甩甩一下尾巴，「你確定？」

「當然！他們失去了領土！」長尾堅持地說，「他們一定得另覓新土地。」

他們沒有失去領土！冬青掌真希望當初沒有答應河族要守口如瓶，「大家都太快下定結論！」她回嘴道，「我們什麼事都不確定，風族也是什麼事都不確定。我們都在猜測！結果我們打的可能是一場不必要的戰爭！」

鼠毛皺著眉頭，「妳真的以為對話可以阻止這場戰爭？」她若有所思地說。

冬青掌感到一線希望，她熱切地看著鼠毛，「妳能讓火星再考慮一下嗎？」

鼠毛沒有直接回答，「妳最好再拿些青苔。」她開始忙著把冬青掌帶來的那些床鋪鋪平，「我們還需要多一點。」

冬青掌閉上眼睛享受滿口鼠肉的美妙滋味。她咬著骨頭，終於有值得細細咀嚼的東西了。她躺在半邊石旁邊，和罌掌、蜜掌在一起。新葉季的陽光曬得她皮毛暖暖的，這是她幾天以來第一次拋開戰爭的憂慮，好好享用這熟悉的口味。

「所以，河族是什麼樣子？」罌掌漫不經心的在掌中把玩一隻剛捕獲的麻雀。

「長老愛生氣，戰士愛管事，而小貓很討厭，」冬青掌回答著。「跟我們很像。」

罌掌咕噥的說，「別讓蕨毛聽到，」她警告著，「妳的麻煩已經夠多啦。」

「看！」蜜掌坐起身，望向巫醫窩。葉池正領著煤掌慢慢地走到廣場。

煤掌一跛一跛的走，受傷的腿幾乎都沒碰到地，但是燈心草和蜘蛛網都拿掉了。她的腿看起來瘦瘦的，因為長時間的包紮，使得毛緊緊的貼在皮膚上，但是眼睛卻興奮得閃閃發亮。

「冬青掌！」葉池從廣場的一邊喊著。

冬青掌一躍而起，吞下最後一口鼠肉，趕過去和煤掌打招呼。她用尾巴彈向朋友的耳朵。「妳好多了！」

「還沒完全好，」葉池警告著，這巫醫眼中帶著一絲憂慮。「但是她在洞穴裡坐立不安，我想還是讓她出來呼吸些新鮮空氣比較好。」

「我們可以去森林裡嗎？」煤掌喵嗚著。

「不行！」葉池的毛髮豎立，看著冬青掌。「我想妳可以幫助她做一些緩和的運動。」她特意強調那兩個字。

「當然好啊！」冬青掌的腳掌搓揉著地面。

「只能待在廣場，」葉池下命令，然後看著煤掌，「要小心！」然後走回巫醫窩。

「她像一隻破皮流血的獾！」冬青掌在葉池背後小聲的說著。

「對啊！」煤掌咕噥著，「她太擔心了，以為如果我呼吸得太用力，就會一輩子殘廢。」

冬青掌聞聞煤掌的腿，有濃濃的聚合草味道。「現在的感覺怎麼樣？」

「僵硬，又有點脆弱。」煤掌喵嗚著，「但已經不會痛了，我只要小心一點就好。」

「妳可以用點力嗎？」

煤掌慢慢的把腳掌放在地上，剛開始小縮一下，然後表情逐漸放鬆。「還不錯。」她小心翼翼的向前走到廣場中間。她伸展著前腿，讓胸口壓低靠近地面。「可以再出來外面真好。」

冬青掌跑到金銀花附近，她清理完長老窩之後，留了一堆青苔在那裡。她用牙齒撕了一塊，滾成球狀。

「妳還能接球嗎？」她把球丟過廣場，心裡有些不安。如果煤掌伸展接球的話，她的後腿能承受這樣的拉扯嗎？

煤掌讓球在她前面落地，然後用爪子把球勾起來，「不行啦！如果妳再繼續丟這樣的壞球的話。」她回完話，把球再丟回給冬青掌。

冬青掌跳起來把球拍回去。這次煤掌舉起前掌，另外三隻腿支撐著，用牙齒接住那顆球。

「接得好！」冬青掌跑向她的朋友。

「我在洞穴裡和松鴉掌練習過。」煤掌說完把球放在腳邊。

「他會跟妳玩？」冬青掌很驚訝，松鴉掌在巫醫窩的時候，似乎總是很嚴肅。

「有時候，」煤掌告訴她，「但只是為了能讓我安靜下來。」她看著地面，「其實，我想他並不喜歡有我在身邊。」

「胡說！」冬青掌喵嗚著，「巫醫怎麼會討厭他的病患呢？」她撞了一下她的肩膀。但她可以料想到松鴉掌和煤掌在一起時是多麼的愛生氣。但願他能從葉池那裡學點溫柔和慈悲。

「我們也可以玩嗎？」小狐和小冰從育兒室衝出來。

小狐從煤掌那裡把球搶走。他毛茸茸的身體在午後陽光的照射下像是秋天的葉子。小冰攔截他，並把球踢走。小狐緊追在後，「我先拿到的！」他把她推倒，兩隻貓在地上翻滾。

冬青掌衝到那團橘色和白色相間的扭動毛球後面，撿起青苔球。「你們兩個都拿不到。」她一丟，球越過他們，煤掌伸出前掌把球接住。

「身材矮小就是這點麻煩，連刺蝟都比你們大。」煤掌捉弄著他們，「你們只抓得到蟲！」她又把球丟過小貓的頭頂，讓冬青掌接住。

小冰和小狐向空中彈跳著，想要攔住那顆飛過頭上的球。

「你們得再跳得更高一點！」冬青掌叫著。

「不用，因為你沒法兒丟了！」小狐衝向冬青掌，撲到背上亂抓亂竄，讓她搖搖晃晃的。

小冰從她掌中把球攫走，「想偷我們的獵物！」她嘶吼著。

小狐把爪子刺進冬青掌的毛皮，「小偷！」

「她一定是風族的戰士！」小冰喊著，撇下青苔球，撲向冬青掌。「攻擊！」

「救命啊！」冬青掌假裝害怕得大叫，和兩隻小貓扭打格鬥。雖然是在玩，仍讓她不寒而慄。即使是小貓也準備好要打仗，戰爭似乎就像待在陰暗中的狐狸，蠢蠢欲動、一觸即發。

第十七章

松鴉掌將床鋪底下的青苔弄得鬆軟，好讓自己舒服地躺下來睡覺。煤掌已經在打呼，和冬青掌玩的遊戲，讓她筋疲力盡。她很快就會搬回見習生窩了，巫醫窩就會恢復以往的平靜。**很好**。

松鴉掌聽見水聲，葉池正把一塊青苔浸在水池裡，準備要放在煤掌的床邊，如果她夜裡醒來口渴的話可以用。「我想我們明天應該去兩腳獸的老窩旁邊看看貓薄荷長得怎麼樣。」

「我們要去摘些回來嗎？」

「還不用。」葉池拖著腳步，把滴著水的青苔拿到煤掌床邊。「我只是想知道今年能不能有個大豐收。」

「今年的雨量很充沛。」松鴉掌把鼻子靠在兩掌之間，閉上眼睛，「晚安。」

「好好的睡吧。」葉池的床發出清脆的聲響，她爬上床而且開始梳洗，她舌頭發出的平穩舔毛聲，讓松鴉掌昏昏欲睡。

「葉池？」

火星的叫聲把他驚醒，雷族族長穿過荊棘垂簾進來，松鴉掌抬起頭，立即機警的感應來者潛藏在心底的情緒。

惴惴不安。

葉池從床鋪上一躍而起，「什麼事？」

「這件事跟你們兩個有關。」火星說道。

松鴉掌這時也起身，用不著再假裝沒有在聽。

「發生什麼事？」葉池焦慮的問。

火星來回踱步，「我要你們兩個明天到風族走一趟。」

「風族？」葉池回應，「你要我們跟吠臉說什麼嗎？」

「不，」火星小心地說出：「是一星。」

「為什麼是我們？」

「只有你們能走這一趟。如果我派戰士去，他們會視為是一種威脅。」

「你要我們跟他說什麼？」葉池很困惑。

「我要你們看看風族有沒有什麼事。」

是刺探的任務！松鴉掌感到一陣興奮，**他要我們找出他們的弱點。**但是好像不太對，火星的心裡毫無計謀，只是一片坦蕩蕩的焦慮。

「我剛和鼠毛談過，」火星解釋道，「她似乎認為冬青掌的話有道理，現在大家繪聲繪影說的戰爭，恐怕是出自於流言和臆測。我要你們去看看河族是不是真的已經入侵風族了。」

松鴉掌眨眨眼睛，「這有什麼差別呢？」

「如果真的要和風族打仗的話，我希望有正當的理由。」火星回答。

葉池的尾巴甩著地面，「但是他們越界，難道這個理由不夠充分？」

「沒錯，」火星怒吼著，「但從現在起，我們要禁止他們越雷池一步。」

「他們已經越界一次，而且還全身而退。」松鴉掌插嘴說著，不管葉池發出嘶嘶的警告聲。她認為見習生不該跟族長這樣說話。

「那或許是個無心之過，」松鴉掌感覺到從火星綠色眼睛裡所傳出的溫暖，「誤闖他族領土的並非只有他們的見習生。」

他的意思是說冬青掌。

火星繼續說：「如果風族入侵我們，是因為河族已經侵占他們領土的話，是可以理解的；但如果一星只是因為害怕河族入侵，而發動攻擊的話呢？那大家就會因為不必要的理由，造成無謂的傷害。」

「我不明白你認為我們可以做什麼。」葉池用力地撥弄著地面。「如果我們發現河族還沒入侵，你要我們要求一星不要發動戰爭？那不是會讓我們看起來很軟弱嗎？」

火星愣了一下。「妳必須清楚的表達，必要時我們也不惜一戰。」他繼續說，「如果勢不可免，我不惜一戰，而不是基於無謂的恐懼就大動干戈。」

「但你還是要我們說服一星不要攻擊我們，除非他別無選擇？」葉池緊接著說：「這樣我們看起來不是像懦夫嗎？」

火星燃起一陣怒火，「我們不是懦夫，」他怒斥，「但有必要用無謂的戰爭來證明嗎？」

明亮的早晨帶著些許寒意。陽光從山谷上方照射下來，在林間若隱若現，但松鴉掌聞出風中有山雨欲來的味道。他在入口等著火星對巡邏隊下最後的指令，棘爪和塵皮要護送他們到風族邊界，並且在那裡等著他們回來。

松鴉掌可以感覺到導師的心頭蒙著一層懷疑的陰影。「你準備好了嗎？」葉池問道。

「好了。」松鴉掌的尾巴興奮的抽動著，身為巫醫的他總算有除了採藥和照顧病貓以外的工作可做，貓族的未來可能就要看他和葉池找到什麼來決定。

將有三隻貓兒，你至親的至親，星權在握。

「那就出發囉。」棘爪帶頭穿過荊棘通道，葉池和松鴉掌一前一後的跟著，塵皮走在最後。他感覺到身後暗棕色戰士內心的不確定感，塵皮認為火星太性急了，太早讓風族知道他們希望避免戰爭；而棘爪的心思太難解讀了，一下子籠罩著疑慮，一下子又充滿希望。

巡邏隊一句話也沒說的走上山脊，又走向下坡延伸到風族領土的開闊沼澤地。當他們到達邊境時，塵皮第一個打破沉默，「我們就只要坐在這裡等風族的巡邏隊來問我們是否需要幫忙，這樣嗎？」他尖酸的說著。

「是的。」棘爪怒吼著。

塵皮焦躁的來回踱步，在矮樹叢間不斷的做記號，他強烈的不滿情緒讓松鴉掌毛髮倒豎。在這裡等待風族的允許，才能繼續往前行進，這是多麼丟臉的事啊！

「或許松鴉掌和我應該先行前往，如果我們有事要跟吠臉說，都是這麼做。」葉池建議。

松鴉掌點點頭，他們是巫醫，大可利用他們能夠自由進出的特權。

「不行。」棘爪的聲音是那麼斬釘截鐵。「你們此行的目地主要不是去跟吠臉講話，沒預先告知就進去是不行的。尤其是在我們雙方的巡邏隊有過衝突之後，更要小心。我的任務是要確保你們的安全。」他的毛摩擦著草地坐下來，「我們要等待。」

松鴉掌嗅了嗅空氣。太陽光溫暖了大地，他聞到了石楠發芽和小兔子的味道。突然間他全身僵硬：風中傳來一股麝香的味道，「風族貓來了。」他認出是兔掌和裂耳的氣味，另外還有兩隻貓，味道很熟悉，但叫不出他們的名字。

「是夜雲。」

松鴉掌感覺到葉池一認出風族母貓後，情緒立刻緊繃起來。夜雲是鴉羽的伴侶，松鴉掌知道他的導師和夜雲之間一定有什麼過節。他從前就感覺到她們之間那種不尋常的氣氛，但不曉得那是什麼。他探索著葉池的內心，驚訝地發現，**難道是嫉妒？**

「裂耳、兔掌、鴞鬚，跟她在一起。」塵皮喃喃自語，「還不錯嘛，不過如果裂耳還躺在床上的話更好。」塵皮的毛防衛性的蓬起，弄得松鴉掌身體癢癢的。

「放輕鬆，」棘爪命令，「不要讓他們認為我們有任何侵略性。」

「因為我們在乞求他們幫忙。」塵皮沒好氣地嘀咕著。

「安靜！」棘爪低聲嘶叫著，然後提高嗓門喊：「裂耳！」

當風族貓看見雷族巡邏隊的時候，松鴉掌感覺到周遭的空氣就像要爆裂一樣，他神經緊繃著，並感到非常害怕。

「你們想要做什麼？」裂耳質問。

風族巡邏隊身上的毛掠過石楠叢，一步步地逼近。松鴉掌感覺到棘爪挺起肩膀面對風族，「葉池和松鴉掌有話跟一星講。」棘爪的聲音鎮靜，不卑不亢。

裂耳驚訝地問：「為什麼？」

「他們想和一星說話。」棘爪又重複一次。

松鴉掌感覺到風族貓內心有疑慮，他猜他們一定在彼此交換眼神，不知如何回應。他們可以拒絕巫醫嗎？

「只有葉池和松鴉掌嗎？」鴞鬚吼著。

「我們會在這裡等他們。」棘爪向他保證。

頓時一片寂靜，像伺機而降的老鷹，在空中盤旋。

「那麼鴞鬚和兔掌會在這裡和你們一起等。」裂耳慢慢地說。

他要讓我們越過邊界了！松鴉掌的爪子抓著草地，希望快點進去。

「我能信任你，讓他們安全往返嗎？」棘爪問。

裂耳哼了一聲，「當然可以！」

「葉池，」棘爪說，「如果妳在正午的時候還沒回來，我會帶一組巡邏隊去找妳。」他的語氣中有對風族濃濃的警告意味。

「她會回來的。」裂耳怒吼著。

一過邊界，松鴉掌就聽見葉池的毛拂掠過石楠叢的聲音。他快步的跟在後面，緊靠著她。這是一場令他興奮的風族營地之旅，但頃刻間，他發現他們是那麼脆弱毫無防禦能力。這時雲層遮住陽光，他感到一陣寒意。

「抬頭挺胸！」葉池低聲說，她的身體一路上都靠著他，在這不熟悉的土地上引領著他。松鴉掌只有在葉池來不及警告他地上有蔓生的金雀花樹枝時，絆倒過一次。

很快的他聞到荊棘和更強烈的風族氣味。當地面往下降的時候他感覺到腳下有一片開展的空間，就知道已經到達營地了。

「跟緊。」裂耳警告著。

松鴉掌亦步亦趨的和葉池跟著風族戰士走進荊棘叢，穿過蜿蜒的通道，進入山谷，他聽得見夜雲在他身後的呼吸聲。接著有風吹拂過他的頰鬚，他們已經出通道。一下子他幾乎被迎面而來充斥口鼻的各種氣味給震懾住：戰士、見習生、小貓、育兒室的貓后、藥草、兔子……

他們一定正在營地的中央，一陣清新的風吹動他的皮毛，許多注視的眼光正投向他。

「那是雷族的盲眼貓。」

「他們在這裡做什麼？」

「我要去叫吠臉嗎？」

風族貓一個個從洞穴走出來。松鴉掌感覺到空氣中有好奇、對立，甚至是恐懼浮動著。裂耳正在和一隻年輕的公貓說話，松鴉掌拚命地想聽清楚，但那隻公貓已經跑出營地。

「一星外出狩獵了，」裂耳宣布，「你們得在這裡等。」他提高嗓門對那些好奇的貓族夥伴說：「他們是來找一星的。」

「一星？」

驚恐和疑慮在廣場上一波波傳開。松鴉掌豎起耳朵，這不像是打算要擴展領土的貓族，他們既驚慌又困惑。松鴉掌的肚子一緊，受驚嚇的貓是無法預料的。「我們要不要乾脆跟吠臉說完就走？」他低聲的跟葉池說。

但是葉池似乎沒有在聽，她的注意力在四處游移著，好像在尋找什麼。突然她的情緒引爆開來，幾乎讓松鴉掌嚇了一跳。是興奮？憂傷？還是憤怒？他也說不上來。

「鴉羽，你看來氣色不錯。」葉池鎮定地說著，不讓內心的狂風暴雨洩漏半點痕跡。

松鴉掌感到有股尖銳的嫉妒情緒從背後傳來，夜雲的毛髮豎立著。

「葉池，妳到這裡來做什麼？」鴉羽的聲音既警戒又平靜。**他的內心是什麼感覺呢？**松鴉掌探索著這個戰士的思緒，但發現戒備森嚴。

「火星要我們來和一星談談。」葉池解釋。

「他不在。」

「我們知道。」葉池坐下。

松鴉掌感覺到有一滴雨滴在他的鼻尖上。

荊棘叢窸窣作響，不久有腳步聲進入廣場，是一星。松鴉掌認出白尾和鼬毛跟他在一起。

「什麼事？」風族族長質問著。

「火星要我們來。」葉池回答。

「為什麼？」一星戒慎地繞著他們踱步，「你們遇上什麼麻煩嗎？」

「沒有。」

「那麼來這裡做什麼？」一星站得這麼近，松鴉掌從他的鼻息聞到兔血的味道。「難道火星還認為我們兩族之間有什麼特殊關係嗎？根本就沒有！」

「這點火星了解。」

松鴉掌對葉池的冷靜印象深刻，即使他感覺到她全身顫抖著。

「火星不希望血染邊境。」她繼續說。

「那他為什麼要攻擊我們的見習生？」一星的尾巴在空中甩打著。

「是風族戰士先亮出利爪，」葉池說，「我們只是在他們越界的地方捍衛我們的領土。」

「那是我們的獵物！」裂耳嘶叫著。

廣場上激起一陣贊同的叫聲。

「過了邊界就不算。」松鴉掌嘶吼著。

葉池用尾巴刷過他的嘴，在溼滑泥濘的地上踱步，雨開始嘩啦嘩啦地降下。「我們不是來這裡吵架的！」

「那麼你們來這裡做什麼？」一星怒吼著。

「來談話的。」

裂耳的爪子扒著地面，「火星膽小如鼠不敢自己來嗎？」

「火星不想像挑釁一樣派巡邏隊來，」葉池解釋，「他想緩和形勢，而不是更緊張。」

鴉羽繞著他們說：「那他根本誰都不用派來啊！」

這話讓葉池怒火中燒，松鴉掌感到身旁的熱度上升，「不是每隻貓都可以逃避他的責任！」她斷叫著。

鴉羽愣了一下，「妳是在說我嗎？」他朝葉池走近，頰鬚都快碰到松鴉掌的臉了。

「到一邊去！」一星斷吼著，把鴉羽推開。「你們想要談什麼？」

「火星想知道河族是不是已經入侵你們的領土。」葉池愈來愈沒有耐性了，「這是否就是你們最近一直在我們邊界附近狩獵的原因？你們是被迫進入雷族領土的，還是你們蠢到認為可以為所欲為地攻占我們的土地。」

松鴉掌被她鋒利的言詞給嚇到了。他感覺到一星僵在那兒，葉池顯然也讓風族族長吃了一驚，忿怒的耳語在圍觀的貓群中傳開。雨勢愈下愈大，空氣中的緊張氣氛就像新葉季的閃電一樣一觸即發。松鴉掌全身緊繃，等著一星的回答。

「河族還沒有入侵我們的領土，」一星慢慢地說，「但這並不代表他們不會這麼做，難道火星要我們等著他們採取行動嗎？他認為我們應該像隻肥田鼠一樣坐以待斃？」

「但是你們並不是田鼠，」葉池回嗆，「為什麼不去保衛你們和河族的邊界，而要來威脅我們的呢？」

「我們會保衛有需要保衛的邊界，」一星駁斥著，「並攻占我們需要的土地。」

「你甚至連河族會不會入侵都不知道，」葉池追問，「為什麼還來威脅我們？」

裂耳怒吼，「妳聽起來像隻白頭翁，一遍又一遍地唱著同樣的歌。」

「下次在月池集會的時候，吠臉可以問問蛾翅啊！」葉池建議著，她突然好言相勸，「他可以找出河族真正的意圖，結果可能是你們根本用不著害怕。」

「我們沒有害怕！」鴉羽嘶吼著。

「那麼為什麼你們不聽聽他們的理由呢？」葉池追問著，「你們是可敬的戰士，為什麼不查明真相，任憑疑心的驅使恣意妄為呢？」

「聽聽她的話！」鼬毛嗤之以鼻，「想用機巧的言詞為她的族貓爭取時間。」

「風族用爪子打仗，而不是言語。」裂耳警告著。

松鴉掌的毛髮豎立著，「這好像在對牛彈琴，」他嘶叫著，「他們目光短淺，看不到他們鼻子以外的東西。」

「我們看不到？」鼬毛反譏他。

「等等！」一星命令，「也許她是對的，或許在我們採取任何行動之前，應該給河族一個機會解釋，他們到底怎麼了？」

「這比較像是給他們機會入侵吧！」裂耳怒吼著。

「你們看河族在大集會的時候，那副孤注一擲的樣子。」鴉羽爭論著，「巡邏隊看起來一批比一批還要飢餓，我們不能信任他們！」

「但是他們也還沒有入侵啊！」一星點出重點。

「他們曾經越界過。」裂耳提醒他。

「只有一次。」

松鴉掌感覺到風族族長的心思沉靜下來，他在思考。

「不能讓他們誤導我們，造成不必要的流血衝突。」一星低語著。

突然間，一陣驚恐的叫聲劃過天空，從營地外傳來。滴著水滴的荊棘叢搖動著，一隻貓后衝出來在廣場緊急煞車，「我的孩子不見了！」她尖叫著。

「小莎草？」

「小薊？」

驚嚇的叫聲傳遍營地。

「小莎草、小薊和小燕！」貓后喘著氣，「他們全不見了！」

「妳最後一次看到他們是什麼時候？」一星問。

貓后順順氣說：「我把他們留在育兒室，到外頭活動筋骨，我回來的時候他們就不見了，所以我就去找他們。他們以前溜出去過，不過都沒有走遠，但是這一次都找不到他們。他們的足跡朝著河族邊界走，然後就消失了，是老鷹把他們抓走的，我知道！」

「豆尾，冷靜下來！」一星豎著毛髮但語氣鎮定，「這是妳無法確定的，從來沒有一隻老鷹可以一次抓走三隻小貓的，我們必須先派搜救隊出去。」

突然間，有腳步聲穿過入口隧道。

「一星！」灰足出現在廣場，松鴉掌嗅出風掌和石楠掌就在這風族副族長的身邊。「我們剛看到河族巡邏隊朝他們的領土回去。」

「他們到過我們的領土！」風掌怒罵著。

「而且他們到過的地方有兔子的血跡。」石楠掌接著說。

豆尾驚恐地說：「妳確定那是兔子的血？」

「什麼？」石楠掌一臉疑惑。

「我的孩子不見了！」豆尾哀嚎著。

「妳認為可能被河族巡邏隊帶走了？」石楠掌吃驚地說。她的心思像風中的落葉旋轉著，

松鴉掌試著要解讀，但實在動得太快。他只知道有個黑暗的東西在中間盤旋，那黑暗的感覺讓他的血液凝結成冰。她隱藏了一些她知道的事。

「你們必須離開了。」一星轉向葉池。

「你們不會攻擊河族吧？」葉池倒抽一口氣。

「我們會不擇手段地把孩子要回來！」一星嘶吼著。

「但你們不曉得孩子到底是不是被他們抓走的，」松鴉掌反對地說，「剛剛你們還以為是老鷹呢！」

「那是在河族越界之前的事。」

「但是他們總得要有個理由啊！」

灰足接著說，「就是要來偷孩子啊！」

「但是為什麼——」

一星怒吼一聲，打斷葉池的話，「回去！」松鴉掌退縮一下，風族族長靠向他們說：「告訴火星已經太遲了，你們白費時間想要保護河族，我們要立刻發動攻擊！」

第十八章

獅掌顫抖著，雨水已經滲透他。他把田鼠放在獵物堆上，然後抖掉身上的雨水。

「做得好，」灰毛向他道賀，「這幾天你進步很多，似乎又把心思放在訓練上了。」

獅掌對著導師眨眼，他們的確完成一次很棒的狩獵任務。他、灰毛、暴毛和溪兒捕獲幾乎可以餵飽一整族的食物，而且再度恢復活力充沛的感覺很棒，比其他夥伴更快、更敏銳，好像有星族的引導一樣。但是當他想到石楠掌時還是覺得心痛，他懷念當暗族戰士的日子。

暴毛把一隻溼透的白頭翁丟向獵物堆，「怎麼了？」這灰戰士焦慮地環顧廣場，溪兒在他身邊也瞇起眼睛。

煤掌正拖著樹枝走向荊棘圍籬，讓雲尾把圍籬的缺口補起來。罌掌和鼠掌也忙著用新鮮荊棘修補育兒室，他們溼透的毛豎立著。刺爪和蛛足繞著營地邊緣，冒雨抬頭視察營牆。

刺爪用尾巴指向突出岩壁上的一處裂縫，

「我們必須加強那裡。」

獅掌的肚子一緊，他掃視廣場。松鴉掌安全地完成任務回來了嗎？他看到松鴉掌從沙堆通道口出現的時候，才鬆了一口氣。

葉池從巫醫窩的入口叫著他，「我們需要更多的羊蹄葉。」

「我會去找一些回來。」松鴉掌立刻回答。

「不要自己去。」葉池叫著。

松鴉掌點點頭，「我會帶冬青掌和我一起去。」

獅掌的腳不安地躁動著，他的弟弟通常對於他不能獨立完成工作的建議都會非常生氣的，而現在他卻欣然接受，一句話也沒說。

「獅掌！你聽說了嗎？」蜜掌衝向他，雙眼睜得大大的。「戰爭就要開打了！」

獅掌迎向前去，「什麼時候？」

「風族現在就要去攻打河族。」蜜掌喘著氣。

獅掌壓平耳朵，「河族已經入侵風族領土了嗎？」

蜜掌搖頭，「河族偷了三隻風族的小貓。風族要去把孩子搶回來，我們也必須準備應戰。」

獅掌全身緊繃著，風族現在的小貓已經不多了，會不會是上次跟蹤石楠掌的那三隻？「妳確定是河族抓走他們的？」

「小貓不見的時候，河族正好在風族領土狩獵。」蜜掌告訴他。

「但是沒道理啊。」獅掌的思緒盤旋著。

「誰在乎有沒有道理？」蜜掌繞著他說：「反正大戰就要開打，葉池是這麼說的。」

栗尾走向他們，眼中帶著憂慮，「妳說得太誇張了，蜜掌。」她說。

「我們要有所準備啊，」蜜掌爭論著，「誰知道風族下一步會做什麼？」

獅掌轉身離開那兩隻貓，心臟劇烈跳動。河族真的偷走那些小貓嗎？沼澤地還有另一個連河族他們自己也不知道的地方，**如果小貓發現那些隧道怎麼辦？**

他背後傳來一個聲音嚇了他一跳。「你應該吃些東西，」蛛足伸展著四肢，收縮著肌肉，「你必須有隨時應戰的準備。」

「但是風族要打的是河族，而不是我們！」

「任何事都有可能發生。」蛛足吼著，「河族可能會把風族趕走，他們可能會反過來指控是我們偷走他們的小貓。葉池告訴火星說，風族已經抓狂到什麼事都做得出來。」

獅掌愣住了，**我必須找到那些小貓！我必須阻止這一切！**但是他的族貓怎麼辦？他要想的是保衛家園。他應該像雲尾和煤掌一樣，強化營地的防禦工事，或是加入巡邏隊加強邊界的巡邏。他不能就這樣走開去找小貓，如果風族在他離開的時候來攻擊怎麼辦？

這場戰役是個好機會！證明你是一個真正戰士！虎星的聲音在他耳際嗡嗡作響。**這些小貓算什麼！想想你的族貓！**

但是我是在為族貓著想啊！獅掌甩甩頭，想把虎星的聲音從心裡清除。戰爭中會有貓受傷，甚至有些會死掉！當他一想到石楠掌也在戰局當中，不禁打起寒顫。如果小貓只是在隧道裡迷路，這場戰爭就打的一點意義也沒有。

「獅掌！」棘爪走向他，「去吃些東西，然後來幫忙做些準備工作。火星正在組織特別巡邏隊，還有圍籬也需要再加強。」

獅掌對雷族的副族長眨一眨眼，他的胃翻攪著說：「我不餓。」

棘爪踱步走著，「你怕嗎？」

獅掌張開嘴想要解釋。

「這很自然。」棘爪的聲音很慈祥，「我也很擔心看到夥伴受傷，但是保衛家園是戰士守則的一部分，我們接受訓練為的就是這個啊！我知道這不容易，但我們所做的事，是在星族眼中視為對的事。」他的尾巴輕拂過獅掌的身側，「獅掌，你有成為偉大戰士的特質，我以你為榮。記得你所學的，要保持警覺。」

「我們真的要打嗎？」

「要依照族長命令，」棘爪低聲說，「火星不會讓我們無故捲入戰端，除非有必要。」

但火星並非無所不知。獅掌突然感到一陣無力感，他真希望他從來不知道有關隧道的事，那麼他就可以義無反顧的聽命行事。他無可奈何的跟棘爪點點頭，「好吧！」他走到獵物堆，看到那和平日沒什麼兩樣的成堆獵物，覺得有點反胃。

「為什麼我們不能去打仗？」小冰的哭鬧聲從廣場一邊傳來。

「我不想在這裡等著風族來把我們撕成碎片！」小狐嘶叫著。

「你們只會礙手礙腳的，」蕨雲嚴肅的告訴他們，她用尾巴趕著他們回育兒室。「你們只要乖乖的待在窩裡度過危險，就算幫了大忙。會輪到你們上場打仗的，但還不是現在。」

獅掌看著蕨雲把他們推進育兒室。不只小冰和小狐有危險，他也絕對不能眼睜睜地看著族貓冒這個險，至少在他知道可能有轉機的情況下不能。他瞇著眼看著這場雨，突然從獵物堆那裡掉頭離開，經過巫醫窩，從滴著水滴的荊棘叢溜出去。穿過營牆，他伸出前掌碰到第一塊懸岩，攀爬上去，然後一塊接著一塊，一路爬上山谷頂端，氣喘吁吁的把自己硬拉上谷頂。

他蹲伏在那被雨水浸透的草地，屏息凝望著山谷下方忙碌的營地。沒有貓發現他離開，族貓們仍然忙著用樹枝修補圍籬，或聚在一起安排巡邏工作，他們溼透的毛髮都興奮的豎立著。他轉身爬進樹林往下坡奔去，朝著隧道口前進。

突然間，一叢羊齒植物後頭有聲音傳來，獅掌蹲身在莖葉之間，往外窺探。

「拔最鮮嫩多汁的葉子。」松鴉掌建議著。

冬青掌坐在他旁邊，正拔著一株小植物上頭的葉子，然後堆在一旁的潮溼地面上。

松鴉掌提起鼻子嗅了一嗅，「獅掌？」

獅掌起身走了出去，抖抖身子甩掉水珠。

「你在這裡做什麼？」冬青掌的綠色眼睛閃爍著驚訝的光芒。「我們必須回營了嗎？」

獅掌搖搖頭，「我想我知道那些小貓在哪兒，」他衝口而出。

林地不遠處有腳步聲響起，獅掌又躲回羊齒叢，蹲伏在枝葉之間，冬青掌和松鴉掌驚訝的盯著他，然後彼此交換眼神，這時候刺爪和白翅從樹林中跑過來。

「你們兩個最好快一點。」刺爪說。

獅掌又蹲得更低一點，因為冬青掌的眼睛正瞄向他的藏身之處，流露出懷疑的眼光。她會出賣他嗎？

白翅輕彈著尾巴，「都還好嗎？」

「還好，」松鴉掌肯定的回答，「我們只要再多拔一些葉子就可以回營。」

「很好，」刺爪點點頭，「我們正要去山脊上，如果風族開始發動攻擊，我們從上面就可以看得到。」

突然間，白翅嗅了嗅空氣，「獅掌好像來過這裡。」

「對啊，」松鴉掌從他面前的一株植物上拔下一片羊蹄葉片，「他來叫我們快一點。」

「他回去了嗎？」刺爪問。

「大概吧。」松鴉掌回答。

「應該走沒多久。」白翅走向獅掌藏身的羊齒叢，獅掌憋住氣，祈禱著他金色的毛皮不要在綠叢中露出來。

「走吧！」刺爪跳上山坡，白翅跟著他朝山脊走去。

「你到底為什麼要躲起來？」冬青掌質問著從羊齒叢現身的獅掌。

「我現在要做的事不能讓他們知道，」獅掌小聲地說。

松鴉掌的尾巴抽動著，「你現在要做什麼？」

獅掌深吸一口氣，「我們的領土底下有隧道。」

「隧道？」松鴉掌的毛倒豎著。

「對，通向沼澤地，就是風族的領土。那些小貓曾經跟蹤石楠掌到隧道口，我想他們現在就在裡面。」

冬青掌震驚地看著他，「你一直在跟石楠掌碰面！你告訴我你已經不再和她見面了！」

獅掌退後了一步，他姊姊把利爪刺進土裡，好像在壓抑自己想用爪子去扒他的衝動。

「你對我說謊，也對你的族貓說謊！」她怒斥著，「我一直以為你是我們之中最忠心的，現在你竟然背叛你的部族！」

「我還沒有背叛！」獅掌說，「我現在已經不再和石楠掌碰面了。我們以前只是在玩，但是後來我發現——」

「發現有一隻敵族的貓知道通往我們領土的密道！」冬青掌怒斥著，「你有沒有想過要說出來，或者你要坐視你的朋友帶領她的族貓入侵我們的營地？」

獅掌瞪著他姊姊，「我絕不會讓這種事發生！」

「冷靜點。」松鴉掌穿梭在他們兩個之間，「現在已經結束了。」他的頭轉向他的姊姊，「獅掌並不是在這個月唯一犯錯的，妳想幫助柳掌所惹出來的風波還沒結束呢。」

「那不一樣。」冬青掌怒吼著，她邊說邊踱步著。

「沒有時間吵架了，」松鴉掌說著，「獅掌，你確定小貓還在隧道裡？」

「不確定，但那是最有可能的地方。」他焦急地盯著冬青掌，「妳要幫我找嗎？」

冬青掌的尾巴顫抖著，「好吧，」她喵嗚著，「我也不希望風族攻擊河族，尤其在這緊要關頭，河族的問題可能已經快解決了。」

獅掌眨一眨眼，「這是什麼意思？」

冬青掌背脊的毛一陣波動，「我答應不說的。」

「答應誰？」松鴉掌追問。

「柳掌和豹星。」

「但我們是手足至親，」松鴉掌強調，「我們必須停止彼此之間保留各自的祕密。」

冬青掌的眼睛閃爍著不確定，「好吧，」她深深的吸了一口氣，「河族的營地受到兩腳獸的威脅，他們現在正設法讓圍繞營地的河流變寬變深，那兩腳獸就不會靠近了。我親眼看見的，他們的工事就快完成了，下次大集會之前，他們應該就可以回到他們的營地。」她的腳掌顫抖著，「我答應不說的，但好像不太對，每件事都走樣了。」

「不會的，」獅掌抬起下巴，「我們會阻止這場戰爭的。」

「但是要怎麼做呢？」

「把小貓找出來。」

松鴉掌走向獅掌身邊，「隧道在哪兒？我們要怎麼進去？」

「跟我來。」獅掌朝樹林的方向飛奔而去，還不時回頭查看冬青掌和松鴉掌有沒有跟上來，他們跟著他迂迴前進。當他抵達山坡底部通往隧道口的林子時，停了下來，他們也跟在他後面，在那鋪滿溼滑落葉的地面緊急煞車。

「在哪裡？」冬青掌瞇著眼睛望著荊棘叢的那一邊。

獅掌用尾巴指向一個兔子洞，「那裡！」那就是第一次石楠掌從那兒消失蹤影的地方。

「那裡？」冬青掌驚訝的喵嗚著，「難怪從來沒被發現過。」

松鴉掌嗅著空氣好像在找尋什麼，他的尾巴顫抖著。

獅掌皺著眉頭說：「你來過這裡嗎？」

「我想應該沒有。」松鴉掌的耳朵抽動著。

他為什麼這麼害怕？現在沒有時間擔心害怕了。獅掌鑽進荊棘叢，「跟我來。」他繼續往前走。來過這麼多次，現在這段路對他來講總算比較好走了，雖然還是偶有一兩根蔓生的枝條劃過耳際，他得再把身體蹲低些。松鴉掌緊跟著他，鼻子摩擦到他的尾巴。

「入口就在這裡。」獅掌從灌木叢裡爬出來，引導著松鴉掌到山邊的一個小洞。他在洞口停下來，聞著從隧道裡傳出來陣陣熟悉的霉味。

冬青掌跟著他們從樹叢中爬出來，疑惑的望著那個洞。雨水從她身上的毛和耳尖顫抖著滴落下來，「我們要從這裡進去嗎？」

獅掌點點頭。

「現在在下雨怎麼辦？」松鴉掌警戒地問著。

「隧道內不會下雨的。」獅掌覺得很奇怪，在這種下大雨的天氣還能有地方躲雨，他應該要覺得很高興才對。

松鴉掌壓平了耳朵，聞一聞入口，「你以前曾經在下雨的時候來過嗎？」他懷疑地問著。

「沒有。」獅掌愈來愈沒有耐性了，現在不是討論這個問題的時候。「我們必須要在戰爭開始之前找到小貓。」他擠進洞口，往他熟悉的隧道快速前進。

「等一等！」冬青掌在後面喊著，「這裡太暗了，我看不清楚要往哪裡走。」

獅掌停下來等他們趕上。他們倆非常小心的移動，腳步不穩的在岩石地面上噠噠地走著。這隧道對松鴉掌來說應該比他們容易些吧？他已經習慣黑暗了。「前面有個洞穴，洞穴的頂端有個開口，所以那裡比較亮。」獅掌繼續走著。他聽見松鴉掌嗅著空氣，還有冬青掌的毛刷過牆面的聲音。

「這隧道真的會通到風族領土嗎？」冬青掌的聲音在黑暗中詭異的迴響著，「你有到過那麼遠嗎？」

「沒有，最遠只到那個洞穴，」獅掌回答，然後他愣住了，他聞到了前方有熟悉的氣味。是風族！難道石楠掌把巡邏隊帶進隧道裡了嗎？

松鴉掌靠到他的耳邊，「你知道前面有風族貓。」

「知道。」獅掌嘆了一口氣。

「或許我們應該往回走，」冬青掌低語，「我們不想讓風族發現我們也知道這個地方。這樣我們就失去我們的優勢。」

「他們可能已經知道了。」獅掌的心情有如石頭一樣沉重。石楠掌洩漏了他們的祕密——他不該覺得訝異的，因為她只是和他做了同樣的事。他們最後一次的碰面並不是很愉快。他走向那微弱的光線，進入了洞穴。

幽暗中，他隱約看到石楠掌就在對岸。

風掌跟在她後面沿著洞穴邊緣走，輪流聞著一個個的隧道口，「他們的氣味不見了。」

「獅掌！」石楠掌的聲音聽起來很緊張的樣子。

風掌轉身對著獅掌嘶吼著。

石楠掌的眼神焦慮地盯著她的同伴，一邊說：「你們怎——怎麼知道這個地方？」

獅掌馬上了解，她在假裝從來沒有在這裡碰過他。這樣的作法他能理解，只是在他們擁有過那麼多共同的時光之後，要他們假裝很陌生，感覺很不對勁。

「我前幾天意外發現的，」他撒謊，冬青掌和松鴉掌這時也從他身後的隧道爬出來。「我追著一隻兔子，追進了一個洞穴，然後就追到這裡來。」他對冬青掌使了個眼色警告著。

風掌的毛髮豎立著，「這個隧道也能通到雷族？」

「我不知道，」石楠掌睜大雙眼喵嗚著，「我最遠只到過這裡。」

「你們三個在這裡做什麼？」風掌質問著。

冬青掌下巴抬得高高的走近，「一聽說你們的小貓走失了，獅掌就猜他們可能在這裡。」

「你們怎麼知道有另外一個入口在風族的領土呢？」風掌收縮著他的爪子。

「只是猜測而已，」獅掌聳聳肩，「有那麼多隧道，或許也有一條通向影族的領土。」

風掌盯著他看，這又溼又悶的空氣中帶有一份濃濃的不信任感。「你們那邊的隧道有沒有小貓的氣味。」

「沒有。」冬青掌緊張地回答。

「我們跟著他們的足跡來到這裡，但是到了這裡足跡就不見了。」石楠掌解釋。

松鴉掌小心的往前爬，聞一聞這條河流。原本光滑如絲的河水表面，好像被風吹拂著一樣產生波紋。黑色的河水拍打著兩岸，在兩側岩石表面有凹槽的地方形成小水塘。「河水的水位原本就這麼高嗎？」他問。

「只有在下過雨之後才會。」石楠掌回答。

「現在有更高嗎？」

石楠掌把頭側向一邊，困惑地說：「我想應該沒有。」

獅掌尷尬得全身發熱，為什麼松鴉掌一直對這場雨這麼大驚小怪呢？他只想趕快找到小貓，然後離開這裡。

風掌繞著他的風族夥伴，「這些外來者大可以回家了。我們自己找就可以了，用不著他們幫忙。」他盯著獅掌，「還有你，幹嘛這麼關心風族的小貓？」

冬青掌彈了一下她的尾巴，「為了這些小貓，一場戰爭就要開打了，難道你們不知道？」

「我們可不可以不要再聊天，趕快繼續搜尋？」石楠掌不耐煩地說。

風掌生氣地看著她，「那他們怎麼辦？」

「我們最好讓他們和我們一起找，」石楠掌說，「我們自己有辦法一下子帶三隻貓嗎？」

在他答話之前，她就朝著最近的隧道走去，「我們必須在任何一隻貓受傷之前找到他們。」

「我同意！」冬青掌跳過那條寬闊的河流，然後轉頭對松鴉掌說：「河面大約有兩條狐狸尾巴的寬度。」

松鴉掌蹲伏著做跳躍的準備，獅掌看到他的腳顫抖著。**他辦得到的！**獅掌全身緊繃，準備必要時立刻跳進水裡。但松鴉掌高高的躍過河面，跳過多出一條尾巴的長度。

當獅掌也跟著跳過來時，石楠掌也從剛進去的那條隧道退出來。「他們沒走這條路。」

獅掌爬進另一個黑暗的開口，嗅了一嗅，也沒有他們的味道。

「這邊！」松鴉掌蹲伏在一個狹窄的入口前面，頰鬚抽動著。

冬青掌擠到他前面去，凝視著地面，「他說得對！這裡有腳印。」

獅掌也擠上前去看，在泥濘的地面上真的有個細小的腳印，「他們往這裡走。」

他抬頭看，正好和石楠掌的目光交會，恐懼在她那迷濛的藍眼睛裡閃爍。

「哦！獅掌！」她低聲地說：「我們做了什麼？」

第十九章

「我走前面。」

松鴉掌大聲說出心裡的想法還渾然不自覺，直到他聽到風掌嗤之以鼻的聲音。

「你是瞎子！」

「那你在黑暗中能看得一清二楚嗎！」冬青掌立刻頂回去。

風掌沒反駁，但是松鴉掌感覺他的毛倒豎起來。松鴉掌很高興，因為他一度想掉頭沿隧道走回森林。在森林裡，雨不會匯流到冰冷的石頭隧道裡，把一切沖走……他踏進第一條隧道的時候，想起他和落葉一起倉皇逃命的那一次。他心裡浮現許多畫面：漆黑的隧道、怒吼的河水、洶湧的波浪，他被撞擊捲起，驚恐得像風暴中的落葉，拚命喘息，四周卻全都是水，沒有空氣可以呼吸。**別再想了！**這次至少不會有光影讓他分心，他可以全靠本能而行。

獅掌站到一旁讓松鴉掌過去。松鴉掌從旁擦過，一陣如釋重負的感覺從哥哥的身體湧來。**他認為我在黑暗裡比他行，希望他是對的。**冷風吹來，他的頰鬚顫抖。可是風裡有其他訊息；一種喃喃低語，聽不見卻感覺得到的訊息，從隧道深處傳來。他走進隧道，感覺黑暗將他吞噬，這不是他習以為常的黑暗。雖然他瞎了，可是在森林裡，他感覺得到身上暖暖的陽光，聞得到空氣中清新的味道，聽得見風吹落葉的聲音。但是這裡，黑暗、冰冷，霉味重到會窒息。全然的漆黑像皮草一樣厚重，像水一樣柔軟拉著他。

腳底下的岩石鋪滿淤積的細沙，沿著隧道緩行，兩旁狹窄的岩壁碰到身體。

「你不能再快一點嗎？」風掌的聲音像岩壁一樣尖銳。

「別吵！」他努力想阻擋來自其他貓身上源源不絕的恐懼；隧道變寬了，頂部有一道裂縫，風像刀一樣灌進來，吹在他身上。走這條路對嗎？風裡沒有小貓的氣味，只有森林的空氣從裂縫滲下來。

突然，有貓走在他身旁。

松鴉掌一驚，豎直毛髮，「是我在帶路，風掌！」他大力推開那隻貓。

「你胡說什麼？我在你後面！」風掌從後方澄清。

冬青掌的鼻尖碰到他的尾巴，「你旁邊沒有貓，松鴉掌。」

松鴉掌大吃一驚，嚐一嚐空氣，舌頭充滿新的氣味，這不是貓族的味道但似曾相識，松鴉掌繃緊神經，這隻貓又靠近他，一步一步帶領著。

「我來陪你走，像你以前陪過我一樣。」這聲音在空氣裡呢喃。

落葉！松鴉掌心一緊，僵在那裡。心中浮現被黑暗狂潮吞噬的記憶。他克制自己不要掉頭逃跑，跑回洞穴和森林，跑回天寬地闊般的安全感。

「我不能把你獨自丟在這裡，當初你像兄弟一樣陪我走過。」

松鴉掌眨眨眼，好像努力要看清楚，「我是在作夢嗎？」

「不是，」落葉低聲說，「我來幫忙的，我知道小貓在哪裡。」

「我們為什麼停下來？」風掌從後頭粗聲粗氣地說。

冬青掌用鼻尖碰碰松鴉掌的尾巴，「你還好吧？」

「我很好，」松鴉掌回答，接著他以落葉才聽得見的音量說，「祢看過小貓？」

「我知道他們在哪裡，」落葉用身體推松鴉掌，「但是我們動作要快。」

松鴉掌抗拒。「我為什麼要信任祢？祢自己都沒從隧道裡出來！」

「我從那時候開始，在下面走來走去已經把隧道摸熟了，」落葉低聲且悲傷地說，「我對地下隧道的熟悉更甚於地面上的沼澤。」

松鴉掌調勻呼吸，「祢真的見過小貓？」

「他們還活著，可是很冷，我們一定要快。」

本能在這漆黑的地底可能不太夠用，松鴉掌用尾巴輕觸落葉的身體，靠著這隻公貓帶路，走進一條岔向另一側的隧道，是往下陡降的，手腳滑溜溜站不穩，岩壁也因雨溼滑。

「你確定自己要去哪裡嗎？」風掌問。

「你還聞得到小貓的味道嗎？」獅掌問。

「他們是朝這裡去的。」松鴉掌回答。

落葉又轉了一個方向，推一推松鴉掌要他轉到另一個隧道。「低頭！」落葉警告，松鴉掌及時閃開，從一個窄縫擠出去。

「蹲低！」松鴉掌警告同伴，並左右挪動身體擠過窘迫的岩壁，愈蹲愈低直到肚子貼地。

「感覺是條死路！」冬青掌喘吁吁在後面扭動著身體。

「等一下就變開闊了。」落葉在松鴉掌耳邊低聲保證。

松鴉掌聞到石楠樹的味道，感覺雨落在臉上，前面不遠的地方隧道頂一定有個缺口，果然有，他從缺口鑽出去，感覺豁然開朗鬆了一口氣。

「接下來怎麼走？」冬青掌的毛緊貼岩壁擠出身來。

「現在有三個隧道，」獅掌跟松鴉掌說。

松鴉掌嚐一嚐空氣，可是聞不到小貓。

「走這一條。」落葉低聲說。松鴉掌跟著落葉走進一條很窄的隧道。

「你怎麼知道我們走的路是對的？」風掌的聲音聽來很犀利，但是松鴉掌清楚知道他渾身都在害怕；松鴉掌試圖擊退黑暗中源自每隻貓身上，令人窒息的驚惶。

「我聞到小貓的味道了。」他說謊，堅決不讓恐懼壓過他。**聽落葉的話！**

隧道彎彎曲曲向上攀升，接著變寬，有空氣從頭頂上方的縫隙流瀉下來，後面七零八落的腳步聲打住。

「我就知道這是一條死路。」冬青掌嘆息，停下腳步。

松鴉掌也停住腳。隧道被巨石堵住，似乎真的此路不通。

「我們永遠過不去。」風掌抱怨。

松鴉掌聞一聞那塊溼的石頭，這時雨來了，從上方縫隙流進隧道，滴滴答答在岩壁間迴盪。他順著巨石的弧度聞來聞去，直到頰鬚碰到岩壁，發現巨石和岩壁之間有一個小縫，小到鑽不過去。

「現在怎麼辦？」風掌急切的說。「你能帶我們走原路回去嗎？」他語帶懷疑，「還是你大老遠帶我們來看石頭？嗯，我猜猜看，這是星族的占卜石，會告訴我們小貓的下落。」

「住嘴啦！」冬青掌咬著牙制止。

「幹嘛住嘴！」風掌咆哮著，「我們在地底迷路了！妳要我感謝他嗎？」

「小聲一點！」冬青掌突然說。

「我愛怎麼說就怎麼說！」風掌反駁，「不能因為他是妳弟弟……」

「我聽到有聲音。」冬青掌小聲說。

「在哪裡？」獅掌渾身興奮。

松鴉掌聚精會神地聽。

一個微弱的喵喵聲，只比雨聲大一點，就在前方不遠的地方。

他們就在大石頭後面！

松鴉掌聽到落葉在他耳畔低聲說：「跟你講過會幫你找到他們。」

「我想我爬得過去！」獅掌說。松鴉掌聽到他哥哥的爪子在石頭上窸窸窣窣的聲音，接著是翻過石頭踩到地上的積水，啪啦一聲。

「他們在這裡！」他高興的聲音在隧道裡迴響。冬青掌、石楠掌和風掌也跟著爬過去，又是一陣爪子磨擦石頭的聲音。

「感謝星族讓我們找到你們！」石楠掌說。

先是貓踩在水裡的聲音，接著聽到小貓害怕的回答：「我們爬不過去！」

「我們以為會永遠困在這裡！」

「我們會帶你們回家。」風掌保證。

「爬呀，小燕。」冬青掌催促著，小爪子拚命抓石頭，接著聽到一團毛茸茸的東西笨拙的啪嗒一聲，掉在松鴉掌的旁邊。

「妳還好吧？」松鴉掌問，雨愈下愈大了，他們要趕快出去。

「我還好，可是……」

風掌的聲音打斷她，「輪到妳了，小莎草。」

又是毛在石頭上一陣的窸窸窣窣，另一隻小貓啪嗒輕輕著地，松鴉掌鼻子靠近這隻新來的貓，「妳受傷了嗎？」

「沒有。」

松鴉掌用尾巴把兩隻小貓兜在一起，抱緊他們溼溼的身體給予溫暖。

風掌翻過石頭到他身邊，松鴉掌一聞，知道風掌嘴裡叼了第三隻貓，風掌把這隻小母貓放到地上的時候，她一動也不動，就快沒氣了。

「小薊睡著後就沒醒過來。」小燕哀號著。

松鴉掌把這隻顫抖的小貓推向風掌腳邊，然後蹲在柔軟溼溼的小貓旁邊，她很冷，發抖抽搐著。松鴉掌開始用腳掌按摩，想把溫暖傳入她的身體。

石楠掌跑到石頭邊，「她還好吧？」

「幫風掌的忙，另外兩隻也要取暖！」松鴉掌命令。

「我們很餓！」小莎草的聲音被石楠掌的身體擋到。

「你們活該，這樣子到處亂跑！」石楠掌斥責。她的聲音聽來充滿惱怒，可是松鴉掌感覺得到，在他幫小薊急救的時候，石楠掌恐懼地盯著他猛瞧。從洞頂裂縫滲進來的雨水愈來愈多，腳下的土現在變成爛泥巴。他死命地搓著小薊，心想一定要儘快帶他們走。

獅掌和冬青掌從石頭上跳下來。

「你知道怎麼出去嗎？」小燕顫抖著。

「當然知道，」風掌回答，「我們找到進來的路，不是嗎？出去應該更容易些。」

他講這話自己都不信。

「我們出得去。」松鴉掌輕描淡寫地說，等待落葉說一些加油打氣的話，結果卻只感到這隻年輕公貓用尾巴輕撫他的身體。

小薊在搓揉之後開始有反應，咳嗽、蠕動、暖流滲入她的身體，她撐著站起來，喘著說：

「你們找到我們了！」

冬青掌抱住這隻發抖的小貓，「你以為我們會把你們丟在這可怕的地方？」這隻小貓充滿訝異，「妳是雷族的貓。」

「我們是來幫忙找你們的。」冬青掌解釋。

「你們惹了天大的麻煩。」風掌大聲斥責。

獅掌的尾巴掃過地面，「這個等出去以後再講。」

稀里嘩啦的聲音在隧道中響起。

「雨愈來愈大了。」冬青掌說。

「那不是雨的聲音，」獅掌說，「是從隧道裡面傳出來的。」

「從裡面？」小莎草驚呼。

「是什麼聲音？」風掌追問。

松鴉掌頓時覺得噁心，他知道發生什麼事，「河水氾濫了。」

獅掌衝到松鴉掌身邊，全身驚駭，「你怎麼知道？」

松鴉掌闔上眼皮，「我以前聽過，隧道要淹水了。」

獅掌爆發出一股精力，「我們要趕快離開這裡！」小燕驚叫一聲，被獅掌一口咬起。

「風掌，石楠掌你們帶另外兩隻。」獅掌從嘴邊出聲。

「我來帶路。」松鴉掌說。他帶他們來，也要帶他們走，他開始循原路回去，身體碰到石壁，後面跟著急促的腳步聲。

落葉緊靠著，配合松鴉掌的步伐。

「祢要帶我們回到那個石洞！」松鴉掌急促地說。

「我會。」落葉保證。這隻年輕的公貓在隧道裡奔馳沒有腳步聲，可是回想起以前的事卻全身恐懼發熱，這些記憶同樣在松鴉掌心裡迴盪：爪子在泥水裡翻攪，在激流裡掙扎卻徒勞無功，拚了命要吸一口氣卻到處都是水，難以相信這世界的門竟然關起來了，生命從身體消逝。

落葉現在想到我們溺斃的模樣！

松鴉掌跑得更急，幾乎要撞到又窄又矮的隧道頂端，他左右扭動，磨擦到脊椎骨，手腳也破皮。終於跑出隧道，松鴉掌喘氣等其他貓跟上，小貓被拖過粗糙的石壁又怕又痛地喵喵叫。

「就快到了！」松鴉掌幫大家加油打氣。從這裡隧道開始往上升，水弄溼了他的腳掌，轉個彎再轉個彎，就聞到新鮮空氣，他搶進石洞，希望油然而生。

我們成功了！他感覺到落葉在身旁如釋重負地顫抖。

前方河水怒吼。

獅掌衝到前頭喊，「接住小燕。」說完把小貓丟向松鴉掌。

松鴉掌用嘴接住。

「他要幹嘛？」冬青掌、石楠掌和風掌從後面隧道大叫。

松鴉掌接著聽到獅掌撲通一聲跳進河裡。

「獅掌！」松鴉掌大叫一聲，小燕掉下來。他仔細聽滔滔的河水聲，「看得到他嗎？」松鴉掌求冬青掌看清楚。

「他在游泳！」

「他瘋了！」風掌驚呼。

「我沒事！」獅掌邊咳邊努力爬上對岸，抖乾身上的水。

「小貓怎麼弄過去？」石楠掌喊著。

「過來也沒用！」獅掌喊回去，「出口的隧道封住了！」他聽起來很害怕，「雨水把泥土沖到洞口，要挖也挖不開。」

「那我們的隧道呢？」石楠掌問。

風掌跳開去查看，獅掌躍進河裡游回來。

「也堵住了！山洞上面的石頭坍方！」

風掌在通往風族的隧道口喊著：「現在這裡變成瀑布，小貓們不可能上得去！」

「我們一定要試試看！」石楠掌尖聲的說。

「上面的開口太小根本過不去，」風掌因為害怕而憤怒，「如果小貓們被沖下來撞到石塊會死掉！」

「我們一定要想想辦法！」冬青掌大聲喊。

松鴉掌靠緊落葉想感應他的想法，可是這隻年輕公貓的身體好像慢慢消退，松鴉掌只從肩頭感應到顫抖，從落葉軟軟的身體傳過來。「落葉？」他喊道。

「我很抱歉！」罪惡感與悲傷像霧一樣瀰漫在空氣中。松鴉掌感覺本來是溫暖的身旁，現在變得冰冷。恐懼攫住他，時間也變慢，眨眼之間，松鴉掌似乎看見一雙琥珀色的眼睛。

「等等，跟我們一起走！」

落葉眨一眨眼，充滿悲傷，「還不到我走的時候。」祂輕聲說完就消失了。

不要舊事重演！

「我們會死嗎？」小莎草害怕的聲音揚起，襯著湍急的激流。

松鴉掌心裡千頭萬緒像是漩渦，思索著脫身之道。激流氾濫撞擊岩壁冒出泡泡，水花濺到松鴉掌臉上。獅掌趕忙和其他貓把松鴉掌向後推，一直退到一塊狹長之地，大家簇擁在一起，水還不斷地往上漫，打到他們腳上。

救救我們！

松鴉掌的耳朵血液奔流。星族聽得到他們在地底的呼救嗎？

突然他眼角閃過一道銀光，像月光緩緩爬過暗夜的森林。松鴉掌抬頭一看，岩壁靠近洞頂缺口的地方，有一塊凸出可以立足的地方，上頭坐著一隻貓。就是他夢裡的那一隻：彎曲的爪子，毛快掉光的皮，空洞凸出的雙眼。就是祂送落葉進隧道赴死的。

這隻貓盯著松鴉掌看。

松鴉掌滿腔的憤怒。**你也是來看我們送死的嗎？**

一道影子在松鴉掌眼底下晃動，老貓正把一樣東西推向石壁立腳處的邊緣，一樣狹長而且光滑的東西，松鴉掌的毛倒立豎起。**是湖邊那根棍子！**

上頭的刻痕在月光下清晰可見，松鴉掌大惑不解地看著棍子的時候，老貓伸出顫抖的爪子，指向棍子上的一排刻痕。五長三短。松鴉掌吸一口氣，那些刻痕以前沒有！那根棍子他以前摸得熟透，都已經會背了。

五個戰士三隻小貓，他指的是我們！

松鴉掌驚慌恐懼，瞪大眼睛看著老貓的雙眼。**我們會死嗎？**

老貓低下頭看著棍子，伸掌平順地摸過這些刻痕。松鴉掌頓時燃起希望，他懂了。

我們會活下來！老貓點頭。

這時候猛然一掌拍在松鴉掌的耳朵，「不要盯著空氣猛瞧，幫忙出主意！」風掌大罵。

畫面消失，松鴉掌再度回到黑暗世界，他轉身興奮地向其他的貓說：「有出去的辦法了！我知道！」

「出口在哪裡？」獅掌追問。

「還不確定，」松鴉掌承認，「我再想一會兒。」

「光想移動不了石頭，」石楠掌尖聲叫，「我們會被困死在這裡！」

「我們等水淹上來跟著浮到洞頂的出口。」冬青掌建議。

「出口太小根本過不去。」風掌吼著。

「小貓有可能會淹死。」石楠掌指出。

松鴉掌搖頭，有一個主意在他心裡呼之欲出，感覺得到，可是還沒辦法完全掌握。**那根棍子！**原本是在石洞裡的，卻在湖邊出現。是怎麼出去的？

水濺到他的腳，他僵住，想像河水淹到頂把棍子沖走。當然！河一定是流到湖裡的。

「我們要游泳！」他大叫。

「游到哪裡？」獅掌急促地問。

「這條河既然是通到湖裡，也能帶我們走！」

「可是這條河是潛降的地底河！」風掌咬著牙說。

「可是出口在湖裡！」松鴉掌堅持。

「我們不是河族的貓，不會游泳！」石楠掌大聲叫苦。

獅掌緊依著松鴉掌問：「這，行得通嗎？」

「沒有其他辦法了。」

「如果你說非這樣不可，我們只好相信你。」冬青掌說。

「要信你自己信！」風掌大吼。

「如果什麼都不做，最後終歸要淹死。」石楠掌大聲說。

冬青掌搓著地上的土說：「我們放手一搏！」

小燕嚇得尖叫，「我不要下水！」

「我們會咬住你們的尾巴，」獅掌保證，「絕對不會鬆口。」

「咬尾巴？」小莎草尖叫。

「如果我們咬的是脖子，自己就會吞進太多的水，」獅掌解釋，「你們要用前掌滑水，像這樣，讓頭浮出水面。」他對對著空氣演練滑水的時候，前掌濺出水花。

「我好怕。」石楠掌說。

「沒事的，不用慌啦！」獅掌四肢著地貼近這隻風族的貓。松鴉掌因為靠得近，所以聽到他們倆的耳語，「我會永遠記得在一起的那段時光，即便是以後到了星族那裡。」

石楠掌顫抖，「到那裡我們就不用再分彼此了。」

松鴉掌眨一眨眼皮，訝異這兩隻貓的情感竟像洪水一樣在兩者之間奔流。接著他眼睛一亮，那隻老貓再度出現。

現在走！

他想到所有進洞過的貓，他們的希望和恐懼好像低聲在他四周迴盪。棍子上的刻痕早就預見他們的命運。這次，這些線條是否也能準確預測他和同伴能不能活下來？他非相信不可。

「我們要離開了！」他命令。

「到河邊站好，」冬青掌說。「獅掌，你負責帶小莎草；我負責小薊，風掌帶小燕。」

「我要做什麼？」石楠掌問。

「抓緊我的尾巴，」松鴉掌說，「我們彼此幫忙。」

「好。」石楠掌同意，松鴉掌感覺石楠掌緊緊咬住他的尾巴。

「我不去！」小燕涉過淺水試圖逃跑。她尖叫一聲被風掌抓住從水裡拖回來。「小燕，不用怕，」風掌安慰，「我不會放掉，絕對不讓妳淹死。」

小燕嗚咽著，但沒有再嘗試脫逃。

「走吧。」獅掌催促。

松鴉掌涉過淺水，感到河水拉扯的力量，前後掌因恐懼而脈動得很大力。

「好了嗎？」獅掌問。

「好了！」冬青掌答。

他縱身跳進激流，石楠掌被往下沖時緊咬松鴉掌的尾巴。湍急的水流把他拉到水面下；他再次迷失在溺斃的夢中，被翻騰的水流嗆到，四周都是貓，耳朵只聽見轟隆轟隆的巨響。

第二十章

水聲隆隆響在冬青掌的耳際，石洞幽微的光線從視線消失，河水把她拖進隧道，激流將她吞沒，她的肺吸不到空氣感覺要爆開，但她仍然拚命憋氣，不讓水進到肺裡，同時沒忘記緊咬小薊的尾巴。

她的頭被水沖出水面，耳朵刮到石頭，風襲在臉上，機不可失，冬青掌趁勢猛吸一口氣，又被捲到水面下。

有一隻貓的身體掃過她，旋即被沖走。小薊像荊棘一樣的利爪死命往她鼻子抓。冬青掌忍住不抵抗，靠著松鴉掌，放任激流帶領，身體被激流衝撞，磨擦到河道的岩壁。轟隆聲愈來愈大，感覺耳膜快要破裂。

接著一片寂靜。

激流消失噪音變小，她在黑暗中睜大眼睛，前面是光嗎？遠方有亮點閃爍，是星族等著要迎接她嗎？

她頭昏腦脹意識模糊，拚命往上游，狂亂

掙扎想浮出水面，心中只願出水時不要撞到岩石，她又踢又蹬奮力一搏，感覺這世界全都是水。

突然她浮出湖面，大吃一驚，冷風吹在臉上灌入鼻子和耳朵。他們成功了！她喘得上氣不接下氣，一口接一口滿滿的吸入神奇美妙的冷空氣，她眨一眨眼擠掉眼睛裡的水，這才看清楚原來剛剛的光點是星星，躲在被風吹散的浮雲之後，閃閃爍爍。暴風雨漸漸歇去。

小薊在冬青掌身邊不斷撥水讓頭浮出水面。冬青掌這時鬆開嘴，放掉小薊的尾巴，改咬脖子後面，後腳不停踢水，讓頭都浮出水面。她強迫自己放鬆靠水的浮力支撐，四肢規律滑動讓她和小薊都浮出水面，小薊靠在她胸前發抖咳嗽而且呼吸有咻咻的聲音。

冬青掌掃視漆黑的湖面看看是否有其他同伴，她內心狂喜，看到獅掌金色的頭冒出水面，就在後方幾個尾巴遠的地方。小莎草趴在獅掌背上，雙眼在月光下炯炯發亮。接著獅掌旁邊冒出泡泡，風掌帶著小燕破水而出。

松鴉掌呢？石楠掌呢？冬青掌開始緊張，他們通過考驗了嗎？突然後方啪啦一聲響，冬青掌急忙轉頭，小莎草被這突如其來的動作嚇得哇哇叫。

松鴉掌和石楠掌擠成一團，狂抓亂踢拚命想浮上水面。

「松鴉掌！」她大喊。

「我們還好！」石楠掌邊咳邊說。

冬青掌猛蹬雙腳游向他們，訝異自己的泳技好到像隻河族的貓。「就快到岸了！」她看見湖岸在前方不遠，奮力游向松鴉掌推他一把。石楠掌滑水游向獅掌。奇怪？這隻風族的見習生怎麼不去幫自己同族的貓？冬青掌仔細一看才發現，原來獅掌頭探到水裡手腳不停的撥，抬頭換氣的時候，他瞧見獅掌的眼睛睜得大大的，充滿恐懼。

「小莎草不見了！」獅掌大叫。

石楠掌潛到水面下，冬青掌屏氣凝神看著獅掌再次潛到水面下。莫非激流把小莎草又沖回黑不見底的湖裡。

突然！石楠掌探出頭嘴裡咬著手腳揮舞的小莎草，她還活著！獅掌跟著破水而出看到小莎草，眼睛一亮。他游到石楠掌身邊咬住小莎草的尾巴，兩個同心一起游向岸邊。冬青掌游到松鴉掌旁邊，回頭檢查風掌是不是還撐得住。這隻風族的黑貓見習生不停地打水，嘴裡咬著小燕，眼神緊盯岸邊。

冬青掌筋疲力竭全身發燙，還是不敢停。嘴裡咬著小薊，每次呼吸都困難重重。但她雙眼死盯著湖岸賣力挺進。終於，她後腳碰到小石子，接著把重心放到前腳，踩到地了。**謝謝祢們，星族的祖靈！**

她跋涉上岸，在水淺的地方把小薊放下來，喘吁吁地努力調氣。石楠掌和獅掌在前方岸上，身體大力起伏，小莎草則是蹲在他們旁邊的碎石上嘔吐。

她後方的小石頭喀啦喀啦響起，松鴉掌也跟著上岸了。

「你怎麼知道激流會把我們沖進湖裡？」冬青掌喘吁吁地問。

「這……這用想的也知道。」松鴉掌邊咳邊說。他上了岸，後面跟著踉踉蹌蹌的小薊。

風掌在幾個狐狸尾巴遠的地方掙扎上岸，嘴裡咬著的小燕，她揮舞手腳想趕快被放下。

「我們全都平安！」冬青掌喘吁吁的走向獅掌和石楠掌，顫抖著手腳在溼答答的碎石上幾乎要滑倒，「大家都還好吧？」

獅掌抬頭說：「差點淹死而已！」

石楠掌用溼答答的尾巴輕碰獅掌，站起來說：「我們要趕快把小貓們送回去。」

冬青掌看一看湖岸。荊棘和蕨叢遍布湖岸，更遠的地方是深邃的森林。這是雷族的地盤，「帶他們去找葉池，」冬青掌建議，「離這裡比較近，而且我們得確認他們沒事。」小莎草還在邊咳邊吐水；小薊癱在他旁邊，雖然睜開眼睛可是呼吸急促。

「冬青掌是對的，」松鴉掌加入討論，「孩子們需要收驚。」

小燕跑向他們，風掌在她旁邊，「這是我做過最可怕的事情！」她邊說邊甩水。

「等妳吃過葉池的藥，再說什麼是最可怕的事情。」松鴉掌警告。

風掌露出懷疑的眼神，「葉池？」

「因為雷族的營地離這裡最近。」石楠掌告訴他。

風掌看了小燕一眼，她身體被刮傷流血。「好吧。」風掌回應。

松鴉掌拉長耳朵，「仔細聽！」

夜空中傳來威脅的吆喝聲。冬青掌認出是父親棘爪的聲音，和風族不甘示弱的回嗆。

「從森林邊緣傳來的。」松鴉掌說。

是不是他們一起失蹤讓事情變嚴重了？「我們不快回去就要開打了！」冬青掌急著說。

獅掌馬上站直說：「帶小貓給他們看，如果他們知道小貓是安全的，就不會戰爭。」

「所以現在要去打架嗎？」小燕眼睛張得大大的像貓頭鷹。

「我可以幫忙！」小莎草說。

「如果我們來得及趕到那裡就不用打，」冬青掌說。小莎草一派天真不知道事情搞得一團亂她也有份。「那你來得及嗎？」

「當然可以！」小薊搖著尾巴。

松鴉掌將每隻小貓都聞一聞說，「他們需要草藥，」他語帶保留，「不過緩一緩應該也沒什麼關係。」

「走路可以讓身體暖和。」石楠掌說。

冬青掌帶頭從湖岸往上走，爬上一個小坡穿進一個蕨叢，壓住其中一把，開路讓其他貓過。石楠掌邊走邊推小燕上斜坡，風掌跟著小薊用嘴頂著她怕她跌倒。獅掌咬住小莎草的頸背，甩上斜坡落在冬青掌旁邊。小莎草通過以後，冬青掌把壓過的草還原。小莎草張大眼睛看著樹枝，樣子像是從來沒有從樹下走過。

「松鴉掌在幹什麼？」獅掌看著還杵在岸邊的松鴉掌。

冬青掌瞇起眼睛，發現原來松鴉掌蹲在一根樹枝旁邊。

「你陪其他的貓先走，」她跟獅掌說，「我們等一下就趕上。」

話說完她衝回岸邊問松鴉掌，「你沒事吧？」

他好像沒聽到，那雙盲眼先是盯著棍子，接著闔上眼皮像是睡著了。她更靠近一點，感覺自己好像非法入侵。

「全都安然無恙，跟當初的應允一樣，」松鴉掌喃喃自語，臉頰依偎著那根平滑泛白的棍子說，「謝謝祢。」

「我們要趕快走！」冬青掌催促。

松鴉掌紋風不動，「祢要小心走，落葉，」他低語，「希望有一天祢也能找到出來的路。」

「松鴉掌，動作快！」他們是刻不容緩，邊境對陣叫罵的聲音愈來愈激烈。

松鴉掌終於抬頭，「我這就走。」說完離開棍子走到冬青掌身邊。

「你在幹嘛！」

「不是什麼要緊的事。」松鴉掌回答，那雙看不見的眼睛望著冬青掌，冬青掌非常了解松鴉掌，知道他這麼說肯定就是重要的事。有時候她真希望能多了解松鴉掌一點。獅掌比較容易懂，他和石楠掌之間的友誼破壞了戰士守則，但他看上一隻漂亮的風族母貓是一件極容易了解的事情。可是冥冥中好像有什麼帶領著松鴉掌，他好像走在一個祕密的世界，而她永遠無法涉足其中。

他們趕上了。經過隧道的波折，冬青掌的胸腔隱隱作痛、四肢痠麻，森林中的泥土踩在腳掌上，比踩在硬石頭上要柔軟太多。風掌加快腳步，小貓們得要跑步才趕得上，小薊絆到樹根跌一跤，獅掌把她咬起來，她沒有抱怨，四肢放鬆讓獅掌咬在口裡，眼睛因疲累而發熱。

小莎草喘吁吁。

「要不然我背妳。」冬青掌提議，小莎草搖一搖頭喘得說不出話。

突然小燕尖叫一聲，被荊棘刺到，松鴉掌用牙齒把刺咬出來。冬青掌覺得不忍心讓小貓走這麼急，趕著要穿過森林。可是他們一定要阻止戰爭。

「就快到了。」她說。

地勢開始往下，風掌跑了起來，後面跟著小莎草和小燕。

一個憤怒的聲音從前方林子響起，「我講過了，你們的小孩不在我這裡！」是火星的聲音。

「那他們在哪裡？」一星嗆回來，「河族也說沒看見我們的小貓，但是他們一定在某個地方，我們一定要找回來。」

「敢踩過來一步，就把你們撕爛。」

冬青掌吃力遠眺自己的同族。透過樹叢她看出棘爪在界溝那一端的風族領土，跟灰足槓上，火星站在副族長的旁邊，刺爪、白翅、蛛足、莓掌站在後頭助陣，風族的貓則是在前面毛髮豎起齜牙咧嘴的咆哮。鴉羽在一星和灰足旁邊，張開爪子挖土示威，鴞鬚和裂耳在他們旁邊來回踱步。

心跳急速的冬青掌繞過小貓，追在風掌之後，荊棘在風掌跳過之後又彈回來打在冬青掌臉上。她從矮叢追出來剛好看到風掌跳過界溝。

「停！我們找到小貓了。」風掌大叫。

「不用打架了！」冬青掌焦急的側過頭，要後面的貓快點趕上。

「他們在哪兒？」一星追問。

「就快到。」冬青掌保證。

這些戰士訝異的看著矮樹叢一陣竄動，石楠掌用鼻子把小莎草和小燕推出來。小貓們踉蹌幾步停了下來，在月光底下眨著眼。獅掌走出荊棘叢把小薊輕輕放在同伴旁邊，松鴉掌跟在後面。

「他們到底是在哪裡找到的？」一星瞪大眼睛問。

獅掌沿背脊的毛豎起，看了石楠掌一眼之後向前走，「小貓們跑到……」

冬青掌打斷獅掌，「他們在岸邊玩，後來下雨，他們就搭了一個營帳要躲雨。」

洩漏獅掌的祕密有什麼用呢？兩族之間的隧道已經堵住，任何戰略上的價值現在已經無

用，再說只會讓獅掌身陷麻煩。她看了大家一眼，默默禱告大家會同意她的說詞。

石楠掌點頭，「他們在湖邊，雷族的領土內，」說完盯著風掌看，「獅掌，冬青掌和松鴉

掌聞到小貓的味道，就叫我們幫忙一起找。」

「小貓的味道？」一星質問，「為什麼我們沒聞到？」

風掌眨一眨眼，「一定是被大雨沖掉了。」

一星擺動尾巴跟小貓們說：「快過來！」

小心翼翼的，小莎草、小薊和小燕走近邊界，耳朵貼平尾巴下垂，在界溝前停下來。

「你們為什麼不經允許私自離營？」一星在界溝另一邊大聲斥問。

小莎草抬頭說：「我們在探索。」

「探索？」一星重複這兩個字，「為了找你們，我們差一點和河族與雷族打起來。」

小燕頭垂下來，「對不起。」

「我們沒想清楚。」小薊接著說。

「在湖邊搭營帳蠻好玩的。」小莎草用調皮的眼神朝冬青掌使眼色，撒小謊對於她只是好玩，她不知道保守隧道的祕密有多重要。

獅掌走到氣味分界線問一星，「你說幾乎和河族打起來？」

冬青掌感到一陣陣的希望，「所以還沒開打？」

「我們給河族的最後通牒是天亮之前交出小貓，」一星很惱火地嘆了口氣，「看來現在要因為誣告而去向他們道歉了。」

「道歉？」裂耳尾巴一甩，「別忘了他們越界的事！」

「那是被狗追的。」一星提醒他。

「那是他們上次的說詞。」鴉羽大吼。

「我自己也聞到狗味了，」一星堅持，「我們總要相信自己的耳朵和眼睛。」

鴉羽劍拔弩張，「他們還是有可能會入侵。」

一星瞇起眼睛，「或是，等他們會遵守承諾回到老營，總之下次大集會就知道結果，在那之前巡邏照常，如果那隻狗又來亂，我們再教訓牠不要撈過界。」

冬青掌頓時鬆懈覺得渾身疲累。不打了，風族的小貓安然無恙，她留意到火星正盯著她。

「看來妳是對的，冬青掌。」火星說。

她低下頭說：「這件事和對錯無關。」

棘爪用尾巴拂過她的身體，「妳看起來累壞了，我們全都回家吧。」

「說得對，」一星同意，他跳過界線把小貓一隻一隻叼過去，「很抱歉我們的小貓惹了那麼大的麻煩。」

「我們自己也有小貓，」火星回答語氣裡帶著溫暖，「小貓都是這樣。」

裂耳哼了一聲咬住小薊的頸背，猛然轉身朝林子走去；鴞鬚咬起小燕，鴉羽提起小莎草。

「謝謝你們帶我們回來！」小莎草被帶走的時候尖聲說。

棘爪看了一眼一直在後方樹叢的松鴉掌，「你沒事吧？」

「我很好。」松鴉掌要父親別擔心，開始舔尾巴。

冬青掌眨眨眼睛納悶，難道他都不關心？他們剛剛阻止了一場戰爭耶！松鴉掌的追尋好像就停在離開湖邊的那一刻。

「我也該走了，」風掌很快跟獅掌和冬青掌點個頭。「妳要不要走？」風掌瞪著還在雷族那一邊徘徊的石楠掌。

「再等一下下。」

風掌哼一聲往同伴那追去。

石楠掌走到獅掌旁邊很快跟他互勾一下尾巴，「謝謝你的幫忙。」

火星瞇起眼睛，冬青掌緊張得僵住了。她盯著弟弟看，手腳發麻，不知道他會怎麼回答。

才剛剛阻止了一場戰爭，難道另一場正方興未艾？

「不管是哪隻貓我們都會幫同樣的忙。」獅掌輕描淡寫地說。

石楠掌眼裡露出痛苦的神色，「你會成為一個偉大的戰士，獅掌。」

獅掌目送石楠掌跳過界溝消失在黑影中，朝火星眨眨眼，面無表情，「要回家了嗎？」

火星點點頭，帶領族貓離開。

冬青掌的爪子深深踩進鬆軟的土。獅掌學會了他的功課。戰士守則比任何友誼來得重要——帶領戰士的腳步，止戰而不啟戰。松鴉掌可以試探戰士守則的界線而不受懲罰——他和星族有神祕的關係——可是她和獅掌是戰士，沒有戰士守則，他們什麼都不是。

我已經不是巫醫了，不能再和柳掌像以前一樣做朋友。遵守戰士守則比什麼都重要；能這樣才能保疆衛士。

她四肢疲累肌肉痠痛，跟著族貓走進森林，今晚一定能一夜好眠。

第二十一章

獅掌仍然全身痠痛，可是他不想留在貓窩裡休息，之前他在隧道裡奔馳，又在水裡游了很久才終於上岸。他勉強睡到中午，灰毛還是不讓他參加訓練，要他好好的再休息一晚。可是獅掌心中憂愁，在鋪乾青苔的床上，輾轉反側睡不安穩。終於，他覺得再怎麼躺也舒服不起來，索性起床穿越荊棘叢朝森林走去。

「想出去伸展伸展嗎？」獅掌沉陷在自己的思緒裡，被溪兒的聲音嚇了一大跳。夕陽正要沉入地平線，餘暉在樹葉間閃爍。

「我休息得很煩。」獅掌告訴溪兒。

「你現在氣色好多了，」溪兒說，「昨晚你看來就像是去了一趟遠處的深山。」

獅掌看一看自己的前掌說，「這些小貓很難找。」

「可是還是讓你找到了。」溪兒提醒他。

「是啊……」獅掌喃喃地說，開始爬坡走

向樹林。

「我幫你把風。」溪兒從後面喊。

「我不會去很久。」獅掌保證。

他朝隧道入口走去，慢慢地穿越樹林，當他看到護衛隧道入口的荊棘叢，不禁滿腹悲傷。他扭動身體從帶刺的荊棘叢下面爬過去，停在一個小凹洞前面；石楠掌以前就在那裡呼喚他，他回想起石楠掌的模樣，那雙藍色的眼珠因興奮而閃閃發亮。

他再也沒有辦法像以前那樣與她相見，當朋友，或是在隱密不為人知的地方，一起當暗族的子民；他沒法樣樣都要，又同時當雷族忠心耿耿的戰士。

他閉上雙眼想像她的味道從隧道口飄出來，雖然心裡知道這已經不可能。土石流封住了去路，這同時也象徵著一段最珍貴的友誼已經結束。

「再見了，石楠掌。」他對著隧道裡呢喃，希望風能穿越黑暗，把話帶到隧道另一端，而石楠掌就在那一頭等待……

以後在星族那裡就不必再分彼此了。獅掌回憶起與石楠掌在洞內共度的時光，那時他也想過兩人總有一天會死。回想起這一段，他還是覺得熱血沸騰，他怎能將這段友誼拋諸腦後？

他無從選擇。

她也沒得選。

獅掌穿越黑影幢幢的森林準備回家，一輪半月掛在天空。風吹樹梢，蕨類植物冒出新芽。他碰到毛毛的東西，立即跳起來尾毛豎立。

「我們以你為榮。」虎星的聲音飄在傍晚的空氣裡，獅掌一轉頭看見這黑暗戰士發光的輪廓和琥珀色的眼睛，在暮色中閃閃發亮。

第二隻貓碰到獅掌的另一側。是鷹霜。

「你做了對的選擇。」這隻虎斑紋的戰士說著，用肩膀推一下獅掌，被鬼摸到感覺讓獅掌全身發抖。

「我失去了最好的朋友，」他低聲說，「我從沒想到會這麼空虛。」

「友情毫無價值，」虎星咆哮著。「你上了很重要的一課，這一課我沒辦法教。但我會的本領以後一定傾囊相授，總有一天你會厲害無比，那時候你就不需要朋友。等那天一到，我保證你絕不會後悔選擇當戰士。」

國家圖書館出版品預行編目(CIP)資料

貓戰士三部曲三力量. II, 洶湧暗河 / 艾琳．杭特（Erin Hunter）著；約翰．韋伯（Johannes Wiebel）繪；陳順龍譯. -- 三版. -- 臺中市：晨星出版有限公司, 2024.04
288面；14.8x21公分. --（Warriors；14）
暢銷紀念版（附隨機戰士卡）
譯自：Warriors : Power of Three. 2, Dark River.
ISBN 978-626-320-787-5（平裝）
873.59　　113001529

貓戰士三部曲三力量 II

洶湧暗河 Dark River

作者	艾琳．杭特（Erin Hunter）
封面插圖	約翰．韋伯（Johannes Wiebel）
譯者	陳順龍
責任編輯	郭玟君、陳涵紀、謝宜真
校對	曾怡菁、葉孟慈、蔡雅莉
封面設計	陳柔含
美術編輯	陳柔含、張蘊方
創辦人	陳銘民
發行所	晨星出版有限公司 407台中市西屯區工業30路1號1樓 TEL：04-23595820　FAX：04-23550581 行政院新聞局局版台業字第2500號
法律顧問	陳思成律師
初版	西元2009年11月30日
三版	西元2024年04月15日
讀者訂購專線	TEL：（02）23672044 /（04）23595819#212
讀者傳真專線	FAX：（02）23635741 /（04）23595493
讀者專用信箱	service@morningstar.com.tw
網路書店	http://www.morningstar.com.tw
郵政劃撥	15060393（知己圖書股份有限公司）
印刷	上好印刷股份有限公司

定價250元

ISBN 978-626-320-787-5